文春文庫

増山超能力師大戦争

誉田哲也

JN030646

文藝春秋

増山超能力師大戦争

目次

増山
超能力師
大戦争

第一章

1

愛ほど人を、弱くするものはない。

愛ほど人を、狂わせるものはない。

最寄駅からの帰り道。同じ向きに歩く、あるいはすれ違う人たちも、私と同じ不安を抱えているのだろうかと、いつも疑問に思う。

私にはどうも、そのようには見えない。私ほど恐怖に隷属《れいぞく》させられている通行人は、他にはいないように見える。

ぼんやりと、緑がかった明かりを降らせる街灯。一本ずつその下を通り、己の影に追い抜かれ、やがて闇に馴染《なじ》み、また次の光の輪に救いを求める。

あと二つ、角を曲がれば我が家が見える。決して大きくはないが、それでも注文建築で建てた希望の城だ。軽自動車ならギリギリ二台停められる駐車スペース。その四方と、真ん中を真っ直ぐ区切る形で「竜のヒゲ」が植わっている。外観では妻が一番拘《こだわ》った部分だ。

私が拘ったのは、それよりも外壁だった。出来合いのサイディングではない、コテ塗りのスパニッシュ仕上げ。少々荒っぽい、幾何学的なコテ痕が気に入って注文した。もっと年月が経ち、埃《ほこり》が載ると、また違った風合いになって面白いだろうと、ハウスメーカーの営業マンも言ってくれた。

二つ目の角を曲がる――よかった。外灯はちゃんと点《つ》いている。人感センサーと明暗センサーの両方を備えているので、放っておいても自動で点く仕組みにはなっているのだが、妻は毎朝、大本の電源をオフにし、夕方オンにする。そうしないと、人が通るたびに日中も点くので電気代が勿体《もったい》ないのだそうだ。

ようやく家の前までたどり着いた。竜のヒゲを跨《また》ぎ、玄関へと続くアプローチに足を載せる。そこでポストを確認。何も入っていない。郵便も夕刊も、妻が取り出したのだろう。

よほどのことがなければ、自分で鍵を開けて入るようにしている。この歳になると、さすがに無茶な飲み方をして酔い潰《つぶ》れることもない。まあ、昔の私は、酔い潰れてしまったら家人を呼び出すこともできず、そのまま玄関前で寝てしまうタイプだったが。

上と下、二ヶ所の鍵を開けてドアレバーを引く。玄関内の、白熱灯色の明かりが眩《まぶ》しいくらいに私を照らす。この明るさは、私たち家族の、未来の明るさだ。これを曇《くも》らせいるようなことがあってはならない。絶対にだ。今朝出かけたときと同じ位置にあるスリッパを履《は》く。冬用なので、少しモコモコしている。そろそろ春夏用に替えてもらった方がいいかもしれない。

「ただいま……」

声をかけながら、リビングダイニングのドアを開ける。妻と娘はダイニングテーブルに向かい合って座り、同じように頰杖《ほおづえ》をつき、バラエティ番組を観ていた。

「ああ、お帰りなさい」

「お帰りぃ……」

娘は声だけだったが、妻はこっちを向き、すぐ椅子から立ち上がった。

「お夕飯、何か食べましたか」

「いや、まだ食べてない」

つい最近まで、平日はまず家で夕飯など食べなかった。だが今は、意識して家で食べるようにしている。それが幸せというものであり、そういう小さな幸せを積み重ねることでしか、この不安に打ち勝つことはできないと悟ったからだ。

「クリームシチューですけど」

「ああ、うん……食べる」

「お風呂は？」

「いや、食べてから入る」

娘の斜め向かいに座る。今年で十六歳。横顔が、若かった頃の妻に似てきたようにも思うが、やはり時代が違う。というか目がまったく違う。娘は日々「プチ」なんとかという糊《のり》のようなもので瞼《まぶた》を二重にしている。妻も私も一重瞼なので、娘一人だけがくっきりとした二重でいることに、初めはえらく違和感を覚えたものだ。だがそれにも慣れ、最近ではもうなんとも思わなくなった。

「……奈美恵《なみえ》。最近、なんか変わったこと、ないか」

娘はテレビの方を向いたまま。返事も頬杖をついたままだ。

「んー、別にぃ」

「そうか。なら、うん……別に……うん」

かと思うと、何かに怯《おび》える野良猫のように、急にこっちを振り返る。

「お父さん……最近、やけにそれ訊《き》くよね」

「え、そうか?」

しかも、確実に何か勘違いをしている。

「なに、あたしにカレシとか、そういうこと心配してんの?」

それは、残念ながらない。

そういう話が実際にないのだとしたら、それは娘が私という男の遺伝子を半分受け継いでしまったことに原因があるのだろうし、妻には、私のような男と結婚してくれたことだけでこの上ない感謝の念を抱いてはいるが、しかし、妻も私の遺伝を挽回してなお余りあるほど優秀な遺伝子を有しているわけではないから、やはり娘が人並みにもモテないのは、私のせいということになるだろう。

「ああ、まあ……ん、いや……」

「ばーか。いるわけないじゃん」

やはり、いないのか。

シチュー鍋に向かっていた妻が、こっちを振り返る。

「奈美恵、お父さんに『馬鹿』はないでしょ」

「はーい、ごめんなさーい」

かまわない。娘に多少馬鹿にされようが、嫌われようが、そんなことで今の私は一々傷ついたりしないし、いささかも悲しいなどとは思わない。

本当の悲しみとは、愛を失うことではない。

愛を、奪われることだ。


その日、私は会社にはいかず、自宅から直接、港区虎ノ門《みなとくとらのもん》にある日超協（日本超能力師協会）本部に向かった。

日超協は、今から十五年前に発足した日本国内初の超能力者団体だ。協会活動の柱は主に二つ。一つは、一級超能力師と二級超能力師の資格試験の実施と各資格の認定。もう一つは、調査業を中心とする事業者の認定と登録、指導・監督だ。

その翌年には全国超能力事業連盟（超事連）も発足し、独自に超能力事業者を束ね始めたが、こちらは比較的、警察の天下り先的な色合いが強く、協会員たちも「まあ、お付き合いだから」と仕方なく加入している感が否めない。

もう一つ、超事連とほぼ同時に発足したのが全日本超能力者連絡会（全超連）だ。日超協が「プロの超能力者団体」であるのに対し、全超連は、いわば純然たるアマチュアのための組織だ。

当たり前だが、すべての能力者が超能力で仕事をしたいと思うわけではない。芸能人になりたい者も、建築家になりたい者も、保育士、商店主、運転手、パティシエになりたい者だっている。逆に日超協主催の資格試験を毎回受けてはいるものの、なかなか合格には至らないという者もいる。そんな「アマチュア超能力者」に加盟してもらい、サポートする目的で作られたのが全超連だ。発足当初は「超能力者に対する外国人登録制度のようなものだ、超能力者を管理するのが目的に違いない」といった批判もされたようだが、実態はそうではなかった。むしろ能力者であることを周りに知られたくない、超能力があること自体が煩《わずら》わしい、いっそ超能力を使えなくしてしまいたい――そんな悩みを持つ人々の相談を受けるなど、今やプロ以外の能力者には貴重な受け皿となっている。

一般にはあまり知られていないことだが、超能力をなくす治療の研究も、最近ではずいぶんと進んできている。催眠療法等を含む心理療法で、能力が徐々に弱められることも分かってきた。全超連は、そういった治療を受けられる医療機関の紹介や、プロの超能力師を招いて「他人の思念を読まない技術」を教える講座を開いたりもしている。そういった意味では、日超協と全超連は表裏一体、良好な協力関係を築いているといえる。

その日超協だが、三ヶ月に一度、定例の事業報告会を設けている。

参加者は日超協の各部会、委員会の代表者と、警察庁、防衛省、総務省、文部科学省、厚生労働省、経済産業省の各担当者、専門機器の開発や研究で協力関係にある企業の担当者、研究者などだ。大体いつも三十名から四十名くらいになる。

そもそも日本で、いや世界中で、今のように超能力が認知されるようになったのは、京都大学の宇宙科学を研究するチームが「宇宙に広く存在する暗黒物質――ダークマター」と、いわゆる『超能力』と呼ばれる現象には密接な関係がある」と発表したのが始まりだった。その後の研究で「超能力とは、ダークマターの移動によって起こる風のようなもの」と定義され、これに民間企業がこぞって参入。ほんの二年ほどでダークマター測定機、通称「DM機」の試作品が作られ、翌年には製品の一号機が警察庁に納入された。今や日本製のDM機は世界中に輸出、利用され、超能力の研究、分析、発展に大いに貢献している。

今日の報告会の司会は、昨年、日超協東京支部城北ブロック長に就任した、増山圭太郎《ますやまけいたろう》だ。

「定刻になりましたので、そろそろ……定例事業報告会を、始めさせていただきます」

参加者全員がなんとなく背筋を伸ばし、軽く会釈《えしゃく》をする。

まずは増山から、上席にいる役員が紹介された。理事長の久我山宗介《くがやまそうすけ》、専務理事の高鍋逸雄《たかなべいつお》、石橋克之《いしばしかつゆき》、支部統括委員長の織島哲平《おりしまてっぺい》、事業統括委員長の八重樫学《やえがしまなぶ》。

報告会そのものは、まさに事務的な報告事項から始まる。

新しく認定を受けた事業所、資格試験直後であれば合格者の名前と所属。事件や事故で超能力が関わったケース——実際にはほとんどないのだが、どういった現場で、どういった種類のDM値が検出されたかなどが報告される。稀に暴行、傷害事件の現場でDM値が検出された、などと報告されることもあるが、それだけで超能力が犯罪に使われたことにはならないし、警察もそのようには判断しない。

たいていは、自分に能力があるなどとはまるで思っていない一般人が路上で喧嘩をし、その際にちょっとだけサイコキネシスが働いてしまった、結果としてサイコキネシスを示す数値「CDM」が現場で検出された——とか、せいぜいそんなものだ。事件、事故、犯罪と超能力の関わりなど、実際にはほぼないに等しい。年に一度くらいは、プロの超能力師が強制わいせつの容疑で逮捕された、みたいな報告もあるが、過去の例でいえば、痴漢行為自体に超能力が使われたケースはなかった。犯人たちは普通に手でお尻を触り、普通に携帯電話でスカートの中を撮影していた。警察も、それをあえてマスコミに発表したりはしないので、今のところ大きな問題にはなっていない。

事務的な報告が終わると、次は超能力師が警察の捜査に協力した事案であるとか、協会主導で進行中のプロジェクト、企業とのタイアップで進めている研究などの報告に移る。いよいよ私たちの出番というわけだ。

「それでは、ヤマト電通さんの、フジタニさん。お願いします」

このところのヤマト電通は侮《あなど》れない。驚くほど小型軽量化されたDM機の開発に成功しつつある。今のところコストがかかり過ぎ、製品化にまでは至っていないが、いずれは市場に出てくるだろうから、注視が必要だ。

「はい、ええ……前回もご報告いたしました、小型DM機、IRC600についてですが、残念ながら、先月末の実証実験で、RDMが、ええ……従来機と同様には、検出できていないことが判明いたしました。こちらの原因もまだ分かっておりませんので、ええ、明らかになり次第……またこちらの会で、ご報告させていただきます」

RDMは発火能力「パイロキネシス」を使用した際に発せられるDM値を指す。発火能力は、日超協はもちろん、超事連も全超連も使用を禁じている、極めて犯罪性の高い超能力だ。むろん、使用しただけで警察に逮捕されることはないが、それが「超能力師」の資格を持つ者であれば、日超協は資格を即刻剝奪《はくだつ》するし、場合によっては所属する事業所の認定も取り消される。資格を持っていない場合でも全超連の会員であれば厳重に注意し、以後そのようなことがないよう指導することになる。

そのRDM値の検出に不備があるのでは、製品化はまだ遠いと思っていいだろう。我々にとっては、ちょっといいニュースだった。

このように、同業他社の開発状況が分かるのは嬉しい半面、こちらの手の内も晒《さら》さなければならないのだから、痛し痒《かゆ》しではある。むろん、メーカーが情報のすべてを明かすわけではないが、少なくとも、どういったものを研究、開発しているのかくらいの報告はしなければならない。なぜなら、超能力に関する研究は、社会秩序の維持や安全保障と直結する分野であり、場合によっては国家が特定秘密として指定する場合もあり得るからだ。実際、似たような報告会は警察庁主催でも防衛省主催でも行われている。

次に指名されたのは三石重工《みついしじゅうこう》の長倉《ながくら》だった。車載型DM機を先月、警察庁に七十台、防衛省に二十台納入したと、やけに自慢げに報告している。だが私にいわせれば、車載型DM機の受注なんてのは待っていればいずれ巡ってくる、いわば「談合案件」なのだから、そんなに偉そうに報告しなくても、とは思う。機械自体も「三石重工のは名前の通り、石みたいに重くて大きい」とすこぶる評判が悪い。パトカーのトランクに載せるにしても、真ん中に置かないとハンドルを取られて仕方ない——というのはさすがに冗談だと思うが、実際に頑丈だけが取り柄《え》の、時代遅れな代物らしい。

まあ、報告が短かったのは一つ美点だと思う。

「では次、アイカワ電工さんの、坂本《さかもと》さん。お願いします」

ようやく、私に順番が回ってきた。

「はい……アイカワ電工の、坂本です。よろしくお願いいたします……ええ、弊社ではかねてよりご報告しております通り、DMイコライザーの、製品化に向けた研究を、継続して行っております。試作機はすでに二機、同型のものを日超協さんと、警察庁さんに納入しておりますが、日超協さんにお出しした方に、やはりエラーが多いということで、現在は持ち帰りまして、その原因を探っている過程であります」

DMイコライザーとは、簡単にいえば、超能力を使用した形跡を消去する機械だ。当初は「消す」という意味合いから「DMイレイザー」と呼んでいたが、日超協から『消す』というのはイメージ的によろしくない」とクレームがつき、名称の変更を余儀なくされた。社に持ち帰って検討した結果、技術的には「DM値をゼロに均等化《イコライズ》」するのだから「イコライザー」がいいだろうという結論に至り、日超協に提案、これが承認された。ただ「イレイザー」も「イコライザー」も頭文字は「E」なので、試作機の「DME4」というモデル名は変更せずに済んだ。

大きく「ロ」の字に組まれた会議テーブル。ふいに、私の左斜め向かいにいる男が手を挙げた。見覚えのない顔だ。

増山が指名し、その男が立ち上がる。

「……すみません、アース・エレクトロニクスの、サイトウです。その、今ご報告にありました、イコライザーのエラーというのは、具体的にはどういった症状なのでしょうか」

他社の研究に関しては、けっこうみんな無遠慮に訊いてくる。答えるか答えないかは、基本的に会社ごとの判断に委《ゆだ》ねられるのだが、自分が質問者に回る場合のことを考えると、無下《むげ》にゼロ回答というわけにもいかない。

「ええ、まあ……イコライザー自体はその名の通り、能力の使用によってできたDMの流れ、というか、動き、バラつきを均等化し、能力を使用した形跡を消すものですが、その、均等化が充分にできない場合があると、簡単にいうとそういうことです。イコライザーをかけたのに、DM機で数値が出てしまうと、そういうご報告をいただきましたので、目下それについて検証を行っております。具体的にどの数値が出てしまうか、といった点は、まだご報告できる段階にはございません。この点を改良した試作機を、型式で申し上げますと『DME5』ということになりますが、できるだけ早く、日超協さんと警察庁さん、防衛省さんに納入したいと考えております」

本当はVDM、透視に関わるDM値の均等化が不充分であると分かっているのだが、今ここで、そこまで報告する必要はないだろう。

報告会終了後、司会をしていた増山に声をかけられた。

「坂本さん、お疲れさまでした」

「ああ、どうも……お疲れさまでした」

増山はスラリと背の高い、スーツのよく似合うなかなかのイケメンだ。歳は四十代半ばのはずだが、それよりはだいぶ若く見える。ひょっとすると髪は黒く染めているのかもしれないが、それがなくとも、全体に雰囲気が若々しい。とはいっても、決してギラギラと精力的な印象ではない。どちらかというと、キラッと爽やかな印象だ。

「増山さん、司会、お上手ですね」

そう私が言うと、増山は大袈裟《おおげさ》に眉をひそめ、手を振って否定した。

「私なんて、全然駄目ですよ。ああいうのは、面倒なんで苦手です」

「苦手でも、あれだけできれば充分ですよ。増山さん、声がいいから。すごく聞きやすい」

「そんなことないですって……いやしかし、あれですね、ＤＭイコライザーって、私はまだ触ったことないですけど、発想が面白いですよね。まんま使ったら、犯罪性がメチャクチャ高そうじゃないですか。よくあれ、企画が通りましたよね。仮に御社の社内で通ったとしても、サッチョウ（警察庁）が通さないかも、とかは思わなかったんですか」

ちなみに、こういう会議場の四方にはＤＭ機が仕掛けられており、超能力が使用されたらすぐブザーが鳴るようになっている。つまり、超能力師といえども無断で相手の思考を読むことはできないわけだ。まあ、それくらいしてもらわないと、我々は彼らと、世間話も気軽にできない。

「いや、思いましたよ。社内でも賛否両論でしたし。サッチョウさんの報告会で発表したあとも、合計、二十時間くらいはプレゼンとレクチャーに費やしましたもん」

増山が「そりゃ大変だ」とまた眉をひそめる。

私は、軽く口を囲う真似《まね》をしてみせた。

「ただ……防衛省さんがね、意外なほど興味を示してくださって。それで研究にゴーサインが出たようなもんなんですよ、実は」

案の定、増山は興味ありげに目を輝かせた。

「ほう、防衛省が。またなんで」

「たぶん、『防諜』っていうんですか？　いわゆる『カウンター・インテリジェンス』に役立つと思われたんじゃないですかね。他国は……ねえ。普通に日本でスパイ活動をしてるらしいじゃないですか。すでに、超能力者を現場に入れてるって噂《うわさ》だってありますし。そういうときに、残留思念を消してしまえれば便利……というか安心だと、そういうことなんだと思いますよ」

増山は「なるほどね」と頷《うなず》き、まだ話を続けたそうではあったが、しかし別の誰かに声をかけられてしまい、「すみません」と小さく頭を下げて離れていった。

代わって声をかけにきたのは、

「坂本さん。お疲れさまです」

誰だったろう。上手く思い出せない。

「ああ、どうも……ご無沙汰しております」

「例の件、ご検討いただけましたか」

この男に、私は一体、何を検討するよう言われたのだったか。

「ええ……あ、あれは、まだ……」

「分かります。坂本さんのご懸念は、我々も重々理解しております。ただ、決して急いでいるわけではありませんので、引き続き、ご検討ください。あれは……いま一番、関心の高い分野ですから」

どっと、嫌な汗が噴き出してくるのが分かった。

今すぐ、家に帰りたくなった。

家に帰って、妻と娘が無事でいるかどうか、確かめたくて仕方なくなった。

2

一級超能力師であり、増山超能力師事務所の所長であり、昨年から日超協の東京支部城北ブロック長も務めるようになった増山圭太郎の一日は——まあ、多忙というほどではないが、それなりに忙《せわ》しなくはあった。

この日は午前中に日超協本部で事業報告会があり、午後からはやはり本部で、カルチャー誌の取材予定が入っていた。取材といっても、インタビューを受けるのは増山ではない。そういうのは、あとで原稿のチェックがどうたらこうたら、面倒くさいからやりたくない。仕事には向き不向きというものがある。自分よりもっとインタビュー向きの人間を増山は知っているので、何かあれば必ずそいつに振るようにしている。

「なんか、インタビューとか久し振りだな……ちょっと、緊張しますね」

河原崎晃《かわらざきあきら》、四十三歳。高鍋リサーチ時代の後輩であり、増山超能力師事務所の創設メンバーであり、現在は自身で立ち上げた「K'zサイキック・オフィス」の代表を務めている、いわば増山の、弟分のような男だ。

「三ヶ月くらい前にも、一本やったろ」

「だから、久し振りじゃないですか」

そう思える時点で、完全にインタビュー向きの性格といえる。

「……ところで、そのネクタイ。ちょっと派手過ぎないか」

「え、そうですか？　いや、ありでしょ、これくらい」

晃は自他共に認める美男子だ。超能力師としての実力もピカイチだし、調査員としてのセンスもいい。営業も上手いのだろう。K'zサイキック・オフィスは立ち上げから毎年増収続きで、今や従業員は事務員を含めると十七、八人はいるらしい。増山のところの三倍以上だ。

しかし、そんな晃にも足りないものはある。足りないというか、完全にないといった方が正しいかもしれない。

晃には、絶望的なくらい、女運がない。

「どうせ、ちょっと可愛いショップ店員に勧められて買わされたんだろう」

「よく分かりましたね。読心もしないで」

「お前の心なんか読まなくても、俺にはその場面まで克明に想像できる」

いや、晃を知る人間なら誰でも容易に想像できるはずだ。

「ほんと、すっごい可愛かったんですよ……ほら、まだ少し、彼女の思念がネクタイに残ってるの、分かりますか……」

もはや晃は、自分がモテないことを楽しみ始めているのではないかと、増山は疑っている。というのも、このところの晃の思念は一向に青みを帯びないのだ。普通、失恋をした人間の思念は青に近い紫色になる。しかし、晃のそれは今も真っ黄色だ。ほとんど金色といってもいいほどキラキラしている。変な薬でも使わない限り、通常、ここまでの多幸感は得られない。

「今日のインタビュアーって、松井《まつい》さんですよね……あの人、なんか好きなんだよなぁ、俺」

これがいわゆる「恋愛ジャンキー」というやつなのだろうか。

松井桃子《ももこ》というのは超能力関係のノンフィクションも出している、日超協とも関係が深いフリーライターだ。よって、超能力に関する知識は一般人よりかなりある方だが、

「本当は女の子の裸とか、見えちゃうんじゃないですか？」

媒体の特色や企画の切り口によっては、すっとぼけて素人《しろうと》のような質問をしてくる。ある意味、プロ中のプロだ。

晃も、まるで初めて話す体《てい》で質問に答える。

「いやいや、それはないですよ。あの……こんな言い方したら、ちょっと誤解を受けるかもしれないですけど、実際の透視、英語でいうところの、リモートビューイングですが……」

そこ、英語にする必要あるか？　とは思ったが、まあいい。

「超能力の映画とか漫画にあるみたいに、綺麗に服だけ透明にできるわけじゃないんですよ。資格試験のときも、簡単なのからいうと、木材とかの有機物でできた箱の中身を透視する科目があって、金属があって、あと距離をね、離してやるやつもあります。一番難しいのはプラスチックとか、なんかそういう、化学物質でできたものを透視する科目なんですけど、それでも、せいぜいプラスチックの箱に入っているメモに書いてあるのが、平仮名なのか片仮名なのか、ローマ字なのかが分かる程度です。漢字は、まず読めませんね」

「河原崎さんがですか」

松井桃子、なかなか面白いことをいう。

「違いますよ。私だって漢字くらい普通に読めます……そうじゃなくて、透視というのは、そんなにクリアに、正確に見えるものではないということです。たとえば……まあ、やっぱりエッチな喩《たと》えになりがちなんですけど、洋服って、作りが複雑じゃないですか。特に女性のものは」

松井桃子がニヤニヤしながら頷く。

「ブラジャーにはプラスチックのパーツだってあるし、そうじゃなくても、ファスナーとかには金属も使われています」

「そうですそうです。綿素材とポリエステルなんて、もう、我々にとっては、お寿司とハンバーガーくらい違うものなんですよ」

その喩えもどうかと思う。

「へえ、そうなんですか。さらにいったら、綿とポリエステルの混紡とかも、ありますもんね」

「そういうことです。お寿司とハンバーガーがぐちゃぐちゃに混ざってたら、食べたくないでしょう？」

「なんか……それはちょっと、違う気がしますけど」

インタビュアーにダメ出しされてどうする。

しかし、晃は無視して進める。

「とにかく、素材が複雑になればなるほど、透視というものは難易度が上がるんです。洋服だけ狙って見ないようにするなんていうのはもう、途方もなく難易度が高いというか、まず不可能ですね。そんな、上手いこと女の子の裸なんて、見えやしないですよ」

「でも、河原崎さんも一応は、試してみたことが……ある？」

「それ、答えなきゃいけません？」

松井桃子が、クスクス笑いながら「いいえ」とかぶりを振る。晃が「今の書かないでくださいよ」と言うと、それにも頷いていた。

そんな彼女を見る晃の思念に、薄っすらとピンク色の斑模様《まだらもよう》が現われる。嘘《うそ》だと思うかもしれないが、異性に好意を抱くと、人間の思念は本当にピンク色になるのだ。

一方、松井桃子の思念にそんな色は糸屑《いとくず》ほどもない。

「他にも、そういう例ってあります？　一般的にはできると思われているけれど、実際にそんな超能力はない、みたいな」

「いや、もうほとんど全部でしょう。念動力、サイコキネシスなんて、一キロの金属を動かすだけで本当に大変ですからね。だったら手で持った方が断然早いし、疲れません。漫画だとね、人の体をこう……まるで操り人形みたいに、操ったりできますけど、そんなの現実問題として無理ですし、ましてや人の心を操るなんて、完全なる絵空事ですね。あとは……そう、予知能力とかね」

松井が「ああ、予知」と合いの手を入れる。

頷いた晃が続ける。

「あれはほとんど意味がなくて。仮に私が、何かよくない状況を予知して、それに対処しようと、行動したとしますよね。で、そのよくない状況が回避できたとして、じゃあその予知って正しかったのかっていうと、もはやそうとも言い切れないわけじゃないですか。予知したのとは違う状況になっちゃってるんですから。しかも、その程度のことは超能力だと意識もしないで、普通の人もやってるんですよ。それがぐっちゃぐちゃに絡《から》み合って、未来というものは作られて……未来っていうか、時間って過ぎていくものなんです。だから……うん。少なくとも日本超能力師協会としては、それを超能力とは定義しない、ということなんですね」

今の説明は分かりやすかった。まあ、超能力師としては基本中の基本的論理だ。

松井桃子が「そうなんですね」と、手元のノートに目をやる。

「じゃあ……テレポーテーションは、どうですか」

「はい。もうテレポーテーションなんて、一ミリもできませんね。はっきりいって、成功例は見たことも聞いたこともないです」

一応、海外では成功例が報告されているが、日超協は確認していないし、認めてもいない。おそらくペテンの類だろうと、増山も思っている。

まもなくインタビューは終了し、編集者を交えて原稿をやり取りする方法などを確認すると、松井桃子は「お疲れさまでした、ありがとうございました」と帰っていった。

松井桃子の思念にピンク色が出現することは、終始なかった。それは増山以上に、晃自身がよく分かっているはずだった。

彼女の後ろ姿を見送る、晃の背中に声をかける。

「お疲れさん」

晃は、数秒してから振り返った。

「増山さん……俺って、いつになったら結婚できるんでしょうね」

知らないよ、そんなことは。

増山が結婚したのは日超協発足の翌年だから、もう十四年も前ということになる。当時の増山は三十三歳。相手の井山文乃《いやまふみの》は二十四歳だった。

なんというか、結婚というものには――「ノリ」などと言ったら表現が軽過ぎるが、ある種の「流れ」のような、抗《あらが》えない何かが作用することがあるように思う。

増山と文乃にも、そんな「流れ」があったのは間違いない。

文乃は、極めて珍しいタイプの超能力者だった。

十七歳当時の文乃には解離性同一性障害の疑いがあり、結局、解明するには至らなかったのだが、ある人格に交替したときだけ、超能力の使用が可能になる、というもののようだった。しかもその能力は最悪の場合、人を死に至らしめる可能性すらあった。

増山は、自分にできることを必死で考えた。

通常であれば、精神科医やカウンセラーに治療を任せるべきだろう。しかし、その治療の途中で人格交替が起こったらどうする。下手をしたら、担当医は文乃に殺されるかもしれない。相手が男だろうが格闘術に長《た》けていようが、ムキムキのマッチョマンだろうが関係ない。文乃は相手の脳を直接攻撃するのだ。破壊してしまったケースも実際、過去にあった。

専門医だけに任せきりにはできない。文乃を治すためには――いや、治すよりまず、文乃の能力を封じ込めるためには、それに対抗できる能力が必要だった。具体的にいうと増山か、それ以上の超能力者が文乃のそばに、可能な限り付きっきりになる必要があった。

増山は高鍋逸雄に相談をした。

まだ日超協も、「超能力師」という言葉もない時代。俗に「高鍋グループ」と呼ばれていた超能力者集団のリーダーだった高鍋は、一般社会と超能力者の共存を目指して「高鍋リサーチ」を立ち上げた。日本初の、超能力を売り物にする調査機関の誕生だった。

文乃の件には高鍋も強い興味を示した。増山は高鍋と文乃を引き合わせ、彼女の印象について尋ねた。

「……にわかには信じ難《がた》いな。どう見ても普通の女子高生だし、能力は微塵も感じられなかった。こっちの心を読もうともしないし、逆にこっちは読み放題だ……あまりにも無防備過ぎる。能力があるなし以前に、超能力というものの存在すら、知識として頭にないんじゃないかってくらい、無防備に感じた」

まったくの同感だった。普段の文乃には、超能力の「ち ょ」の字もなかった。だがそれに惑わされてはいけないことは、増山が一番よく分かっていた。

「高鍋さん。どうするべきですかね、こういった場合」

「彼女の、人格交替のサイクルは」

「まったく分かりません。不定期なんだと思います。もしかしたら、きっかけになるような言葉や場面があれば、いつでも交替してしまうのかもしれません」

「きっかけ、というのは」

増山にはある程度、察しがついていた。だがまだ、高鍋には言いたくなかった。心の中を覗《のぞ》かれて、探り出されたくもなかった。

「私にも、まだ分かりません」

高鍋に心を読ませない自信はあった。だが増山が読ませない努力をしていることは、高鍋に伝わってしまうはずだった。

それについて、高鍋は何も言わなかった。

「……そうか」

以後、文乃には増山か高鍋、それが無理なら誰か高鍋リサーチの若手をつけることで対処しようと決まった。

幸いにして、その後に文乃が何か事件を起こすようなことはなく、少なくとも増山たちが見ていた限りでは、人格交替も起こっていないようだった。

当時の高鍋の理念を簡潔にいうと、「超能力による社会貢献」ということになる。決してボランティアという意味ではなく、「社会性を持ったビジネスとして、超能力を用いた事業の認知度を上げていく」ということだ。その代表的な一例が調査業だった。

だが社会性ということを考えると、文乃のような存在は非常に危険だった。文乃の事件が公になれば、やはり超能力は危険じゃないか、人を殺せるらしいぞ、得体の知れない連中だ、怪物だ、バケモノだ、と世論がエスカレートしていくのは目に見えていた。よって、文乃のようなケースが社会問題化する前に、増山たちの側がコントロールする術《すべ》を確立する必要があった。

当時、文乃には詳しい説明をしていなかった。君の周りで不可解な超能力事件が起こっている、我々はそれらから君を守るのと同時に、いろいろなことを調べたいから、迷惑かもしれないけど、我々を見かけても迷惑がらないでほしい、と言っておいただけだ。同様の説明は文乃の両親にもした。文乃の両親も、娘の周りで妙なことが起こることは認識していたが、我が子に特殊な能力があるなどとは露ほども思っておらず、文乃にしたのと同じ説明で納得してくれた。

そんな日々が、二年、三年と過ぎていった。

その頃になると、もう文乃は心配ないのではないかという思いも、増山の中に芽生え始めていた。文乃が大学四年生になり、まもなく卒業、就職というところまでくると、自分の役割もそろそろ終わりかな、と思うようになった。

ちょうどその頃に出会ったのが、住吉悦子《すみよしえつこ》だった。

彼女もまた高校三年生で、こちらは実に分かりやすくパイロキネシスを乱用し、その力を誇示して地元の不良たちを束ね、今も思い出すと笑ってしまうのだが、彼女は「川《かわ》口《ぐち》の魔女」と呼ばれ、周囲から怖れられていた。

だが直《じか》に会って話してみると、悦子自身は素直で優しい、心の綺麗な子だった。増山が、彼女の抱えるトラウマに理解を示し、解消する手助けをすると、分かりやすく増山を慕うようにもなった。

増山も悦子の素直さが、飾らない性格が好きだった。その頃の増山は三十一歳。高校三年生の少女と交際することに躊躇《ためら》いがなかったといったら嘘になるが、それはあくまでも社会的な「枷《かせ》」、いわゆる世間体というだけの話だ。心と心を直接通わせることのできる超能力者同士の恋愛において、歳の差など、まったく、なんの問題にもならなかった。

増山は今も、文乃がそれについて嘘をついたとは思っていないし、思いたくもない。だが悦子と出会い、頻繁《ひんぱん》に会うようになった頃から、文乃の態度は明らかにおかしくなった。以前は会釈だけで家に入ってしまったり、少し立ち話をするくらいだったのが、急に増山を引き止めたり、店に誘ったり、ときには真夜中に増山を呼び出し、会いたいなどと言うようになった。

それを高鍋に相談すると、意外な提案をされた。

「付き合えばいいじゃないか、井山文乃と」

わざわざ悦子のことを報告しはしなかったが、ことさらに隠しているわけでも、念心遮断をしていたわけでもないので、高鍋なら知っているはずだった。

「そんな……今さら」

「綺麗な娘じゃないか。それとも、あの程度じゃ不満か」

「いや、そういう問題じゃなくて……」

「だったら、晃と交代するか。奴だったら、喜んで抱くだろう」

そう。高鍋には、増山にも理解できない、冷徹な一面があった。

「どういう意味ですか、それは」

「今のままでは、井山文乃はただの監視対象者だ。我々も迂闊《うかつ》な手出しはできない。それでなくとも、我々は警察に目をつけられやすいからな。しかし、身内の交際相手となれば……今よりはもっと、話も聞きやすくなる。研究に協力させることもできる」

研究じゃないでしょう、人体実験でしょうと、その場で言い返すべきだったのかもしれない。だが増山は、そうはしなかった。黙って、一人で文乃を守ろうとしてしまった。

ある程度、文乃の気持ちを受け入れるような、そんな態度もとらざるを得なかった。むろん、文乃が本当に自分のことを好きなのかどうか、読心してみたことはあった。だが不思議なことに、増山にはよく分からなかった。解離性同一性障害の症状があるからか、とにかく心理状態が見えづらい。

昔のアナログテレビで喩えると分かりやすい。

ある放送局と次の放送局の間に周波数をずらしていくと、全体としてはノイズだらけだが、両方の放送が薄っすら映るポイントがある。文乃の精神状態は、あの感じによく似ていた。ザラザラとノイズが多い上に、複数の思考が重複して入り交じっていた。

増山自身も、その思考に感化された部分があったのかもしれない。自分の気持ちがよく分からなくなり、文乃と会うと、何やら夢見心地というか、地に足のつかない、不思議な感覚に囚《とら》われるようになっていった。

そんな日々が続き、やがて増山は、文乃に告げられた。

あなたの子供を妊娠していると。

その一点で、文乃との結婚を決心したようなものだった。結果からいうと、そのときの子供は流産してしまうのだが、じゃあこの結婚もなかったことに、などとできるはずもない。ただでさえ、流産後の文乃の精神状態は不安定だった。人格交替こそ起こらなかったものの、家ではしばしばものを投げては破壊する、手のつけられない錯乱状態に陥った。

これに対して、悦子は非常に冷静だった。

「愛してもないのに、結婚なんてするから」

まったく、ひと回り以上も年下の悦子に、返す言葉がなかった。

「ああ……ごめん」

「子供も、もうちょっとちゃんと、確認すべきだったよね」

「俺も……そう、思う」

「でも、できなかったんだよね。文乃さんが可哀相で」

「ん……うん」

悦子が、組んでいた腕を解く。

「狡《ずる》い、とは思う。文乃さんも、圭太郎さんも。でも、文乃さんを放り出さなかった圭太郎さんを、あたしは、立派だと思うし、愛してる。あなたもあたしを愛してる。それが分かるから、あたしには感じられるから、だから……あたしは、いい。愛人でも、かまわない。今は」

その後、悦子は猛勉強を開始し、大学四年のときに二級超能力師の資格を取得。そのまま増山超能力師事務所に就職してきた。

文乃が身籠《みご》り、アリスを産むのは、それから五年後のことだ。

そして今――。

こういったことも遺伝するのだろうか。増山にもよく分からないのだが、増山には、我が子の心が読めない。

増山アリス。

六歳になった自分の娘の心が、増山にはまるで分からない。

3

悦子の朝は、わりと遅い方だ。

仮に寝坊をして起きるのが八時過ぎになったとしても、ちょっと支度を急げば九時には事務所に入れる。事務所までは、普通に歩けば十五分くらい。この余裕と安心感は大きい。1LDKで家賃は十三万円。やや高くはあるが、その価値は充分あると納得している。

とはいえ、実際には寝坊などほとんどしない。今日も七時には目を覚ました。

「……おはよう、ござい……ます」

毎朝、誰にともなく挨拶《あいさつ》をする。無意識ではあるが、ひょっとするとそれは、火事で亡くなった祖父母に向けてなのかもしれないし、一緒に朝を迎えたことなどほとんどない、増山に対してなのかもしれない。でも、それは別にどうでもいい。決める必要はない。

朝食は、その日の気分で食べたり食べなかったりだが、コーヒーは必ず一杯飲む。お湯は電気ポットで沸かす。パイロキネシスが得意だからといって、超能力でお湯を沸かしたりはしない。自室でちょっと使うくらいなら日超協に咎《とが》められることもないだろうが、それでも、しない。当たり前だ。たとえカップ一杯の水でも、沸かすとなったらとんでもない集中力と、精神力が必要になる。パイロキネシスでお湯を沸かしながらメイクなんてできない。いや、歯磨きだって無理だ。でも電気ポットで沸かすのなら、その間にシャワーだって浴びられる。ちょっとしたストレッチだってできる。まあ、喫煙者だったらタバコに火を点けるくらいするのかもしれないが、でもやっぱり、使い捨てライターで点ける方が断然楽だと思う。

コーヒーは、今はインスタントだ。ずっとカリタのドリッパーで淹《い》れていたのだが、つい先日、陶器製のそれは落として割ってしまった。手からこぼれ落ちた瞬間、アッ、と思った。たぶん、反射的に念動力で落下を喰い止めようとはしたと思う。でも駄目だった。お気に入りのカリタは床に激突し、真っ二つに割れてしまった。フローリングにもちょっと凹みができていた。なので、次はプラスチック製の軽いのにしようかと思っている。

まだ時間があるので、テレビでも観ながらコーヒーを飲もう。

「うーわ……なに、八十パーセントって」

どうやら、今日は一日雨らしい。

悦子が住んでいるのは荒川区《あらかわく》西日暮里《にしにっぽり》三丁目。あの「谷中《やなか》ぎんざ」の、本当にすぐそばだ。

マンションを出て左に何十メートルかいくと、もうそこが「谷中ぎんざ」の入り口前だ。ここを右に折れれば商店街。でも出勤時は反対、日暮里駅方面に進み、四十段ほどのコンクリート階段を上っていく。ここは「夕やけだんだん」の名を持つ、夕陽の名所だ。晴れた日の夕方、この階段の上に立つと、オレンジ色に染まる古風な商店街が眼下に一望でき、まるで昭和中期にタイムスリップしたかのような感覚が味わえる。だが残念ながら、悦子自身はあまりそれを見る機会がない。平日の帰りはたいてい夜だし、休日は休日で何かと忙しい。たまには缶ビールを片手に、あの段の中ほどに腰掛けて「谷中メンチ」を頬張ってみるのもいいかも、などと考えはするのだが、いまだ実現はしていない。

そもそも、今日は雨だ。

傘はお気に入りの、若草色の大きなやつだ。去年増山に買ってもらった、白い丸と四角がランダムに入った紺の傘もよかったのだが、なんとなく飽きてきた。しかも梅雨時に紺って、ちょっと気分が暗くなる。傘の色くらい明るい方がいい。

日暮里駅までいく間にも、つくだ煮屋さんとか、和菓子屋さんとか、お煎餅《せんべい》屋さんとか、下町っぽいお店がいくつもある。悦子が育った埼玉県《さいたまけん》川口市とは、かなり雰囲気が違う。この時間に開いている店はさすがにないが、閉じたシャッターを眺めているだけでも、なんとなく下町っぽさが感じられて楽しい。

あと、お寺も多い。雨に濡れたお寺はいい。気持ちが落ち着く。深呼吸したくなる。

同じ方向に歩いてきた人たちは、ほぼ百パーセント、日暮里駅で改札に入っていく。

でも悦子はそのまま構内を通過し、駅の向こう側に抜ける。京成本線にＪＲ常磐《じょうばん》線、京浜東北線、山手線が乗り入れているだけあり、日暮里駅の駅舎は大きく、かつ近代的だ。

駅の東口側までくると、もう下町っぽさはまるでない。こっちの商店街は、どこにでもあるようなチェーン店がほとんどだ。事務所の仲間たちと一杯やる分には便利だが、個人的には西口側、谷中方面の方が断然好きだ。

そんな商店街を過ぎると、またお寺やお団子屋さんがあったりするが、それでも「谷中ぎんざ」ほどの情緒はない。周りが四階とか五階建てのビルで埋め尽くされているからだろう。

増山超能力師事務所があるのは、そんな街の一角だ。

建てられたのはまず間違いなく昭和であろう、雑居ビルの二階。増山が借りる前は、おそらく会計事務所とか、建築事務所とか、そんな感じだったのではないだろうか。上半分が曇《くも》りガラスになったスチールドアが、いかにもそれっぽい。今はそこに【日本超能力師協会公認　増山超能力師事務所】と入っている。

「おはようございます」

ドアを開けて、まず見るのは部屋の右側、窓に背を向ける形で机に向かっている、会計事務担当の大谷《おおや》津朋江《つともえ》の姿だ。

「はい、おはようさん」

彼女の体形を「鏡餅《かがみもち》」と言ったのは誰だったか。後輩超能力師の高原篤志《たかはらあつし》だったか。

その篤志は朋江の正面に座っている。

「あ、悦子さん。おはようございます」

篤志は悦子の三つ年下で、大学を卒業してまもなく入ってきたものの、二級試験に合格したのはついこの前、一昨年の秋。初チャレンジから実に、六年もかかったことになる。それについては、増山とも当時よく話をした。

「篤志くん、いつになったら受かるのかな」

「んん……イマイチ使えない奴だとは思ってたけど、ここまでグダグダだとはな……俺も、予測できなかった」

「研修生の助成期間、だいぶ過ぎちゃったね」

「んん……合格したら、バリバリ稼いでもらわなきゃな」

「いやぁ、それは無理でしょう」

「んん……無理だろうけど」

そんな篤志の斜め向かい、朋江の一つ奥に座っているのが、中井健《なかいけん》だ。

「……おはようございます……」

健は、篤志と比べたらだいぶマシではあるが、それでも二級合格までに四年はかかっている。歳は今年、三十六？　いや、悦子の三つ上だから三十七か。

今いるのは、朋江、健、篤志の三人。

あと二人、まだきていないメンバーがいる。

増山は、まあよしとしよう。所長なのだし、娘のアリスを幼稚園に送っていく都合もあるので、九時に間に合わないことはちょくちょくある。

だが、宇川明美《うかわあけみ》にそれはない。

去年入ってきた研修生で、もちろん二級にもまだ合格していなくて、別にトランスジェンダーであることをとやかくいうつもりはないけれど、履歴書の性別の欄では「男」に丸をつけ、名前には「あきよし」と振り仮名を振るくせに、初対面の男性には「アケミでぇす」と科《しな》を作って自己紹介をし、典型的な「猫目」で顔はそこらのアイドルよりよっぽど可愛い上に、スタイル抜群で腰なんて悦子より全然細くて——って、別にそういうことが気に喰わないわけではなく、

「ちょっと。明美ちゃん、また遅刻？」

新人なんだから、しかも研修生なんだから、せめて篤志より先にきて事務所の掃除くらいはしなさいよと、悦子が言いたいのはそういうことだ。悦子だって、新人時代はそうしていた。

朋江が頷く。

「ここんとこ、わりと早めにきてたんだけどね」

「それだって、篤志くんよりあとなんでしょ」

「そうね。たいてい、あたしよりもあとだったね」

「全ッ然、駄目じゃん。ここんとこ、また弛《たる》んできてるなって思ってたんだ……一発シメてやんなきゃ」

言いながら、悦子は篤志の後ろを通り、自分の席に座った。

明美が入ってきたのはその十五分後くらい。九時五分過ぎだった。

「おはよう、ござい、まぁす……」

ひと目で「これか」と思った。

ロングの茶髪を、バッチリと編み込んで仕上げてきている。たぶん一回、頭頂部で大きな三つ編みを作って、それを後ろに持っていきながらサイドからも毛束をとってきて足して――いや、違うか。横から作るのが先か――。

いやいや、そういう問題ではない。

「明美ちゃん、遅い」

「はぁい、ごめんなさぁーい」

「それ、髪。それやってて遅れたんでしょ」

明美が左耳の後ろ、大きく巻いた毛先を、くるんと指先で弄《もてあそ》ぶ。

「そんなことないですよぉ。これやったの、昨夜ですもん」

嘘つけ。

「昨夜、編み込んでから寝たの？」

「そうですよぉ」

「そのわりには、バッチリ決まってんじゃない」

「やだぁ、悦子さん、疑ってるぅ……ほんと、朝はちょっと、手直ししただけなんですからぁ」

悦子だって本当は、こんなお局《つぼね》さんみたいなことは言いたくない。でも他に言う人がいないのだから仕方ない。

男性二級超能力師の二人は、早々と明美に取り込まれ、骨抜きにされてしまった。朋江は「ああいうタイプは言っても聞かないよ」と、こちらも早々と指導自体を放棄してしまった。増山はもともと「そういう面倒くさいの嫌いだから」と介入しようとしなかった。結局、悦子一人がイライラし、堪忍袋の緒が切れたときに直接注意し、だが言ったら言ったで自己嫌悪に陥り、あとになって増山に慰《なぐさ》められ、朋江にも「もっと気楽におやりよ」と背中をさすられ、しばらくは放置しようと心に決めるものの、

「やぁーん、またやっちゃったぁ」

同じ失敗を何度も、何度も何度も何度も目の前で繰り返され、悦子が黙っていられるはずもなく、

「ちょっと、明美ちゃんッ」

縫い合わせた堪忍袋の緒を、また自ら引き千切ってしまう、と。この一年は、ずっとそんな悪しきルーティンにはまり込んでいるような気がする。

明美が自分の席につく。明美の机は出入り口に一番近いところ。篤志と朋江が向かい

合っているところに、横から寄せるように置かれている。

その明美が、斜めに覗き込むようにしながら健に声をかける。

「健さん……またちょっと、痩《や》せました？」

確かに健は最近ジムに通い始め、かなり真剣にダイエットに取り組んでいる。実際、見て分かるくらいその効果も現われてきている。

しかし、昨日今日で印象が変わるほど痩せてはいない。

「え、あ……そうかな。んん……ありがとう」

いやいや、ここは照れるところじゃないでしょう。明美は遅刻を注意されて、その空気を変えたいがために言ってるだけでしょう。それくらい分かるでしょう。

「うん、やっぱり痩せましたよ。顎《あご》のラインとか、すごいシャープになった気がします」

そこに篤志が割り込んでくる。位置的にも二人の中間辺りにいるので、まさに割って入ってくる感じだ。

「えっ、えっ……ちょっと待って。顎ならさ、ねえねえ、俺も自信あるんだけど。シャープじゃない？　ほら、この角度とか、超シャープじゃない？」

男って馬鹿なのかなと、この二人を見ていると思う。それとも、この二人が馬鹿なだけなのだろうか。

そんな頃になって、ようやく増山が入ってきた。

「……ほーい、おはよぉ」

各々が「おはようございます」と返す。

増山は面倒くさがりで、悦子とは不倫もしていて、「超能力師っていうのはスマートじゃなきゃ」と恰好ばかりつけている男だけれど、でも所員はみんな、彼のことを最大限に尊敬している。

それは、心を読むまでもなく分かる。感じる。

みんなの目が、瞬時に輝くのだ。

いるだけで、彼が姿を見せるだけで、所員全員の士気が上がる。

増山圭太郎とは、そういう存在なのだ。

九時半頃になって電話が鳴った。たまたま朋江も明美も席を外しているときだったので、悦子が出た。

「はい、増山超能力師事務所でございます」

超能力とは、あくまでも「ダークマター」という星間物質の流れによって発生するものなので、当然のことだが、電話の向こうにいる相手の思念を読むことはできない。ただ、それとは別に予感とか、第六感みたいなものが働くことはある。

なんとなく、この電話の相手は女性ではないかと感じたが、

『……もしもし』

まさにそうだった。決して若くはない。四十代から五十代といったところか。こういう電話をしてくるくらいだから無理もないのだが、声には不安とか、動揺が感じられる。

「はい。調査に関するご相談でしょうか」

『え、あ……はい……あの……私、サカモト、と、申します。実は、主人が……この三日、家に帰っておらず、その……行方が、分からないのですが、そういったことの、調査依頼というのも、そちらで、受けていただけるのでしょうか』

超能力師事務所といえども、依頼内容は普通の探偵や興信所とさして変わらず、大半は浮気調査なのだが、たまにはこういった失踪人《しっそうにん》捜索の依頼も入ってくる。頼まれれば、もちろん喜んで引き受ける。

「はい、失踪された方の捜索も、お引き受けしております。今、サカモトさんはどちらにいらっしゃいますか」

悦子の左手にある所長デスクから、増山がこっちを覗き込んでいる。思念も読んでいるだろうから、増山なら分かるはずだ。

この女性の不安と動揺は、只事ではない。

『今は、自宅におります。あの、場所は、練馬区《ねりまく》です……練馬区、小竹町《こたけちょう》です』

悦子が目を向けると、増山が短く頷く。悦子も頷いて返す。

「では、ご都合のよろしいお時間に、おいでいただけますでしょうか。もしくは、こちらからお伺《うかが》いすることもできますが」

女性は『私が伺います、よろしくお願いいたします』と言い、携帯地図か何かで調べたのだろう。

『十時半か、それくらいには、伺えると思います』

そう付け加えた。


十時半は少し過ぎたが、事務所を訪ねてきたのは、悦子が思った通り四十代後半の、小柄な女性だった。

「サカモト、マリコと申します」

面談は増山と悦子の二人でした。

まず驚いたのは、行方が分からなくなっているそのご主人というのが、増山と面識のある人物だったということだ。

「主人は、あの……アイカワ電工に勤めておりまして、サカモト、エイセイと申します」

悦子がどんな漢字か尋ねると、坂本夫人は自分の掌《てのひら》に書く真似をしながら答えた。

「普通のサカに、ホン……栄養のエイに、世界のセです」

坂本栄世。そうメモに書く頃にはもう、増山の思念はひどくざわついていた。分かりやすく、眉もひそめている。

増山が訊く。

「ということは、ご主人は……アイカワ電工の、先進技術開発センターで、特殊技術研究チームの、班長をされている……？」

夫人が、頼みごとをするように頭を下げる。

「そうです、その、坂本です」

増山の思念に、青みを帯びた灰色が広がる。

夫人の思念はそれよりさらに色が暗く、かつ所々に黒や、色の抜けたような白が斑《まだら》に浮かび上がっている。いや、浮かび上がるというよりは、抜け落ちて穴になっている、といった方が近いかもしれない。一種の思考停止状態だ。

さらに増山が訊く。

「坂本さんの所在は、いつから分からなくなったのですか」

「ええと、三日前ですから……あ、いえ、一昨日、でした……一昨日ですから、その……九日の、月曜日です」

六月九日から行方が分からない、と。

増山が続ける。

「月曜日の、いつからでしょう」

「いつ、と、いうのは……？」

「朝は、普通に出勤されたのでしょうか」

夫人は「ああ」と、納得した顔をした。

「ええ、はい……朝は、普通に出勤いたしました。で、その……その日は、会社に、普通にいっています。会社に問い合わせましたら、そのように……それから、あの、ですから、月曜日は普段通り仕事をして、普通に帰って……その帰り道からが、分からないんです。ですから、その、会社から、帰ってこないんです……」

それが事実だとすれば、所在が分からなくなってから、まだ一日半しか経っていないことになる。三日という数え方はオーバーだ。

「ちなみに、警察への届けは」

「はい、あの、昨日の夜に……夜、というか、夕方に、はい……練馬警察署に、出しました。あの……会社の方は、まだ、その……あまり騒ぎにしない方が、というような、そんなふうに仰《おつしや》る方も、いらしたんですが、ただ……主人が、あの、こんなふうに家を空けるのは、初めてなもので……私としましては、これは、その……大変なことになってしまったと、そう思って……ですから」

夫人が泣き出しそうだったので、悦子はとっさに、応接テーブルの下に入れてあるボックスティッシュに手を伸ばしかけたが、要らぬ心配だった。夫人は、傍らに置いたハンドバッグから、紺色のハンカチを出して目元に当てた。

「あの、普段から……主人は、もし、もし自分に何かあったら、そのときは、超能力師の増山さんを、お訪ねするようにと……増山さんは、超能力師協会の中でも、一番信頼できる方だから、何かあったら、必ず増山さんを、お頼りするようにと……」

増山は「いえ」と首をひと振り、謙遜《けんそん》してから質問を続けた。

「ご主人は日頃から、そういう不安をお持ちだったんですか」

ハンカチを鼻に当てながら、夫人が増山を見上げる。

「日頃から……え、不安……」

「普段から、何かあったら増山を訪ねるようにと、そうご主人は、奥様に仰っていたわけですよね。その、ご主人の身に起きるかもしれない、何かというのに、奥様は、お心当たりはありませんか」

なんだろう。増山の口調が、いつになく険しい。

4

増山は質問を重ねながら、坂本夫人の思念を注視していた。

大前提として、超能力師は調査以外の目的で、超能力による情報収集をしてはならない決まりになっている。今のこのケースでいえば、坂本栄世の所在を知るのに必要な情報を坂本夫人の心から読み取ることは許されるが、それ以上の情報を引き出す行為は許されない、ということだ。

その線引きは非常に微妙で、かつ難しい問題を孕《はら》んでいる。

たとえば——そんな疑いはまったくないのだが、仮に、坂本夫妻の仲が険悪だったとする。読心によってそれが分かり、さらにその原因が夫人の浮気にあることまで読み取れたとしよう。しかし、その情報をもとに調査を進めることはできない。それは夫人にとって明かしたくない事情だったかもしれないし、超能力師が勝手に読み取っていい情報でもないからだ。そういった情報は本人の意思によって、自発的に明かされる必要がある。

ただ「心を読む」のと「思念を読む」のとでは、少々意味合いが違ってくる。

文字通り「読心」は心にあるものを読む行為で、狭義でいえば、対象者の体に直接触れる「接触読心」のことを意味する。接触読心は得られる情報量が多く、確度も高いが、それだけに警戒される傾向が強い。「あなたが何を考えているか知りたいので触らせてください」と頼んで、快く許可してくれる人は、まずいない。普通、人は「心を読ませてくれ」と言われたら、「余計なことまで知られるのではないか」「コンプレックスや、過去にやらかした失敗まで知られてしまうのではないか」と警戒するものだ。

さらにいうと、超能力師といえども人間なので、心を読んで得た情報と、会話の中から得られた情報を混同してしまうことがある。それがのちに、うっかり会話の中に出てしまったりすると、とんでもないことになる。

私、そんなことお話ししてませんけど。まさか、勝手に私の心を読んだりしたんじゃないでしょうね——？

こうなると、超能力師の信用なんてものは一瞬にして吹き飛んでしまう。

なので日超協はもちろん、増山超能力師事務所としても、接触読心は慎重に慎重を重ねて、なお上司と相談してから行うよう指導している。

一方、離れた相手の思念を読むことに関しては、情報量も限られるし確度もガクンと落ちるので、縛りもだいぶ緩くなっている。それが「遠隔読心」だ。

「読心」といっても、実際に読んでいるのは「思念」である。相手には触れず、周りに漏れ出てくる思念から精神状態を読み取り、解釈する。上手く会話と組み合わせれば嘘を見破ることもできるし、相手が意識していないことに気づいてあげることもできる。

読心ほど確度は高くないので、会話から得た情報と混同することもない。通常、超能力師が用いる「読心」といったら、こちらの方が圧倒的に多い。

いま目の前にいる、坂本夫人はどうか。

非常に動揺している。それは超能力を使わなくても、おそらく普通の人でも、この様子を見れば分かる。

では、坂本栄世の行方が分からなくなったことについて、心当たりはあるのか、ないのか。

「……仕事で、何かあったのかな、と、思うときはありましたけど……でもそれは、昔からそうでしたし。そんなに、神経の太い人ではないので……悩み始めたら、とことん悩んでしまうようなところは、ありましたけど……」

夫人が、坂本の姿を一所懸命思い浮かべようとしているのが分かる。ぼんやりとではあるが、増山にはそれが見える。長年連れ添った夫が俯《うつむ》き加減にしている、そんなイメージ。会社から帰ってきて、ダイニングテーブルに両肘《りょうひじ》をついて、はあ、と溜め息をついている場面だろうか。

別の質問をしてみよう。

「では、最近変わったことはありませんでしたか。仕事に関することでなくてもいいです。個人的なことでも、たとえば……ご存命なら親御さんであったり、親戚の方であったり、ご友人関係でもいいです」

夫人の脳裏に、またいくつもの顔が浮かんでは消えていく。それが誰かは、増山には分からない。ただ、夫人が必死に何かを探しているのは分かる。増山の質問について真剣に考え、答えようとしてくれているのは感じ取れる。

「いえ、そういったことは……主人の両親は、すでに亡くなっておりますし、親戚との付き合いも、このところは特に……友人、という話も……」

おそらくそうだろう。

この人は、自分の夫がいなくなったことについて、何一つ具体的な心当たりがない。ただ、精神的に脆《もろ》いところがあることは承知していた。だから何かを気に病んで、逃げ出してしまったのではないか、そんなふうに推測している。そしてそれは、仕事に関することであろうと思っている。

これ以上、夫人から何か出てくることはあるまい。

「そうですか……分かりました。警察にもすでに届け出ておられるということですから、そちらで何か分かった場合は、ご面倒ですがこちらにも、ご一報ください。あと少し、こちらからお願いしたいこともあるのですが……ご自宅には、ご主人の個室みたいなものはございますでしょうか。書斎であるとか、趣味の部屋みたいな」

震えるように、夫人が首を振る。

「そんな、書斎なんて……小さな家ですから、そんなものは……」

「では、寝室を見せていただくことは可能でしょうか」

一瞬、夫人は困った顔をしたが、この程度の躊躇《ちゅうちょ》はむしろ常識の範疇《はんちゅう》と思った方がいい。

「寝室を、お見せすると……何か、分かるのでしょうか」

「分かるケースは非常に多いです。『残留思念』と申しまして、人の感情や思考は、直接触れていたものに残る性質があります。特に寝具は長時間接しているので、思念が溜まりやすい……まあ、それが夢になってしまうと話がややこしくなるのですが、寝入りばなに、そのとき気になっていることをつい考えてしまうというのは、誰にでもあることです。そういったことを調べさせていただけると、のちの調査がぐっとスムーズになる可能性があります」

決して納得した顔ではなかったが、それでも夫人は頷いてみせた。

「はい、分かりました……お見せできるように、いたします」

「よろしくお願いいたします。でも、あまり片づけ過ぎないでください。シーツとか枕カバーなども、できれば交換しないでいただきたい」

「……はあ。では……そのように、いたします」

他にもいくつか注意事項について説明し、了解を得た上で、この依頼を引き受ける旨を夫人に伝えた。

料金や調査期間、調査が成功した場合、失敗した場合などの説明は悦子にさせる。

坂本は直接の知り合いというのもあるし、何より超能力業界の関係者なので、ある程度、割引料金にしておこうと思う。


坂本夫人が帰ったあとで、所員全員と相談した。とはいっても、主な相手は悦子だ。

「どう思った。直接話を聞いて」

悦子は自分の席に戻って、夫人に書かせた調査依頼書を再読している。同時に、書類に残った思念も読んでいるのだろう。

「んん、まあ……心当たりは、まるでなさそうだよね。そんなにタフな性格でもないから、下手をしたら仕事で神経すり減らしちゃって、何もかも嫌になって家出、失踪、みたいな。奥さんのイメージとしては、そんな感じなのかな」

斜め向かいにいる朋江が頷く。

「あたしが首突っ込むアレじゃないんだろうけど、ごく普通の奥さんだったよねぇ。旦那に急にいなくなられて、オロオロしてる……でも、所長はそうじゃないと思ってんだろう？」


さすが朋江。にわか超能力師より、よほど鋭い洞察力を持っている。

「そうなんですよ。彼の、所属部署というのがね……」

悦子が即座に書類を確認する。

「ええと……アイカワ電工、先進技術開発センター、特殊技術研究チームの……班長？主任？」

名刺を見れば分かるのだろうが、今は面倒なので探さない。

「まあ、超能力関連で最先端の技術開発に携わっている人物、ということだ。俺も何度か話したことがある。真面目そうな、好人物だよ……それだけに、心配なわけだ」

健と篤志、明美はポカンとしている。

悦子だけが、キュッと眉根に力を込める。

「つまり、これは自らの意思による失踪、ではなくて……たとえば、産業スパイとか、そういうのが関わった、拉致《らち》の可能性があるってこと？」

分かりやすく、二度頷いておく。

「その可能性は、ないとは言い切れない」

二級の二人が「えーっ」と声をあげる。

明美が「キャー、映画みたーい」と甲高く言い放つ。

朋江が「所長」と発言権を求める。

「なに、朋江さん」

「そんなさ、スパイとか危ない話だったらさ、今回ばっかりは、警察に任せた方がいいんじゃないかね」

それも一理ある、が。

「いや、それはまだ分かんないから。実際に調べてさ、そっち方面のキナ臭い話だったら、ちゃんとそっち系の部署にね……公安とかさ、そういうのに相談しなきゃなんないだろうけど」

悦子が「でもさ」と割って入る。

「昨今、海外じゃスパイに超能力者使うなんて、当たり前だっていうじゃない。そういうのに、日本の警察は対応できてるのかな。榎本《えのもと》さんの話聞いてる限りじゃ、とてもそんなふうには思えないんだけど」

榎本というのは、増山と古い付き合いの警視庁刑事だ。最後に会ったときから異動していなければ、今も本所《ほんじょ》警察署にいるはずだ。

「確かに。DM機の運用も隅々まで行き届いてるとは言い難いし、超能力に対する理解も、正直、あまり進んではいないらしいからな。なんというか……警察の試験に合格するって時点で、こう、性格的に、ルールとか、常識の枠を重視する傾向が強くなるんだろう……良くも悪くも。超能力なんてのは胡散臭《うさんくさ》いペテンの類《たぐい》で、社会正義の側というよりは、むしろ犯罪者の側に近いと……そういう感覚が、いまだに捨てきれないんだろうな」

ただし、警察官は漏れなくそうだ、といっているわけではない。どんな組織にも例外はいる。榎本がいい例だ。彼は超能力の存在をまったく疑っていない。それどころか、超能力よりよほど不可解な事件を扱ったことも過去にあるらしく、ときおり真顔で、

「俺はさ……この世には吸血鬼だって実在するって、本気で思ってるんだぜ」

そんなことまで言う。変わり者といってしまえばそれまでだが、増山にとっては非常に付き合いやすい警察官の一人ではある。

それはさて措き。

「……健と篤志は、今どんな感じなの。健は、あれだろ。歯医者の奥さんの不倫」

「はい。もう写真も撮れてますんで、あとは報告書にまとめて、提出しにいくだけです」

「よし。じゃあ、そっちはそれでOKってことで……篤志は。松濤《しょうとう》の婆さんの、遺産相続だよな」

はあ、と篤志が首を垂れる。

「それなんすよね……南青山《みなみあおやま》のビルの権利書盗んだのが長男だってのは分かってるんですけど、でも、婆さん騙して何千万も現金出させたり、自社株買わせたり、妹夫婦の方がよっぽど、キッタねえこと散々やってんですよ。挙句、遺言に自分の娘の名前まで

……婆さんからしてみたら他人なんですけどね、亭主の連れ子なんだから。それを入れさせたりね……もう無茶苦茶っす。ほんと」

タイミング的に篤志しか空いていなかったので担当させたが、やはり彼には荷が重かったようだ。本来であれば、自分か悦子がやるべき案件だったと思う。

「分かった。じゃあ、歯医者が片づいたら、健はちょっと篤志のサポートに回ってやって。で、健が報告だけってことなら、明美はもう空くな……ま、明美はしばらく待機だな。いつでも動けるように準備しとけ」

明美は「えー、なんで私だけ電話番なんですか」と口を尖《とが》らせたが、それは違う。増山は増山なりに、明美の使い道もちゃんと考えている。

超能力師は伝統的に——といっても日超協発足から数えても十五年の歴史しかないが、その中で常に関わりを持ってきた行政機関といえば、まず挙げられるのは警察だ。当初、警察は超能力師および日超協を犯罪者予備軍のように見ていた。非公式にではあったが、警察庁警備局、警視庁公安部には特命チームが置かれ、日超協の動向を具《つぶさ》に監視していたという。

ちなみによく混同されるのだが、警察庁と警視庁はまったく別の組織である。確か、このことは悦子にも朋江にも、篤志にも明美にも説明したのではなかったか。所員で知っていたのは、たぶん健だけだったと思う。

警察庁というのは、日本全国の警察を取りまとめる国家機関である。その下には都道府県の警察本部がぶら下がっており、その一つ、東京都を管轄する警察本部が、警視庁だ。要は大阪府警、北海道警、神奈川県警などと同じ、警視庁も一つの地方警察本部である。ただ、いうまでもないことだが東京は日本の首都なので、他の道府県と横並びというわけにはいかない。要人の警護やテロ対策、平常時の治安維持に至るまで、他道府県警よりワンランク上の体制がとられている。人員も飛び抜けて多い。

そんな警察の中で、増山たちに直接関係のある部署といえば、公安部だ。

普通の道府県警は「警備部」の中に「公安課」を置いており、独立した部署として「公安部」を持っている警察本部は警視庁以外にはない。なので「公安部」といったら、即「警視庁公安部」ということになる。

当初は日超協を敵視していた公安部だが、日超協が超能力師一人ひとりのデータから事業者名簿、事業内容報告に至るまで、要求される情報開示すべてに応えているうちに、対応は自然と変わってきた。ＤＭ機の開発に積極的に関与するようになったり、報告を義務付けていた事項を一部緩和したり、次第に協力関係を構築するようになっていった。一部の超能力師は捜査にも協力するし、実際に事件解決に貢献した例も少なくない。昨今では防衛省もこの枠組に加わり、安全保障の分野にも超能力を積極的に活用していこうという機運が高まりつつある。

そんな経緯もあり、増山も個人的に会って話のできる知り合いが何人かできた。本所警察署の榎本も警察官ではあるが、彼は所轄署の刑事なので、公安系とはちょっとタイプが違う。

公安部といったら——三人ほど直接連絡をとれる人間はいるが、その中でも相談しやすいのは、公安総務課の五木順平《いつきじゅんぺい》だろう。

五木は公安部員といっても、いわゆる「オモテ」担当なので、刑事ドラマに出てくる忍者のような、あるいはスパイ的な雰囲気の持ち主ではない。待ち合わせは普通に居酒屋でするし、自分の家族の話だってする。痛風が悪化して酒を控《ひか》えてるんだ、みたいな弱音を吐くことだってある。

「……どうも、お久し振りです」

ただ、今日は昼間なので喫茶店にした。場所は、五木の希望で原宿《はらじゅく》になった。理由は知らないし、訊く気もない。

「うい、お疲れぇ……あれ？　増山、お前、ちょっと太ったんじゃないか？」

冗談じゃない。

「やだな、太ってませんよ。体重だって、全然変わってないです」

むしろ増山の目には、五木の方がよほど太ったように見える。身長は百八十五センチくらいあり、ずっとヒョロ長いイメージだったが、最近はちょっと、それに厚みが出てきたように思う。いわゆる中年太りだ。わざわざ言いはしないが。

くたびれたスーツの内ポケットから、五木がタバコを取り出す。

「しかし、珍しいじゃないか。お前から誘ってくるなんて」

「ええ、実は……ちょっと、お耳に入れておきたい事案が舞い込みまして」

ふん、と五木が、鼻で笑うように息を漏らす。

「お耳に入れたいって……それを交換条件に、俺から何か引き出そうったって無駄だぞ」

そう口ではいうものの、五木は、必要な情報交換にはちゃんと応じてくれる男だ。

増山は、あらかじめ用意してきたメモを五木に向けて押し出した。

それには「アイカワ電工　坂本栄世　失踪　行方不明者届は所轄署に提出済み」と書いてある。

五木が眉をひそめる。

「……受けたのか」

増山は頷いてみせた。

「ええ、奥様がお見えになりまして。特に、状況に変わったところはなかったので、お引き受けしました」

五木は口をひん曲げ、分かりやすく「気に喰わない」ことを顔に表わした。

「お前よ、時と場合によっちゃあ……」

増山を睨《にら》んだまま、五木が言葉を呑み込む。これは言わない、言いたくない、という意味ではない。俺の脳から直接読め、というサインだ。

むろん、そうさせてもらう。

《……はんに……るぞ……とく……ごほ……にな……ていひ……なるぞ……特定……法違……》

分かった。時と場合によっては、特定秘密保護法違反になるぞと、そう言いたいわけだ。確かに、今や超能力関連の科学技術は国家レベルの重大機密情報だ。

とりあえず、ここは声に出して返しておく。

「そうならないよう、ご意見を伺いにきたわけですよ」

ニヤリと、五木が左の口角を上げる。

「……大したヒューミントだな」

HUMINT――ヒューマン・インテリジェンス。即ち「人的情報収集」。いや、そんな大袈裟な話ではない。

「何かありませんか」

今度は増山から、五木の脳に直接メッセージを送る。日超協はこれを「遠隔伝心」と統一して呼ぶよう指導しているが、まあ、俗にいうテレパシーというやつだ。

《アイカワ　産業スパイ　情報　アイカワ　産業スパイ――》

五木が頷き、返信してくる。

《うわ……あ……こく……えい……噂　ある　国籍不明》

国籍不明とは、穏やかではない。

一々まどろっこしいので、口頭で訊く。

「……噂レベル、なんですか」

「ああ。欧米系か、アジア系かも、まだ分からない」

五木がここまで明かすということは、実際にはもう少し情報を摑《つか》んでいるということだ。ただ、今はまだ言える段階にはない。そういうことだろう。

これはさすがに、口頭ではマズいだろう。

《拉致された　可能性は　拉致された　可能性——》

五木は頷いてから、タバコを一本銜《くわ》え、火を点けた。

「その可能性も、考えておくべきだろうな……ってことは、だ。お前らみたいな興信所風情《ふぜい》が、おいそれと手出ししていいネタじゃねえってことだよ……分かるよな。その件からは、大人しく手ぇ引いた方が身のためだぞ。協会には俺から一報入れといてやる。その後の情報も極力共有する。捜索には力を入れるよう、こっちからも働きかける」

ここで「分かりました」と頭を下げてしまったら、興信所風情は商売あがったりになってしまう。五木が知り得た情報のすべてを明かしてくれるなら話は別だが、それをしないのなら、こっちだって要求に従う道理はない。

こっちはこっちで、優先しなければならない道理がある。

「五木さん、すみません……もう、前金で半額もらっちゃってるんで。引くに引けないんですよ。うちもほら、台所事情、苦しいんで」

予想していた反応だったのか、五木は苦笑いを浮かべ、冷めたコーヒーのカップに手を伸ばした。

「……無理はするなよ。派手なドンパチになってからじゃ、遅えんだからな」

超能力関連の情報戦が、やがて本当の戦争に発展する——なんてことはないと思うが、増山も細心の注意は払うつもりでいる。

こっちにだって会社があるし、家族だっているのだ。

5

明美は、まんまと留守番になってしまった。

最初に事務所を出ていったのは健。弁護士と打ち合わせの予定があるといっていた。

次は篤志。急に、司法書士に呼び出されたらしかった。

悦子は朋江に頼まれて、郵便局と銀行にいくことになった。普段そういうのは朋江の仕事なのだが、ついさっき、朋江は事務所の給湯室前で躓《つまず》いて、左膝を激しく床に打ちつけてしまい、今は歩くのも立つのもつらいという。

一応、明美も「私がいきましょうか」と言ってはみたのだが、事務所の経理に関わることなので、やはり悦子がいくことになった。悦子は極めて一級に近い実力を持つ二級超能力師で、もちろん正社員。明美は無資格の研修生、実質的にはアルバイト。まあ自分でも、責任感が違うよなぁ、とは思う。

「じゃあ、俺も」

そう言って、増山も悦子と一緒に出かけていった。なんの用事かは言っていなかった。明美が増山の思念を読んだところで何も分からないことは分かりきっているから、それもしなかった。

「はぁい、いってらっしゃぁい……」

なので今は、動けない朋江と、二人でお留守番だ。

朋江はまもなく郵便物を開封し始め、その中の一通に何やら難しいことが書いてあったらしく、何度も「ん？　ん？」と言いながら読み返していた。さらに後ろの棚から書類を引っ張り出し、それと見比べて「これが……なになに……来年度から減額って……ちょっと、冗談じゃないよ」とボヤき始める。

こういう空気のときは、しばらく大人しくしておいた方がいい。下手に首を突っ込んで、こっちにトバッチリがこないとも限らない。

「さて……私も、勉強しなきゃ……」

本当は、全然そんな気分ではない。ただ明美の場合、勉強する気分になる日なんて年に三日あるかないかだから、自分のやる気を待っていては駄目なことも、自分でよく分かっている。

無理やり、二級試験用の参考書を開いてみる。以前、篤志に勧められて買った『これで一発合格！　二級超能力師筆記試験過去問題集』はイマイチ使い勝手がよくなかったので、最近は悦子からもらった『覚えるのはここだけ！　二級超能力師試験の最強まとめ&問題集』で勉強している。悦子は大学時代に、しかも二度目の受験で二級に合格しているので、お下がりの参考書といっても新品同然の美品だ。しかも、大事なところにマーカーが引いてあるので、非常に参考になる。悦子って、見かけによらず頭がいいのだと思う。いや、見かけによらずは失礼か。とにかく、この参考書を持っているだけで、次は合格できるような気がしてくる。

そうそう。最近の悦子は、前よりも少し明美に優しくなったように思う。

相変わらず、明美を注意するときの口調は厳しいし、表情も普通に怖い。でもそれは仕方ないと思っている。悦子は明美の教育係であり、明美が現状未熟なのは事実だから、悦子が怒って、明美が怒られるのは、ごくごく当たり前のことだ。それくらい、いくら馬鹿だって明美にも分かる。

そういうことではなくて、たとえばこの参考書をくれたのもそう。補佐で仕事に同行すると、よくランチを奢《おご》ってくれたりするし、ドラッグストアに立ち寄り、自分用の化粧品――たとえばグロスなんかを買うとき、

「これ、この匂い……すごい好きなんだ」

そんな悦子の独り言に、明美が「ほんとだ、いい匂い、可愛い」みたいに相槌《あいづち》を打つと、悦子は黙って二個レジに持っていって、あとで明美に一個くれたりする。他にも、

ホットアイマスクとか、エステの割引券とか、なぜかワニの抱き枕もくれた。ワニが好きだなんて一度も言ってないのに。っていうか別に好きじゃないのに。

そもそも悦子って、いくらお給料をもらっているのだろう。この事務所で、増山の次といったら悦子だ。朋江と話していても、

「あの娘はがんばり屋だしねぇ……えっちゃんがさ、文句言いつつも面接補助の仕事をこなしてくれるから、うちの事務所はもってるようなところあるんだよ」

その評価は非常に高い。たぶん、年収で五百万くらいはもらってるんじゃないだろうか。根拠は何もないし、悦子の思考から数字を読み取るなんて高度な技術は明美にはないから、単なるイメージでしかないのだけれど。

などと考え事をしていたら、いつのまにか朋江に睨まれていた。

「えっ……なんですか」

「ぼーっとしてないで、真面目に勉強しなよ」

「し、してますよぉ。やだなぁ、朋江さん……」

このおばさん、超能力なんて欠片《かけら》もないわりに、妙にいろんなところで鋭い。しかも、ナチュラルに念心遮断ができる体質なのか、こっちが思考を読もうとしてもなかなか思念が漏れてこない。あるいは、体脂肪が思念を遮断するのだとしたら、こういうこともあり得るのかもしれない。

朋江が、その太い腕を大きな胸の前で無理やり交差させる。

「明美ちゃんさぁ……あんたが早く二級に合格してくれないと、ほんと、うちの事務所はそのうち、経営破綻しちまうかもしんないんだよ。今は補助金が出てるけど、なんかそれも来年から減額になるらしいから。グズグズしてらんないんだよ。二級に合格しさえすれば、あんたも一人で仕事が担当できるようになる。そうなりゃ事務所の収入は二十五パーセントアップ……にはならないかもしれないけど、資格持ちが四人から五人になれば、確実に売り上げは伸びるんだから。化粧ばっか一所懸命やってないで、勉強もしっかりやんなよ」

やっぱり、さっきの手紙はそういう内容だったか。

そう思うと同時に、明美は気づいた。

誰かがこのビルに入ってきた。階段を上がってくる。このビルは三階建てなので、上の階への訪問客という可能性はある。だが、この強烈な圧力はなんだ。壁という壁をミシミシと内側から押し広げるような、まるで移動性高気圧のような存在感。朋江も何か感じているのだろう。事務所の出入り口に目を向けている。まあ、足音は普通にしているので、それはそんなに不思議なことではないか。

やがて、社名の入った曇りガラスに人影が映る。

男性だ。濃いグレーのスーツを着ている。背はさほど高くない。年齢は、けっこう上っぽい。でも髪の毛はフサフサしている。

その男は、招き猫のような手つきで曇りガラスを叩いた。

自分が一番下っ端だし、そもそも朋江はいま動けないので、明美がドア口までいく。

「はい……」

どうぞ、と続ける前にドアは開き始めた。

意外なことに、高気圧男は、微笑《ほほえ》んでいた。

「……これはどうも、別嬪《べっぴん》さん」

なんというか、魔女のような顔をした男だった。鼻の形と、皺《しわ》の多さがそう連想させるのだろう。特にほうれい線が深い。それでいて、妙な色気がある。純粋な女性ではない明美ですら、ゾクッと身の危険を感じるような、そういう類の色気だ。

「……あら、タカナベ先生」

背後から、そう聞こえた。

タカナベ、たかなべ——ああ、あの日超協の理事をしているという、昔、増山がいた会社の社長の、あの高鍋か。高鍋、高鍋——下の名前は知らない。

でも偉い人なのは間違いないから、深めに頭を下げておく。

「あ、失礼いたしました。いらっしゃいませ。えっと……どうぞ」

明美がソファセットの方にいざなうと、高鍋は「いいよ、いいよ」と奥に向かって掌を向けた。

「大谷津さん、無理しなくていいよ。脚、痛いんでしょう」

振り返ると、朋江が机に手をついて立ち上がろうとしていた。その仕草を見て高鍋は察したのか、それとも朋江の《痛い痛い》という思念を読んだのか。明美には分からない。

高鍋はぐるりと事務所内を見回してから、明美に向き直った。

「ちょっと、くるのが遅かったようだね」

増山がいない、ということを言いたいのだろう。

「あ、はい、申し訳ございません。増山は、ただ今……」

「住吉えっちゃんも、一緒にでかけちゃったのか。こりゃどうしたもんかな。日を改めて、出直した方がいいのかな」

凄《すご》い。悦子と増山が一緒にでかけていったというのは、一体どこを見て判断したのだろう。明美か、あるいは朋江の思念を読んだのか。それとも誰かの残留思念から読み取ったのか。なんにせよ、読むのが異様に速い、上に正確、かつ能力を使っている感じが微塵もない。表情をまったく変えずに、さっと見回しただけで読み取り、そのまま瞬時に、自分に解釈可能なイメージに翻訳できてしまうのだろう。

さすが、日超協の理事だけはある。

それとは関係ないかもしれないが、目つきが妙にエロい。

「ねえ、別嬪さん。私は、出直した方がいいのかな。それとも、ちょっと待ってれば、所長は帰ってくるのかな」

ただ、高鍋にも限界はあるようだった。増山は自分の予定を、思念としてこの部屋には残さなかった。口頭で誰かに告げることもしなかった。だから高鍋にも、増山がいつ戻るかは分からない。そういうことではないだろうか。

逆に、悦子がどこにいったかはすでに分かっているのかもしれない。朋江が脚を痛めて動けず、代わりに悦子がいくと決まるまでのやり取りは、明美の中にも朋江の中にも残っている。悦子の思念もそこら中に残留している。

住吉でしたら、まもなく戻ると思いますが――。

案の定、明美がそれを口にする間はなかった。

「んん、住吉えっちゃんじゃ、ちょっとな。やっぱりこういう話は、圭太郎でないと」

ほほう。高鍋は増山のことを「圭太郎」と呼ぶのか。面白い。

高鍋が続ける。

「別嬪さん……いや、明美ちゃんと呼んだ方が、いいのかな……お勉強の邪魔をして申し訳ないけど、私は、少しだけ待たせてもらうことにするよ」

反射的に、応接セットに座る高鍋、テーブルに出す飲み物を想像してしまった。悦子の好きなストレートティ、麦茶、あとは何かの御礼でもらったジュースが冷蔵庫に――。

「おかまいなく。でも、麦茶はいただこうかな。少し喉《のど》が渇《かわ》いた」

なるほど。ここまで遠隔読心を使いこなせれば、さぞ便利だろう。読まれる側は堪《たま》ったものではないが。

「はい、ただ今……お持ちします」

自分の心を相手に読まれないようにするには「念心遮断」をすればいいわけだが、今一つ、明美はこれが得意ではない。思念の漏れを遮断する感覚が、まだちゃんとは摑めていない。

ではなんなら得意なのか。

手を触れずに物を動かす念動力は比較的強いが、でもそれも、自分では制御できないくらい強いので、実をいうと困っている。思念を読む力もけっこうある方だが、これもやや過剰気味で持て余している。喩えていうなら、本の次のページも、次の次のページも一緒に読めてしまって、結局何がなんだか分からなくなってしまうみたいな、そんな感じだ。

とにかく、今はできるだけ念心遮断を心掛けながら麦茶を出そう。

「お待たせ……いたしました」

すごい緊張する。麦茶の水面がたぷたぷ揺れている。でも、大丈夫。こぼさないで置けた。

「はい、ありがとう……別嬪さん、ちょっといいかな」

高鍋が向かいの席を示す。明美に座れということらしい。嫌だなぁ、とは思ったが、そう思ったのを読まれたら困るな、失礼だよな、と思ってること自体失礼だよな、と思考が重なり、途中で諦《あきら》めた。

この人に隠し立てをしても無駄だ。エチケット程度の念心遮断だけ心掛けて、あとは普通にしていよう。

「はい、では……失礼いたします」

この人は、自分が半陰陽であることも、それが超能力を変に強める原因になっていることも、全部お見通しなんだろうな、などと思いつつソファに腰掛ける。

高鍋は麦茶の入ったグラスを手に取り、ワイングラスで乾杯するような仕草をしつつ、「いただきます」と呟《つぶや》いた。喉が渇いたというわりに、ほんの小さくひと口飲んだだけだった。

喉仏が、やや弛《たる》んだ皮膚《ひふ》の中で上下する。

「……今日ここにきた、坂本さんね」

ポンと、正面から額を叩かれるような衝撃を受けた。

高鍋の用件とは、それだったのか。

「その依頼は、とてもデリケートな問題を孕んでいてね。むろん、私は圭太郎の実力も、この事務所の実績も知っているし、充分認めているつもりだけれども、それでは済まない事態になる可能性も、あるわけだよ……いや、難しいことは分からなくていい。そういうことなんだと、ただ覚えておいてくれればいい」

ただ覚えておく。その自信も、正直ない。

なんというか、緊張し過ぎて、頭が真っ白になりそうだ。朝礼中に貧血で倒れる直前、あの感覚に近い。

「坂本氏の件は、今のところ、協会で預かろうと考えている。これはアイカワ電工という、日本を代表する精密機器メーカーの問題でもあるんでね。失踪したサラリーマンを一人、見つけ出せば済む話では、ないんだ……」

もうひと口、高鍋は麦茶を飲んでから立ち上がった。

「ま、圭太郎には、私からも連絡を入れておくが、そんな事情なんでね……別嬪さんからも、ひと言伝えておいてもらえるかい。また、近くにきたら寄らせてもらうよ」

一緒に立ち上がり、はい、と返事をしたつもりだったが、それが声になって出ていたかどうかも、自分ではよく分からない。

高鍋がドアロに移動する、その背中を見つめる。以前、明美は増山のことを「白紙の束」と思ったことがある。何も書いてない紙の束、つまり何も読み取れないわけだが、高鍋の印象は、それとはまったく違った。

どう表現するのが的確なのかは分からないが、一番強く感じるのは「距離」だろうか。すぐそこにいるのに、ひどく遠く感じる。見えないほど遠くはないから、追いかけていくのだけど、その背中には一向に手が届かない。高鍋は長いトンネルの出口付近にいて、自分は反対の入り口付近にいる。どんなに追いかけても、その距離が縮まることはない。なんだか、そんなことを想像した。

夕方になって、増山から連絡があった。すぐ高鍋のことを報告しようとしたのだが、向こうはそれどころではないようだった。

『……明美、今すぐ出られるか』

「え？　あ、はい。出れますけど」

『じゃあ、今すぐゼンショウジの前までこい』

ゼンショウジ——？

「なんですか、それ」

『ハア？　日暮里駅と事務所の間にあるだろう、大きな寺が。駅から事務所にいくときだと、左側に』

「あ、ああ……」

あのお寺、ゼンショウジっていうのか。知らなかった。

「分かりました。いきます……何か、こっちから持っていくものとか、ありますか」

『馬鹿、忘れ物を届けにこいって言ってんじゃないんだよ……いいか、俺は駅から事務所に向かう。ゼンショウジの前も素通りする。そのとき明美は、俺に声とかかけるなよ。黙って、そこに居続けろ。で、俺のあとを誰か尾《つ》けてこないか、よく見ておけ。写真なんて撮らなくていいから、誰かが俺を尾けてくるようだったら、あとで念写できるくらい、よーく見て、覚えておけ』

念写とはまた、難易度の高い要求だ。まるで自信はない。

「ああ、はい……分かりました。じゃあ……のちほど」

受話器を置くと、もう帰ってきていた悦子が、自分の席から怪訝そうにこっちを見る。

「所長、なんだって?」

「あの……お寺の前で待ってて、所長がきたら」

「ああ、尾行チェックね。やっぱそういう感じなんだ」

なんだ。自分だけに振られた、特別な仕事ではないのか。

「よくあるんですか、尾行チェックって」

「んーん、滅多にない。ただ、そういう方面の仕事になると、たまにやるよね、所長は。でも、ゼンショウジなら近いんだからいいじゃない。あたしなんて、ユザワまで呼び出されたことあるんだから」

ユザワって。

「あの新潟県《にいがたけん》の、スキー場のある、越後湯沢《えちごゆざわ》の、ユザワですか」

「うん。まあ、まだ秋口だったから、雪はなかったけどね」

「わざわざ湯沢までいって、尾行チェックだけですか」

「うん、そう。用事はそれだけ」

嘘だ。絶対、ついでに二人で温泉くらい入ってきたはずだ。

運よく雨が上がっていたので、小走りでお寺の前までいった。

着いてみると確かに、門の柱には「善性寺」と書いてある。でも「ショウ」の漢字が

「性」なのは意外だった。

いったんその門の中に入って、身を隠した。中にいる誰かに見られたら、怪しいことこの上ないだろうけども、ここはお寺だ。困ってる人は助けるべきだ。だからって、どうしましたか？　とか声はかけてくれなくていい。ただ、黙ってこの場所を貸して、見守っていてくれればいい。

腕時計を見ると、四時四十分。日は陰っているけれど、まだ全然暗くはない。それより何より、雨上がりでモワッとしているせいか、やたらと蚊がいて困った。ただでさえ刺されやすいのに、こんなところでじっとしてろなんて最悪の仕事だ。

ちょっと所長、早くきてよ——。

ところが、待てど暮らせど増山は現われない。実際に増山が善性寺の前を通過していったのは、なんと、それから二十五分もあとのことだった。

こっちは脚も腕もあちこち刺されて、痒くてムカついてイライラが沸点に達してるっていうのに、当の増山は涼しい顔で、本当に、今にも口笛を吹き出しそうなくらいご機嫌な様子で明美の前を通り過ぎていった。しかも、それで明美の任務が終わるわけではない。むしろこれから。増山のあとを誰か尾けているのではないか。それを見極めることこそが、明美の任務なのだ。

しかし、いない。

ちょっと変わったデザインの、緑色のランドセルを背負った小学生が一人、リコーダーを吹きながら通っていった他は、犬猫一匹通らなかった。厳密にいえば、駅方面にゆっくりゆっくり、カートを押しながら歩いていった老婆はいたが、それは関係ないだろう。タイミング的なことをいったら、増山とすれ違うことすらなかったかもしれない。チョちょっと、これっていつまで見てればいいの。やだ、また刺されたんですけど。チョー痒いんですけど。って、あれ？　やだ、ほっぺ？　これも刺されたの？　ちょっと鏡、鏡。やだ、マジで刺されてる。カッコわる。このレベルって、ファンデで隠せるのかな――。

などと思っていたら、ようやく電話がかかってきた。確認するまでもないが、事務所の代表番号からだった。

「……はい、もしもしぃ」

『おう、明美、お疲れ。どう、誰か通った？』

口調が軽いのはいつものことだけど、今は異様にムカつく。

「通りませんよ、小学生とお婆ちゃんしか。っていうか蚊に刺されて大変なんですけど、もう戻ってもいいですか？」

わはは、とわざとらしい笑い声が左耳に突き刺さる。イライラがメラメラに昇格する。怒りが殺意へと変貌《へんぼう》を遂《と》げる。

ただ、そんな思念は、電話では伝わらない。

『なんだ、だったら別の場所にすればよかったのに。そりゃそうだよな、この雨上がりに、ミニスカートで寺の植え込みにケツ向けてりゃ、そりゃ蚊にも刺されるよな……はは、そりゃ気の毒に』

これはミニスカートじゃありません。キュロットといって、ズボンみたいに股下があるんです。

ええ、もちろん。だからって蚊が防げるわけではありませんけど。

第二章

1

私はそもそも、超能力関連機器の開発者などではなかった。

当たり前といえば、当たり前のことではある。

私が若い頃は、超能力なんて「手品」や「霊能力」の類義語でしかなかった。むろん日超協もなかった。「超能力師」などという資格もなかった。それどころか、超能力を持っていると公言する者すら、私の周りには一人もいなかった。

日超協が正式発足した十五年前、私は三十九歳だった。まだアイカワ電工が百パーセント出資した子会社におり、医療機器の開発部署でMRIの副作用軽減について研究していた。その後、四十代半ばでX線関連の部署に異動した。そこでは主に小型軽量化したX線源の開発に携《たずさ》わった。

親会社であるアイカワ電工に出向になったのは六年前、四十八歳のときだ。特にこれといった実績があるわけでもない私が、なぜ親会社に呼ばれたのかは分からなかった。ただ、引き続きX線関連の研究開発だと聞かされていたので、これからはアイカワ電工も医療機器に力を入れていきたいのかなと、そんなふうに思っていた。

だがアイカワ電工の目論見は、まったく別のところにあった。

アイカワ電工はすでに超能力関連の研究開発部署を立ち上げており、社内はもちろん、関連会社や社外からも広く人材を集めていたが、新たに「先進技術開発センター」なるものを設け、超能力関連機器の開発に本腰を入れていく方針らしかった。

私が配属されたのは、そのセンター内に設置された「特殊技術研究チーム」。与えられたテーマは「電磁波がダークマターに与える影響」だった。

私は当時のチームリーダー、村野《むらの》正克《まさかつ》に訊いた。

「ダークマターと電磁波……ですか」

村野は京大卒のエリート。しかも、超能力研究で有名な「濱中《はまなか》ゼミ」の出身者ということだった。

「ああ。本社の基礎研究部門が……といっても、今はセンターに吸収される形になってしまったが、そこにあったチームが、ＤＭ値は夜間の方が、やや減衰が遅いことに着目してね」

超能力に関して、私はまだズブの素人に近かったが、それでもＤＭ値が超能力の強さや性質を示す数値であることは承知していた。

「夜の方が、遅い……逆にいったら、日中の方が、減衰は早い……それは、室内でも屋外でも、ですか」

村野はニヤリとした。

「鋭いね。今のは主に屋外の話だ」

「つまり、太陽光が関係している？」

さらに、村野が満足そうに頷く。

「そういうことだ。これに関する研究は複数のチームが同時進行で行っているが、私はズバリ、紫外線が怪しいと睨《にら》んでいる」

なるほど、と思った。

紫外線は不可視光線に分類される電磁波の一種であり、超軟X線に近い性質を持っている。太陽光に含まれる紫外線にDM値の減衰を早める作用があるのだとすれば、当然、X線が同じ効果をもたらす可能性はある。つまりX線を用いれば、超能力関連機器の新分野を開拓できる。村野はそう考えたわけだ。そのためにはX線機器の開発経験者がどうしても必要だった。

それで白羽の矢が立ったのが、私だった。

どうやら、そういうことらしかった。

結果からいえば、村野の仮説は正しかった。ただ、その正しさを証明するのは容易なことではなかった。

何しろ、超能力の研究をしようというのに、我々には超能力そのものもなければ、それの代わりになる装置もないのだ。もうこれに関しては、日超協にお願いして超能力者を派遣してもらうほかない。それも、できることとできないことにバラつきのある中途半端な能力者では困る。できれば一級超能力師、それが無理なら優秀な二級超能力師を、と日超協には要請した。

いきなり、たくさんの超能力師と出会った。その中には増山圭太郎もいた。彼はすでに一級を取得し、自身の事務所も持っていた。

「では増山さん。その木片を十五センチ動かして、隣の輪の中に移動させてください」

私たちは放射線遮蔽《しゃへい》用のガラス越し、隣室にいる増山にマイクで指示を出す。

《はい、分かりました》

スーツ姿の増山は、落ち着いた様子で頷《うなず》いてみせた。

増山の目の前にある実験台には、二つの輪が描いてある。スタート時点では、こっちから見て右側の輪の真ん中に木片が置いてある。増山には、その木片を左の輪の中に移動させてもらう。むろん念動力、サイコキネシスを用いてだ。実験台にはDM機が設置してあり、DM値がどのように推移していくか分かるようになっている。

《じゃ……やります》

増山が見つめるその木片が、まるで裏から磁石で操られているかのように、実験台の上を横すべりしていく。右の輪の真ん中から、きっちりと、左の輪の真ん中に。増山は百発百中、常にこちらの要求通りに超能力を発揮してくれた。

「……はい、けっこうです。こちらにいらしてください」

木片を動かしたら、増山にはいったん実験室から出てもらう。X線照射による放射線被曝《ひばく》を避けるためだ。

《はい、了解です》

増山をコントロールルームに招き入れたら、実験台に向けてX線を照射する。それによってDM値がどう変化するのか。そのデータを採っていく。

我々はむろん、日超協に実験内容について説明してあった。だがそれを、増山が承知していたかどうかは分からない。実験室で行われていることを、彼がどれほど理解していたかも分からない。彼はコンピューターの画面を覗こうともしなかったし、質問も一切しなかった。また我々の思考を読むこともしなかった。コントロールルームにもDM機は設置してあったので、それは間違いない。

思ったような結果は、なかなか得られなかった。エネルギーが強ければいいとか、弱い方がいいとか、そういう簡単な話ではないようだった。あるいは、他の要素も勘案しなければいけないのかもしれなかった。紫外線以外の光は遮断するとか、気温、湿度、電波の影響なども調べるとか——。

とにかくこの時期、日超協には非常にお世話になった。

もう一つ、村野と私の二人で考えていた研究があった。

催眠療法などで超能力を弱めることができるのは、すでに分かり始めていた。実際にそういった治療を受け、自らが望まない超能力の封印に成功した例もいくつか報告されていた。

そうなると、その逆もあり得るのではないかと考えてしまうのが、人間という生き物の卑しさなのかもしれない。

催眠術を用いれば、超能力を強化することも簡単にできるのではないか。

これについて考えていた研究者は、決して我々だけではなかったはずだ。むしろ、誰だって思いつくレベルの安易な発想といっていい。

しかし、日超協やその他が主催する事業報告会で、そういった発言があったという記録はなかった。噂《うわさ》ですら聞いたことがなかった。

私は村野に訊いてみたことがある。

「本当に、誰もそういった研究は、していないんですかね」

村野は首をひねった。

「分からない。確かに、誰でも一度は考えることだろう……が、クローン人間を作るのに似た、何かこう、禁忌に触れる感覚は、確かにある……実際、薬物で異常な精神状態に陥った者が、能力者でもないのにサイコキネシスを使ったという例が、日超協で報告されている。だが、この話は部外秘になっていて、特にマスコミには絶対に漏らすなと、警察庁からも厳しく言われている……我々は企業だからな。企業イメージってものもある。違法薬物とか、催眠術で超能力を身につけようなんて、口が裂けたって言えないよ」

だが悲しいかな、科学者とは善悪の判断で動くものではない。

知的好奇心。それこそが科学者を動かす原動力であり、人類を進化させる推進力であると信じているところがある。

我々もそうだった。

催眠術で超能力を弱められるのであれば、逆に強めることもできるに違いない。ひょっとしたら、無能力者を超能力者にすることも——その程度の考えであれば、むしろ私たちは研究を続けていたかもしれない。

だが我々はその研究の途中で、さらに奥深く、ある意味においては邪悪な着想を得てしまった。しかも、それが理論的に可能であるとの確信も得てしまった。

だから、やめた。

村野と私は、その二人だけの秘密研究を、道半ばにして闇へと葬った。

残念ながら、村野正克はＤＭイコライザーの完成品を見ることなく、研究チームを去ることになった。本社の企画開発局長に抜擢されたのだから大変な栄転ではあるが、根っからの技術者である村野は、それをまったく喜んではいなかった。

「このチームは、私が上に掛け合って、一人ひとりメンバーを集めて作った。その最高のチームで、最高の研究ができたと、私は自負している。中でも、坂本くん。君とはいい仕事ができた。毎日が楽しかった。本当に、感謝している……それだけに、これを製品化までもっていけなかったことが悔しくてならない。だから、あとは君に託したい……坂本くん。君が、この研究を応用した製品を、必ず世に送り出すと、そう約束してくれ」

私は村野の手を握り、必ず実現しますと約束した。自信もあった。本当に、製品化は目前という段階まできていたのだ。

村野に代わって、私がチームリーダーになって半年が経つと、ようやく試作品の一号機が手元に届いた。当時「ダークマター・イレイザー」という意味を込めて「DME1」と名付けられたそれは、まず防衛省に納入され、試験的に使用してもらうことになった。

最初から上手くいくとは思っていなかった。案の定、運搬中に故障したり、何度調整しても状況によって効果にバラつきがあったりと、改善すべき点は数多く指摘された。

それでも試作品がDME2、DME3と新型になるたび、その品質は飛躍的に向上していった。改良のため、やむを得ずサイズが大きくなってしまったり、重量が増してしまうことはあったが、関係機関の評判はすこぶる良く、概《おおむ》ね「実用に問題なし」との評価が得られた。

それだけに、DME4への期待は高かった。

試作品は常に三台製作されるわけではなく、タイミングによっては一台のみ、あるいは二台を使い回すなど、その時々で臨機応変に運用された。だがDME4に限っては、幸運にも三台同時に製作することができた。

前型機との主な違いは、まず大きさ。本でいったら、ハードカバーから厚めの新書判くらいにまでサイズダウンさせることに成功した。逆に重量は七グラムほど増加してしまったが、この程度なら誰も問題視はしない。耐久性の向上、省電力化もかなり進んだ。多少、内部電圧が低下した状態でのVDMの均等化には不安があったが、それはさほど問題ではないだろうと我々は考えていた。

そもそもDMイコライザーは、超能力が使用された痕跡《こんせき》を消去する、あるいは超能力自体を無力化するための装置だ。我々としては主に、重要な会議が行われている会場の周囲に仕掛け、遠隔読心を防ぐとか、機密が漏れないように残留思念を消去する、といった使用方法を想定していた。その点でいえば、VDMは「透視」に関するDM値。透視能力が使われた痕跡を消したい、という状況自体、あまりないのではないかと考えていた。

というのも、現実の超能力で可能な透視というのは、せいぜい箱に入ったメモの、それも大きめに書かれた文字の形を認識できる程度だといわれている。たとえば、カバンに入った書類の内容を読み取る、みたいなことは不可能なわけだ。ならば、別にＶＤＭは消せなくてもいいのではないか、というのが我々の考えだった。

実際、日超協と警察庁はそれで納得してくれていた。「言われてみれば、透視の痕跡は消せなくてもかまわないか」といった反応だった。だが、防衛省だけはなぜかこの点に拘《こだわ》り、ぜひともＶＤＭも完全消去できるよう改良してもらいたいと、かなり強めに申し入れてきた。防衛省は、超能力師や警察官とは違った使用状況を想定しているようだった。

やがて、愛知県《あいちけん》内にある試作品を製作する工場から、ＤＭＥ４が完成したとの連絡があった。

普段ならチームの若手に引き取りにいってもらうところだが、先方の社長と直接話をしたいというのもあり、そのときは私もいくことになった。私と、主任の柿生修司《かきおしゅうじ》、運転手として新人の馬場和幸《ばばかずゆき》。そうはいっても片道四時間ほどかかるので、私と柿生もときどきは運転を替わった。

到着すると、我々は工場内のミーティングルームに通された。そこで待っていた宮谷《みやたに》弘貢《ひろつぐ》社長が、アタッシェケースに収めたＤＭＥ４を誇らしげに披露《ひろう》した。彼は社長であると同時に、大変優秀な技術者でもあった。

「毎度のことですが……我々ではこの機械の真価は測れませんので、出来の良し悪しは分かりませんが、少なくともデータ上では、動作の安定性はかなり向上しているといえます」

分厚い新書判くらいの、銀色の箱が三つ。本なら表紙にあたる表面パネルに、主電源スイッチ、動作状況を表示する小型ディスプレイ、コントロールノブ三つが並んでいる。今は見えないが、背表紙にあたる面には充電器の差込口がある。本でいうところの上端と下端の二ヶ所には、X線を照射する黒い小窓がある。さらに八つの角は、取扱い時に怪我をしないよう丁寧《ていねい》に丸められている。

私が頭を下げると、柿生と馬場もそれに倣《なら》った。

「ありがとうございます。ひょっとするともう一度、微調整でお世話になるかもしれませんが、でも概ね、これでもうイケると思います。宮谷社長には、本当にお世話になりました。いろいろ無理も聞いていただきました。これは、あの……お口に合うかは分かりませんが、本社の近くにある店のどら焼きです。よろしかったら……」

精密機械を作る町工場は東京にも数多《あまた》あるが、どんな無理難題も聞き入れてくれ、かつ正確に仕上げてくれる「宮谷精機」を、私は日本中のどの工場よりも信頼していた。

DME4三台と設計図、その他の資料を受け取り、我々は宮谷精機をあとにした。

帰りは、馬場が二時間、柿生が一時間、私も一時間くらい運転しただろうか。途中で柿生が腹痛を起こし、その回復待ちで小一時間休憩もしたが、それでも夜には無事、我々は品川《しながわ》区大崎《おおさき》の研究センターまで帰ってこられた。

いや、無事だと、そのときまでは思っていた。

しかし、

「……坂本さん」

アタッシェケースを開けた柿生の顔が、幽霊でも見たかのように固まっていた。馬場が隣から覗《のぞ》き込むと、彼もまったく同じ表情に凍りついた。

「なに。まさか……壊れた？」

壊れたなら直せばいい。我々の手に負えなければ、手間ではあるがまた宮谷精機まで持っていけばいい。

だが、ないものは直せない。

「お、おい……どういうことだ、おい」

右の一台と左の一台は、受け取ったときと同様、ネズミ色をした、硬めのスポンジにはまり込んでいる。しかし真ん中は、機器と同じ大きさの穴があるばかりで、DME4は影も形もなくなっていた。しかもご丁寧にも、セットで収納されていた充電器まで消えていた。

マズい——。

様々な事柄が一気に脳内に噴出し、汎濫《はんらん》し、亀裂が生じ、暴走した。

なぜだ、なぜ一台だけなくなった。宮谷精機で受け取ったときは、確実に三台あった。

そのまま鍵を掛けて、後部座席に載せて帰ってきた。さすがに抱きかかえてはいなかったが、でも常に、後ろに座った者の目の届くところには置いてあった。消えてなくなるわけがない。ということは、盗まれたということか。どこで。可能性があるとしたら、サービスエリアくらいしか考えられない。そうだ、柿生が腹痛を起こして、長居することになってしまった、あの静岡《しずおか》サービスエリアか。いや、あのときだって私と馬場のどちらかが必ず車内に残っていた。トイレだって飲み物を買いにいくのだって、交替で出た。盗むなんて、しかも鍵の掛かったアタッシェケースを開けて、一台だけ持っていくなんて、できるはずがない。

馬場が、ドアロの方に小走りしていく。

「おい、どこにいく」

「駐車場、車、見てきます、確かめてきます」

それは、確かに重要かもしれない。しかし、ぽつんと一台、ＤＭＥ４が後部座席に置いてあるとは到底思えない。

柿生が顔を上げる。私を、真っ直ぐに見る。

「坂本さん、これは……マズいですよ」

そんなことは、言われなくても分かっている。

「あれが、どこかに落っこちて、踏み潰《つぶ》されてるなら逆にいいですけど、どこかのキカンの手に渡って……」

柿生の言いたいことが、半分も分からなかった。

「キカン、って、なんだよ」

「たとえば、その……中国とか、韓国とか、アメリカだってロシアだっていいですけど、そういう、情報機関だったり、ある種の産業スパイだったり……そういう組織の手に渡ってしまったら、最悪の場合、僕らは……特定秘密保護法違反とかに、問われたりするんじゃないですかね」

それは、確かにマズい。非常にマズい。

「どうしよう、柿生くん……どうしたら」

柿生はいったん、アタッシェケースのフタを閉めた。奇跡でも手品でもいい、三台揃ってくれ——そんなふうに思っていたのではないだろうか。もう一度ゆっくりとフタを開け、だがそんな願いも空しく、がっくりと首を折る。

いや、ここは一台なくなったと考えるのではなく、まだ二台あると、考えるべきではないか。

「柿生くん……この件は、しばらく、部外秘としよう」

刺すような目で見られた。だが致し方ないではないか。

「その一台は、日超協に。一台は、警察庁に納入しよう。どうせ、防衛省はＶＤＭが消せなきゃ意味がないと言っていたんだ。防衛省には、今回もＶＤＭに関しては効果が出ませんでした、次で必ず実現しますとでも言っておけばいい。じゃなきゃ、間に合わなかったとか、一台は故障してしまったとか……そもそも、透視の痕跡を消したいって、そんなの、スパイの発想じゃないか。いや、犯罪者の発想と言ってもいい。要は覗き見をして、それを隠蔽《いんぺい》しようっていうんだから……うん、いいよ、今回は。防衛省は外そう。なんだったら、このまま製品化したっていいんだ、こっちは。日超協と警察庁は喜んで買ってくれるさ」

柿生の視線に険しさが増す。

「防衛省は、それでいいとしても……消えた一台はどうするんですか。どうやって見つけるんですか」

こういった場合、警察に出すのは紛失届か、盗難届か――。

そんな悪い冗談が脳裏をよぎった。

DME4が消えた、その三日後。

私の携帯に、非通知の相手から電話がかかってきた。

嫌な予感がした。

「……もしもし」

『もしもし。坂本博士ですか』

私は博士号など持っていないが、それはどうでもいい。

「どなた、ですか」

『泥棒……いや、魔法使いです。小さな、銀色の箱が大好きな』

予感は的中したようだった。

私は口の辺りを覆って、携帯電話を抱え込んだ。

「おい、ちょっと……か、返してくれ。そんなもの、大して役には立たないぞ。でき損ないの、つまらん機械だ」

『いやいや、そんな謙遜、なさらないでください。これは、けっこう便利ですよ。なにせ、魔法を使った痕跡を消せるのですから』

最悪だった。こいつ、ただの泥棒ではない――。

『欲しい人も、けっこういるんじゃないですかね。秋葉原《あきはばら》辺りで、中古で売りに出したら、あっというまに買い手がつくんじゃないでしょうか。昨今、あの界隈には中国人が多いですから』

よせ、それだけはやめてくれ。

「なんだ、狙いは、要求はなんだ。金か。金なら……」

私個人に用意できる金額など高が知れている。やはり会社には相談すべきか。しかし今さら、なんと言えばいい、どう説明したらいい――。

男が小さく、しかし甲高い笑い声をあげた。黒板を爪で引っ掻くのに似た、奇怪な声だった。

『金、と、きましたか……いや、残念ながら、私の要求はお金ではないです。もちろん、この機械自体も目的ではないです。実は、ね……博士。あなたには、初心に返っていただきたいなと、思っているんですよ』
初心？　なんのことだ。
『坂本博士。あなたはかつて、とても画期的な研究に着手しようとし、しかしさしたる理由もなく、断念されましたよね。私はね、それをぜひ、再開していただきたいんですよ、坂本博士に……つまり、私の要求とは、その画期的な研究の、成果です』
そんな、無茶な。

2

六月十二日木曜日、午後二時。

増山は悦子と明美を連れて、坂本宅前まできていた。とはいえ、三人揃って中に入るわけではない。

「悦子は念のため、周辺を調べてくれ」

「了解」

「まあ、何もないとは思うけど」

その隣で、明美が分かりやすく膨れ面をしてみせる。

「所長、私も外を調べるの、やりたいです」

「なんで」

「刑事みたいで、カッコいいじゃないですか」

超能力師が路上の残留思念を調べる姿は、刑事というよりはむしろ警察犬に近いと思うが、問題はそこではない。

「お前、一人でできるのか」

「え、何がですか？」

「外の調べ」

「だから……悦子さんと」

「じゃあ、中は俺一人で調べるのか」

「うん、だって……所長、有能じゃないですか。それとも、私が一緒じゃないと寂しいですか？」

明美の場合、本気の発想でこのレベルだから恐れ入る。いっそフザケているのなら、その方が救いがあるかもしれない。

「お前なぁ……坂本さんの家族構成、さっき説明したよな？」

「はぁい。パパとママと、ＪＫですね」

そんな説明はしていない。

「……で、俺たちの受けた依頼内容は？」

「いなくなったパパを捜す、です」

「今日は木曜日だ。今のこの時間、女子高生だったら普通、何をしている？」

明美は人差し指を顎に当て、斜め上を見ながら首を傾《かし》げた。悦子が最も嫌う明美のポーズの一つだ。

「えーとぉ、授業を受けてるかぁ、バックレてファミレス……じゃなかったら、ミスドでケータイ弄《いじ》ってるとか」

着眼点には絶望的な疑問を覚えるが、奇跡的に増山がしたい話と方向性は一致していた。

「つまり、今お嬢さんはこの家に？」

「……いない」

「ということは？」

「早ければ、夕方くらいに帰ってくる」

悦子、まだここじゃない。もう少しの辛抱だ。

「じゃなくて、今この家にいるのは？」

「ママだけ」

「ということは？」

「……ダラダラと、テレビを観ている？」

「う、うん……そんなところに、男が一人で、のこのこ訪ねていったら？」

「あっ……」

明美が、ポンと一つ手を叩いて増山を指差す。

「不倫が始まるッ」

ピシャンッ、と悦子が、明美の頭を真後ろから張り倒す。

よし、今のタイミングだ。悦子、さすがだ。

夫人が言った通り、坂本宅は確かに小さめの一戸建てだった。ただ、小さいなりにいろいろ工夫はされている。

真っ白な外壁やオレンジ色の屋根瓦が南国っぽい雰囲気を醸《かも》し出しており、けっこうお洒落な仕上がりになっている。ギリシャのミコノス島辺りにありそうな家だ。いや、ミコノス島の家の屋根は青に決められているのだったか。

それはさて措き、代表して増山がインターホンの呼び鈴を押す。軽やかな電子音が鳴り止むと、

《……はい、ただいま……》

少しかすれた夫人の声が応えた。こちらが名乗る暇《ひま》もなく通話は途切れたが、インターホンにはカメラが付いているので、来訪者が増山たちであることは向こうも分かっているのだろう。

すぐドアの向こうに人の気配がし、ロックが解除され、ドアロに夫人が顔を覗かせた。

「こんにちは。増山です」

「ご足労をおかけしまして、申し訳ございません……よろしく、お願いいたします」

「お邪魔します」

入った瞬間に、増山はこの家の間取りを理解した。

2LDK——いや、別に透視をしたわけではない。

夫人は、この家を2LDKにせざるを得なかったことに強く不満を持っていたようである。あとひと部屋、3LDKあったらもっといろいろ楽だったのに、これじゃ親戚がきても泊める部屋もありゃしない、ゴルフバッグを置く場所もない——そんな思念が玄関の壁に、床に、天井に、色濃く残留している。ここまで何度も上塗り上塗りで重ねられると、そう簡単には消えなくなる。思念の「色素沈着」を起こす。霊能者だったら、生霊《いきりょう》と勘違いするのではないだろうか。

そう。実をいうと霊能者は、超能力師にとっても非常に不思議な存在なのだ。

霊能者がいうところの「オーラ」と超能力師が見ている思念は、基本的には同じものと考えられている。むろん個人差や感じ方、解釈の違いなどはあろうが、同じ人物を見て「かなり精神的に参っている」とか、「恋愛が上手くいっているお陰《かげ》で、精神が非常に安定している」といった見立ては、ほぼ一致する。

なのに、だ。霊能者にDM機を向けてみても、数値は一切出てこない。サイコメトリーを示すMDMくらい検出されてもよさそうなものだが、それもまったく出ない。つまり、霊能力はダークマターを介したものではなく、まったく別の仕組み、作用を利用したもの、ということになる。おそらく、それがまさに「霊」なのだろうが、増山自身は霊能者と付き合いがないので、実際のところはよく分からない。

「どうぞ……お上がりになってください」

「失礼いたします」

「失礼しまぁす」

夫人が用意してくれたスリッパを履き、右手のリビングダイニングへと進む。もう、その時点で増山は大いに違和感を覚えていた。薄ら寒さと言い替えてもいい。だがまだ、確信にまでは至らない。

部屋全体を見回す。手前にソファセット、向こうにダイニングテーブル、その左側がキッチンになっている。ソファの背もたれに触れてみたが、違和感は増しただけだった。

「……奥さん。ご主人のことは、お嬢さんになんと」

夫人は小さく頷いてから答えた。

「あまり、心配させたくもありませんし、会社の方にも、あまり騒ぎ立てないよう言われているので……急な出張で、しばらく留守をすると、言ってあります……これまでも、出張は、たまにありましたので。それで、納得してると、思うんですけど……」

それならそれでいい。

増山が左手、階段へと続く開口部に目をやると、夫人から切り出してきた。

「あの……寝室、ご覧になりますか。二階なんですけど」

「ええ、ぜひ。拝見いたします」

夫人を先頭に、リビングダイニングから出る。階段の左右にドアがあるが、左は浴室、右はおそらくトイレだろう。思念は水にも残留するが、二日も三日も風呂の水を替えないことはないだろうから、ここはチェックしない。便器の残留思念も、臭そうなので拾いたくない。

階段を上がると、左右に一つずつ部屋があった。

聞かなくても分かってはいたが、

「ここが、娘の部屋で……こっちが、私たちの寝室です」

右側が夫婦の寝室ということだった。

「失礼いたします」

入ると正面にベッド、左手の壁にテレビ台が設置され、三十インチくらいの液晶テレビが載っている。左奥はバルコニーに出られる掃き出しの窓、ベッドの脇には三面鏡のドレッサー。入って右壁がクローゼットになっている。

やはり、坂本の思念が残っていそうな場所は、ベッド以外には見当たらない。

「すみません。この辺を少し、調べさせていただきます」

「はい。どうぞ……」

正面のベッドの方に進む。坂本は向かって右側に寝ていたと思われる。

シンプルなデザインのダブルベッド。シーツは淡いグリーン、枕カバーは白。薄い布団が半分に畳まれ、足側に寄せられている。

枕に触れてみても、増山の印象はまったく変わらなかった。

坂本宅を出てくるまで、明美は挨拶以外、ほとんど何も喋《しゃべ》らなかった。現場で余計なことは喋るなと、悦子から口を酸っぱくして言われているらしく、それだけはさすがに守れるようになったようだ。

だがもう、言いたくて言いたくて仕方がなかったのだろう。夫人に挨拶をして外に出て、アプローチを通って振り返り、もう一度お辞儀をして歩き始め、夫人が見えなくなった途端、明美は増山の上着の袖を強く引っ張った。

「……所長、ほんとにあの家に、パパなんていたんですか？」

できれば、もう少し声を抑えめにしてくれたら、なおよかった。

「ああ、いたよ。でも今はいない。だから俺たちで捜すんだ」

「でも、でもでもでもぉ、男の人の残留思念、全っ然、なかったじゃないですか。私、完全なる母子家庭かと思いましたもん」

「うん。お前のその見立ても、決して間違いではない」

ちょうど向こうから悦子もやってきた。

「……どうでした、中」

「収穫なしだ。というか、収穫がまったくないというところが、収穫なのかもな」

増山の言った意味を、悦子はちゃんと理解したようだが、明美はまったく分かっていない。

「説明しよう。

「明美。坂本氏の思念は、残ってないんじゃない……消去されたんだ」

珍しく、明美が真顔になる。

増山は続けた。

「悦子には話したことがあるが……坂本氏の勤め先である、アイカワ電工は最近、ＤＭイコライザーという機器の開発に成功した。簡単にいうと、その機器の周辺にあるダークマターの分布を、均等化する機械だ」

「イコライザーって……」

明美が、オーディオ機器のイコライザーと勘違いしているのは明らかだが、ここは無視して続ける。

「要は、そのイコライザーを作動させると、その場の残留思念は消えてなくなる。近くにいる人の思念も読めなくなる。念動力も使えなくなるし、透視も発火能力も効かなくなる。唯一できる可能性があるとしたら、接触読心くらいかな。だがそれ以外は、とりあえず無効化される……ダークマターが均等化され、流れなくなるんだから、超能力は使えなくなる。当然だな」

悦子が小さく頷く。

「やっぱり、そういうことか……なんか、この家の周りだけ、妙に残留思念が少ないなって思ったんだよね。普通さ、道路って白っ茶けてて、薄汚れてるじゃない。でも舗装したての道路って、アスファルトが真っ黒で、新しい足跡だけやけに目立つじゃない。なんか、あれによく似た感じっていうか……妙にくっきりと、新しい思念しか残ってないって、どういうことよって思ってたんだけど、なるほどね。これがイコライザーの効果か」

明美が「いやぁーん」と妙な声をあげる。

「なんでそんな、超能力師の敵みたいな機械作るんですかぁ」

それを、今ここで説明している暇はない。

「今現在、イコライザーはまだ試作段階で、そんなに数多く存在しているわけじゃない。バージョン、いくつまでできてたっけな……ちゃんとは覚えてないが、同じバージョンは多くても三台とか、そんなものしかないはずだ」

悦子が、怪訝《けげん》そうに眉間をすぼめる。

「そのイコライザーを所持する何者かが、ここで坂本氏の残留思念を消去した……もちろん、その何者かは、坂本氏の失踪《しっそう》と密接に関わっている。とすると……坂本氏は、アイカワ電工に連れ去られた……ん、社内に監禁されてるってこと？」

そこは、ちょっと違うと思う。

「その可能性もゼロではないだろうが、アイカワ電工が坂本を監禁するというのは、ちょっと考えづらいかな。イコライザーを使ったことが分かれば、まず疑われるのはアイカワ電工だ。イコライザーを使うのは現状、なんの法律違反でもないが、拉致監禁となったら立派な犯罪だ。そんなに分かりやすい手は、使わないんじゃないかな」

なるほど、と明美が頷く。

「ということは……あれれ？　どういうことですか？」

「俺にも、まだよく分からない。分からないが、アイカワ電工にいって、確認する必要はあるだろうな。試作したイコライザーの全バージョン、全台数の所在はちゃんと把握しているのか。今現在だと、最新型が一台、警察庁に貸し出されているはずだが、それ以外はちゃんとアイカワ電工で管理されているのかどうか」

　さらに明美が深く頷く。

「ということは……アイカワ電工ですべて管理されているとなると、犯人は警察庁ということになりますね……これは意外と、闇が深いですね」

　明美。そういうこと、ではないんだ。


　増山超能力師事務所には社用車がないので、所員は電車移動が基本だ。軽でもいいから車が欲しいと篤志が言ったことがあったが、朋江が却下した。タクシーも、やむを得ない場合以外は自腹になる。

　なので今回も、当然のように電車移動だ。最寄りの小竹向原《こたけむかいはら》駅から有楽町線に乗り、池袋《いけぶくろ》でＪＲ山手線に乗り換える。

そこで増山は切り出した。

「お前らはこのまま、事務所に戻れ」

薄々気づいていたのだろう。悦子は何も言わなかったが、明美は目をまん丸くして増山を見た。

「所長、どこにいくんですか」

「アイカワ電工、先進技術開発センターだ」

「私たちもいきますよ。ねえ、悦子さん」

それでも悦子は黙っている。

増山は電光掲示板を見上げた。あと二分で新宿《しんじゅく》方面行きの電車がくる。

「いや、あそこは俺一人でいく。どうせセンター内は超能力が使用禁止だ。あちこちにDM機が仕掛けられてる。それも、警察や自衛隊が使ってるのより、よっぽど性能のいい最新型だ。ちょっと数値が出たら、警備員が方々から集まってくる。出入り口も封鎖される。超能力を熟知しているからこそ、警戒心も強いんだ、ああいった連中は」

悦子が明美の肩を叩く。

「あたしらじゃ役に立たない場面って、まだまだいっぱいあるんだよ。いいから、今日は帰ろう……『伊勢屋』さんで、きんつば買ってあげるから」

明美が渋々といった顔で頷く。

「分かりました……でも私、きんつばより葛桜《くずさくら》の方が好きです」

「そういうとこがムカつくんだよ、あんた」

あとは二人で相談しろと言い、増山は新宿方面のホームへと向かった。

アイカワ電工先進技術開発センターに着いたのは、夕方の四時頃だった。坂本はいないので、さすがにアポなしでは入れないので、センターの代表番号にかけた。坂本はいないので、その下といったら、柿生主任、渡邉《わたなべ》主任、ヒラ研究員の石森《いしもり》、土生《はぶ》、馬場——他にも何人かいたが、ポジション的には柿生辺りが適当だろう。

案の定、日超協の増山だと名乗ると、応対に出たのは柿生だった。

『もしもし、お電話代わりました。柿生です』

「日超協の増山です。いま近くまできてるんですが、ちょっとお時間、よろしいですかね」

メーカーにとって超能力者、とりわけ日超協の一級超能力師は無下にはできない重要な開発協力者であり、貴重な研究対象でもある。拒否はできまい。

『ええ……さ……二十分くらいなら、はい。大丈夫です』

「それでけっこうです。受付に連絡していただけますか」

『分かりました。すぐ、パスを出すよう申し伝えます』

その場で二分ほど待って、正面ゲートに向かった。

アイカワ電工東京本社の敷地内は、ちょっとした大学のキャンパスのようになっている。

まずは正面ゲート脇にある警備員受付で身分証を提示し、中に入る。そのまま左回りに進み、一号研究棟の横を抜けて、バスケットコートも通り過ぎて、その向こうの三号研究棟に入る。一階の総合受付で再び身分証を提示してパスを受け取り、それを使って駅の自動改札のようなゲートを通る。エレベーターで十一階まで上がり、またパスを使ってエレベーターホール先の自動ドアを開けると、ようやく「先進技術開発センター」に入れる。たぶん、この十一階が丸ごとそうなのだろう。

増山が中に入るとすぐ、一つ先の角から白衣を着た柿生が飛び出してきた。

「増山さん……ご無沙汰しております」

「こちらこそ、急にお訪ねして申し訳ありません」

「いえ、近いうち、どなたかお見えになるだろうと思っておりましたので……どうぞこちらに」

柿生が案内したのは、かなり小さめの会議室だった。ドラマで観る警察署の取調室と大差ない大きさだが、奥の角には内線電話、会議テーブルにはペットボトルの飲み物が用意されているので、雰囲気はそれよりもだいぶ柔らかい。ただし、天井には監視カメラとDM機のセンサーが分かりやすく仕掛けられているので、まったく別の緊張感はあるかもしれない。

「どうぞ、お掛けください」

「失礼いたします」

飲み物を勧められたが、時間がもったいないので、遠慮してすぐ本題に入った。

「今日お伺いしたのは……もうお分かりでしょうが、坂本さんの件です」

「ええ、承知しております。ただ、日超協さんからは、高鍋さんがいらっしゃるのかと思っておりました。お電話で、そのように伺ってましたので」

昨日、事務所に高鍋がきたことは明美からも朋江からも聞いている。本来なら電話の一本くらい入れるべきなのだろうが、あえて増山はそうしなかった。特に理由はない。強いて言うとすれば、これは自分が依頼された案件であり、自分はそれを引き受けた、今さら高鍋にとやかく言われる筋合いはない——まあ、そんなところだ。日超協にだけは、あとで連絡を入れておこうと思う。

「ああ、さっき私が『日超協の増山』と名乗ったのは、その方が分かりやすいと思ったからです。『増山超能力師事務所の増山です』って、長ったらしいし、くどいでしょ……というのも、坂本さんの奥さんから、正式にウチが捜索の依頼を受けましてね。それで、今日は伺ったんです」

「そう、でしたか……こちらとしても、できる限りのことはするつもりですが、何しろ、坂本さん、月曜日は普通の時間に退社されてますんで、それ以上のことは、我々には、何も……もちろん、警察に協力を求められれば、それにも応じたいとは思ってるんですが」

それは、嘘《うそ》ではないだろう。

「ええ、まあ、それはそれとしてですね。ちょっと確認したいんですが……御社が開発された、例の、DMイコライザー。あれって、トータルで何台ありましたっけ」

にわかに、柿生の表情が硬くなる。

「……何台？」

「バージョンは4まできてましたよね。バージョン1は、何台製作されたんでしたっけ」

そんなに難しい質問ではないはずだが、柿生は数秒、深々と考えてから口を開いた。

「最初のは……一台、です」

「バージョン2は」

「二台、でした」

「バージョン3は」

「……同じく、二台です」

「最新型は」

また一瞬、柿生が言い淀む。

増山はふと、妙なことを思い出した。

増山が小さい頃に住んでいた家の隣は、わりと大きな工務店だった。大工が常に十人ほどおり、ときどき工作の宿題を手伝ってもらったりもした。

大工は尺金《さしがね》やメジャーを用いて、実に丁寧にサイズを測る。木材の幅、長さ、厚み、隙間などを、何度も何度も測って確認をする。だが何十年もそんな仕事をしていると、いつのまにか尺金を当てなくても、パッと見ただけでその物の厚みや大きさが分かるようになるという。

実際、こんなことがあった。

ある日、一人の大工が、数メートル離れたところにある木材の厚みを「あれは一ミリ薄い、二十三ミリしかない」といった。別の大工が測ってみると、確かに一ミリ薄かった。家の前で遊んでいた増山は、そのやり取りをたまたま見ていた。

「なべさん、凄《すご》いね。見ただけで分かるんだね」

「坊ちゃん。職人の目を侮っちゃいけねえよ」

おそらく今の増山は、あれに近い状態にあるのかもしれない。

現状、増山はいかなる超能力も使っていない。こういった研究施設内で超能力は使わない、というのは業界のスタンダードなルールだ。しかしもはや、増山は超能力を使わずとも、ある程度人の心が読めてしまう。遠隔読心という尺金を使わなくても、顔色を見ただけで精神状態が測れてしまう。

そう。柿生は、今から嘘をつく。

「……二台、です」

いや、本当は三台あったはずだ。実際、何回か前の事業報告会で、次世代機は三台製作するとアナウンスしていたではないか。

「なぜ、三台作らなかったのですか。確か、以前は三台作ると仰っていませんでしたっけ」

　まただ。また柿生が嘘をつく。

「あ、あの……三台、作るは、作ったんですが、納入する前に、一台、故障してしまいまして」

「では、バージョン3までの五台と、先日、日超協から返ってきた一台と、その故障したのを足して、合計七台……今現在、アイカワさんにはあることになりますよね」

　柿生が、慌ててペットボトルに手を伸ばす。一回ではフタが開けられず、二度、三度と、力任せに捻《ひね》ろうとする。

　ようやく開いたそれを、ひと口飲む。

「……いや、故障した一台は、は、廃棄……しました」

　口調もかなり、しどろもどろだ。もう自分でも、隠しきれてないことは分かっているのではないだろうか。

「そんな。だって、試作機といったって、一台、二千万円以上はするんでしょう？　それを、そんな簡単に、廃棄って」

「あ、いや、その、正確にいうと、し、試作機を、製作する、工場に、戻してですね……使える部品は、その、次のＤＭＥ5に、転用すると……まあ、まあ、そういうことです。ちょっと、すみません。誤解される、アレでしたので、訂正いたします」

　これ以上、この男を絞り上げるのは酷だろう。

とにかく、DME4が一台、紛失したのか盗まれたのかは分からないが、アイカワ電工の管理下にはなくなってしまっている。それは間違いなさそうだ。そしてそれが、坂本宅で坂本の残留思念を消去するのに使用された。おそらく夫人の留守中に忍び込んで、家中でDME4を作動させたのだろう。

坂本の失踪には、そういう種類の人間が関わっている。住居不法侵入も厭《いと》わず、思念という曖昧《あいまい》な情報、証拠すらも徹底的に消し去ろうとする人物、あるいは組織。

五木から引き出したキーワードが脳裏をよぎる。

国籍不明の産業スパイ——。

これは、ちょっと面倒くさい仕事になりそうだ。

3

悦子と明美は、増山を見送ってから上野《うえの》・東京《とうきょう》方面のホームに移動した。

明美が、サイドポニーに括った髪を弄《いじ》りながら呟《つぶや》く。

「悦子さんってぇ、美容院……日暮里のとこにいってるじゃないですかぁ。ビルとビルの間の、ちっちゃいところ」

それがどうした、とは思ったが、答えずにいたら明美が勝手に続けた。

「なんかぁ、もっとお洒落なところにいった方が、いいと思うんですよぉ。麻布十番《あざぶじゅうばん》の『エアー』とかぁ、原宿の『トニーアンドガイ』とか」

似たようなことは今までも何度か言われたが、店名を挙げられたのは今日が初めてかもしれない。

「いいよ、そんな……面倒くさい。麻布だの原宿だの」

「あー、面倒くさいは、所長の専売特許でしょう」

「へえ。明美ちゃん、よく『専売特許』なんて難しい言葉知ってたね」

「悦子さん、元の顔立ちは綺麗なんですからぁ、もうちょっとオメカシした方がいいですよ」

褒《ほ》められてるんだか、貶《けな》されてるんだか。まあ、どっちかといったら貶されているのだろう。

「いや、逆にさ……明美ちゃんみたいにバッチリお洒落し過ぎるのも、仕事する上ではどうかと思うよ。こういう商売は、信用第一なんだから」

「えー、でも私、まだ研修生ですもん」

電車がきたので、続きは乗ってから話す。

平日の午後三時過ぎ。決して混雑というほどではないが、それでも池袋はやはり人が多い。一つひとつのドアに、それぞれ二十人ずつくらいは並んでいる。降車してくる人数も、日暮里の何倍もいる。

二人で銀色の車両に乗り込み、座れはしなかったけれど、ドアに近いポジションは確保できた。

そう。まだ研修生だから、という考え方はどうかと思う。

「……っていうかさ、もう一緒に仕事で回ってるんだから、クライアントからしたら、明美ちゃんだってあたしらと変わらないんだから、もうちょっとさ……せめて、バラバラの柄のネイルはよしなよ。目がチカチカするって」

今日は金の鎖のモチーフをあしらった爪、パステルカラーがグラデーションになった爪、ラメでキラキラの爪、青い宝石のようなモチーフが付いた爪など、十ヶ所それぞれが別々の色、別々のデザインで飾られている。

「悦子さんの目がチカチカするのは……」

「老眼じゃないからね」

「やーん、読んだぁ」

こんなことで遠隔読心なんて使うか。っていうか、老眼だと思ったんかい。

「あんた、馬鹿にしてんの……とにかくさ、バラバラの柄はよしなさい」

「えー、つまんなぁい……じゃあ、三色までは？」

「一ヶ所に三色？」

「んーん。ピンクと、ブルーと、レモンイエローとかを、一本一本順番こ」

「だから、それじゃバラバラじゃん。っていうか信号じゃん。ダメダメ、もっとチカチカする」

「じゃ二色は？」

「だからぁ、なんでそんなに同じ色に統一するのが嫌なの。一色でいいじゃない。平日は一色にしといて、休みの日だけなんでも好きなの載っければいいじゃない」

それに対する反応を、悦子は待っていた。そりゃ、しっかりとグルーで接着することはできないが、休みの日だけテープで貼り付けてネイルを楽しむ人は大勢いる。悦子自身はネイルに興味がないからやらないけども、もしやりたくなったら、そうする。少なくとも、仕事のある日にキラキラの付け爪などはしたくない。

ところが、明美からの返事がない。

見ると、悦子から目を背《そむ》けるようにして、電車の進行方向を睨んでいる。

「……明美ちゃん？」

まだ返事がない。まさか、怒ったのか。嫌々教育係を引き受けたとはいえ、明美と行動を共にするようになってもう一年になる。何を言ったら明美が悦《よろこ》び、何を言ったら機嫌を損ねるのかくらい、悦子は分かっているつもりだった。でも、今のは駄目だったのか。アウトなのか。平日のネイルは一色。それって、そんなに厳しい注文だろうか。思念を見る限り、特に怒ってはいなそうだが。

「明美ちゃん……おーい、どうしたんだよぉ」

人差し指で、明美の脇腹をつついてみる。さらにクリクリと捩《ね》じってみる。いつもなら「いやん、悦子さん、エッチ」くらい言うのだが、そんな反応もない。

だがふいに、テッカテカのピンクに塗られた唇《くちびる》が、ぽかりと開く。

「……なんですかね、あれ」

逆に、悦子が訊きたい。

「は？ なに、あれって」

「ほら、あの……隣の車両の、あれ」

明美が見ている方に、悦子も目を向けてみる。

この車両も隣の車両も座席はほとんど埋まっており、数人が立っている状況は変わらない。連結部分の向こうにいるのは、ブリーフケースを持ったサラリーマン、黒いランドセルを背負った私立の小学生、席を譲ってもらえなかった老婆、そんなものだ。特に変わった風体の乗客はいない。

「あれって、なに」

「悦子さん、見えないんですか」

「見えないって、何が」

ふわりと明美の手が浮き上がりかけたので、慌ててそれを押さえる。

「いい、指差さなくて。口で言って」

「ああ、はい……あの、隣の車両の、真ん中辺りの思念が、妙に透き通ってるんですよ」

思念が、透き通ってる――？

そんなもの、悦子には見えない。悦子には、雑多な人々の雑多な思念がごちゃごちゃに折り重なって、混じり合って、薄い灰色になっているようにしか見えない。人混みというのはたいていそうだから、気にもしていなかった。また明美に言われて見てみても、その透き通っているのがどの辺なのか、まるで見当もつかない。

「明美ちゃん……もう、そっち見ないで。こっち向いて」

思念が透き通っているというのは、つまり、残留思念も含めて消去されているということだろう。つまり、一つ向こうの車両に、坂本を拉致した犯人が――いや、拉致したかどうかはまだ分からないが、少なくともＤＭイコライザーを操る何者かが、いるのは間違いなさそうだ。

おそらく、悦子と明美を尾行してきたのだろう。

「明美ちゃん……もうちょっと、詳しく説明して。どんなふうに見えてるの。どんなふうに透き通ってるの」

明美の能力は基本、全般的に強過ぎる傾向にある。要するに、超能力が馬鹿力なのだ。何をやらせても制御不能。常に暴走状態。だから逆に、今はよく分かるのかもしれない。悦子に見える思念はせいぜいこの車両か、一つ向こうの車両の優先席辺りまでだが、明美には隣の車両の中ほどまで、クリアに見えているのかもしれない。視力でいったら四・〇くらいか。

「どんな、って……なんかぁ、他の思念が綺麗になくなってて……だからまあ、透き通ってるんですけど……なんていうか、丸ですよね。キュータイ？……あー、ドーム状って言ったらいいですかね。なんか、ぼんやり丸く、思念が消えてるゾーンがある、みたいな。悦子さんもたぶん、近くまでいったら分かりますよ」

敵に近づきたくないから、あんたに説明させてんでしょうが。

「そのドームの中心にいるのは、どんな人？」

「それは、見えないですね。手前にいる人たちが邪魔で」

その程度の用心は向こうもしている、ということか。

「うん、分かった。もういい」

「もういい、じゃなくて、悦子さん。だから、あれってなんなんですかね」

この子、どこまで本気のアホなんだろう。

「明美ちゃん、だから……それが、DMイコライザーなんだと、思うよ」

綺麗に整えた眉が、キュッと逆「ハ」の字にすぼまる。

「えっ……あの、さっき所長がいってた、アレですか」

「たぶん」

「やだ、怖ぁーい」

悦子だって怖いが、このままおめおめと尾行されて、事務所にまで連れて帰るわけにはいかない。

「……明美ちゃん。とりあえず日暮里では降りないで、もうちょっと先まで乗っていこう」

「えっ、葛桜はどうなるんですか」

明美はなかなか表情が豊かだ。今は眉がまさに「ハ」の字、分かりやすい困り顔になっている。

「バカ。今それどころじゃないでしょうが」

「えっ、マジで分かんないです。なんで葛桜買ってくれないんですか？　さっき約束したじゃないですか」

嘘でしょう。ここから説明しなきゃ駄目なの――。

「だから、すぐそこにイコライザー持った敵がいるのは明らかなんだから」

「はい、それは分かります。発見したの、私ですし」

ほんとムカつく。

「だから……ってことは、よ。あたしたちは、坂本さん家からずっと尾行されてきたんだと思うんだよ。じゃなかったら、偶然同じ電車になんて乗ってないでしょ。しかも、車内でイコライザー作動させたりしないでしょ」

「ええ、それも分かります。そうじゃなくて、なんで葛桜を買ってくれないのかが、私には分からないんですよ」

ビンタの一発もくれてやりたかったが、すんでのところで思い留まった。明美が、えらく真剣な顔をしてみせたからだ。

「……悦子さん。ここは、敵を欺《あざむ》く作戦の方がいいと思うんです。私たち二人が日暮里で降りて、和菓子を買ってたら、向こうだってこっちが尾行に気づいてるなんて、思わないと思うんですよ」

なるほど。悔しいが一理ある。

「え、そうかな……そんな、簡単な話じゃ……んー、うーん……まあ、うん……分かった。じゃあ、きんつばなら買ってあげる」

「えー、やっぱり私は葛桜がいいです」

葛桜って、そんなに美味《おい》しかったっけ。


当初の予定通り日暮里で降り、駅構内商業施設「エキュート」の中にある伊勢屋に立ち寄った。

「悦子さん。私、水ようかんも食べたいです」

「欲張り。太るよ」

「大丈夫ですよ、和菓子なら……あとこれ、焼団子も」

結局、予定よりだいぶ多めに買わされ、北口改札から出た。

さて、ここからどうしたものか。

相手が、どれだけこっちのことを分かっているかは分からない。増山と三人で坂本宅を訪ねたことはバレているだろうが、超能力師事務所の所員であることは知らないかもしれない。いや、尾行中に電車内でイコライザーを作動させるくらいだから、超能力師であることは分かっているのか。

だとしたら、相手の狙いはなんなのだろう。どこの所員か確認したいのか。それとも、坂本の行方についてどれくらい情報を持っているのか探りたいのか。ひょっとしたら、女二人だから——本当は違うのだけど、そう見えるから、なんなら拉致して拷問《ごうもん》して、そのまま女スパイに仕立て上げて——いやいや、いくらなんでも、そこまではしないだろう。

ということは、やはり、アレでいくか。

下りエスカレーターに乗りながら、いま思いついた作戦を伝える。

「明美ちゃん、とりあえずふた手に分かれよう……明美ちゃんはこのまま真っ直ぐいって、ちょっと遠回りになるけど、尾久橋通りから事務所の方に向かって。あたしはいつもの道をいくけど、お寺を過ぎたら左に折れるから」

「ああ、善性寺ですね」

どうやら覚えたらしい。

「うん、そっちに向かうから……で、途中で明美ちゃん、後ろ確認できるかな」

「なんの確認ですか」

「透明のドームが後ろからきてるかどうか」

「はい、できますよ」

「じゃあ、その結果を携帯で知らせて。明美ちゃんの後ろにいるようだったら、あたしがさらにその後ろについて、敵をはさみ撃ちにする。明美ちゃんについてないようだったら、あたしの後ろってことだから、明美ちゃんが後ろに回ってはさみ撃ちにする……どう、できる？」

明美が満面の笑みで頷く。

「私、そういうの得意です。任せてください」

「じゃ、よろしく」

ちょうど東口まで出てきたので、明美とはそこで別れた。

悦子は、見慣れた商店街を一人で歩き始めた。

西日の当たるコンビニ、開店前の居酒屋、ほとんど空車のコインパーキング。

午後、ここを通るのは決して珍しいことではない。外回りの営業ではないのだから、調査内容によっては昼過ぎに終わることもある。そういうとき、悦子は真っ直ぐ事務所に帰ることにしている。できるだけ早く書類作成に取り掛かりたいからだ。まあ、増山の顔を見たいというのも、なくはないけれど。

一回だけ入ったことのある定食屋の前で携帯が鳴った。明美からだ。

「もしもし」

『悦子さん、私の後ろには、いないですよ』

ということは、自分を尾行してきているということか。なんだか、急に緊張してきた。

「分かった。少しゆっくりめに歩いて、あのお寺の、次の角辺りで待ってて」

『善性寺の、次の角ですね』

そこ、一々言い直さなくてよろしい。

悦子は逸《はや》る気持ちを抑え、なるべく自然な足取りで歩くよう心掛けた。善性寺の前を過ぎ、左に折れる。気になる気配は特に感じないが、相手はイコライザーを持っている。気配はないものと思った方がいい。

そのまま尾久橋通りまで出たら、右に折れる。もう少し歩いて、韓国料理屋の前まできたところで、悦子は足を止めた。

ほぼ同時に振り返る。

明美は作戦通り、悦子が曲がってきた角の、少し向こう側に立っていた。今この瞬間、二人の間に通行人は一人もいない。

どういうことだ。

しばらく明美と視線を合わせてから、遠隔伝心を試みる。

《……誰か尾けてきてる？》

すると、明美は欧米人のように両手を広げ、「ワカリマセーン」のポーズをしてみせた。

もう少しその場で待つ。十秒、二十秒――一分ほど待ってみたが、悦子を追ってきたはずの何者かは、現われなかった。

諦めて明美の方に歩き出す。明美も同じように近づいてくる。二人で曲がり角に立ち、通ってきた道を確認したが、やはり怪しい人影は見当たらなかった。ただランドセルを背負った小学生が、給食袋だろうか、白い巾着を振り回しながら歩いているだけだ。

目の前まできた明美が、怪訝そうに眉をひそめる。

「あの子……所長の尾行チェックのときも、見かけたような」

「なに、同じ子？」

二年生とか、三年生くらいだろうか。やや太めの男の子だ。ぐるんと大きく回した給食袋を、サッカーボールのように蹴り上げて遊んでいる。ランドセルは黒かと思ったが、近くで見てみたら濃紺だった。

「……ランドセル、あの色だった？」

「いやぁ、ちょっと覚えてないです」

同じ色だったとして、増山と悦子の後ろを歩いていたのが同じ小学生だったとして、じゃあ彼が坂本の失踪に関与したのか、イコライザーを使って思念を消去したのかというと、それはあまりにも考えづらかった。その証拠に、彼は今現在、実に退屈そうな、やや青みがかった灰色の思念を周囲に振り撒いている。悦子と明美に見つかった焦《あせ》りもなければ、そもそもこっちに注意を払う様子もない。

明美が小首を傾げる。

「でも、悦子さん……常識からいって、小学生が産業スパイって、考えづらいと思うんですよ」

お前が常識を語るな。

4

増山が事務所に戻ったのは、夕方の六時十分前だった。

「ただい……ま」

所員はまだ全員が残っていた。その中で真っ先に席を立ち、「所長、所長」と寄ってきたのは明美だった。

「ちょっと所長、聞いてくださいよ」

恐怖と興奮、不安と怒り、それと、ちょっとした喜び——思念が滅茶苦茶に入り混じって、まるで金魚すくいの水槽みたいな色合いになっている。遊園地のお化け屋敷から出てきた人の思念も、よくこういう色をしている。

増山には、もはや話を聞くまでもなく何があったのか想像できたが、女性というのは概ね——特に明美のような性格の子はたいてい、相手に何かを伝えたいから喋るのではなく、単に自分が喋りたいから喋っているだけなので、仮にオチまで分かっていても、まずは聞いてやる必要がある。

「……ああ。なんかあった」

「それがですね、私と悦子さんが、山手線に乗ったらですね」

増山は片耳の意識だけ明美に残して、事務所内の顔ぶれを見回した。

名前を出された悦子は、一応「間違ってはいない」といったふうに頷いている。健と篤志は一所懸命、明美の言葉を脳内で映像化しようとしているが、今一つ上手くいかないようだ。思念が、どんどん灰色に濁っていく。

朋江が「お菓子があるから、お茶淹《い》れるよ」と席を立つ。まだ少し膝が痛いのだろう。机に手をついて「よっこらしょ」といった瞬間、チクンと眉間に皺を寄せた。

明美は説明を続けている。

「そしたらですね、一つ向こうの車両の、真ん中辺りがですね、真ん中辺りの思念がですね……ほら、他は、普通にモヤモヤじゃないですか。でもですね、そこだけですね……」

イコライザーの効果だろう、その辺りの思念が綺麗さっぱり消えていたと。増山的にはその説明だけで充分なのだが、明美はどうしても自分で納得のいく喩えがしたいらしく、「なんて言えばいいのかな……」と腕を組み、首を捻っている。

朋江が給湯室から、白い箱を持って出てきた。

「所長はどっちがいい。きんつばと葛桜」

どうやら悦子は、きんつばも葛桜も両方買わされる破目《はめ》になったらしい。

するとそれを見た明美の目が急に輝き始める。

「あっ……ちょ、ちょうどこんな感じです。透明のドーム状っていうか、ほんと、こんな感じでした」

いや、それはないだろう、と増山は思った。

葛桜は中心にあんこがあって、その周りを透明な葛が覆《おお》っている。一方、イコライザーを作動させたら、確かに透明なドームはできるだろうが、その中も均一な透明になるはず。むしろあんこのように濁って見えるのはその周囲。喩えとして使うなら、葛桜はむしろ正反対の形状といっていい。その証拠というわけではないが、健と篤志の思念はさらに疑問の色を深めている。余計、訳が分からなくなっている。

「俺は……きんつばにしようかな」

それでも、きんつばを食べ終わるまでは黙って明美の報告を聞いてやった。最終的には悦子と明美で、路上ではさみ撃ちにする作戦だったが、それは残念ながら失敗に終わった、というのがオチだった。

喋り終えた明美は、それなりに満足げな顔をしていたが、増山は大いに疑問を持った。

「そりゃそうとさ……なんでお前ら、誰かに尾行されてるって分かってるのに、日暮里で降りたんだよ」

悦子が「ほら見ろ」と腰を浮かせる。

明美が、悦子と増山を見比べながら反論を試みる。

「えっ、だ、だって、私はまず、私たちが尾行に気づいてないっていう、そういうお芝居をしてから、罠《わな》を仕掛ける必要があると思って、だから、あえて伊勢屋さんで葛桜を買うという、作戦に出たわけで……」

いやいや、と増山はそれを遮《さえぎ》った。

「お前らが日暮里で降りた時点で、向こうは二人とも俺の事務所の人間だって確認できたも同然なんだから、たぶんそこで尾行は終了、敵さんはそのまま山手線に乗っていったんだと思うよ。伊勢屋できんつばにするか葛桜にするかは、正直どうでもいい」

明美はまだ納得がいかない様子だ。

「えっ、でもでもぉ、所長が超能力師だって、向こうが知らない可能性も、ゼロじゃないじゃないですか」

「知ってるさ。イコライザーを作動させたくらいだから、それは承知の上だろう。たぶん、顔も名前も知ってたはずだ。だから俺のことは尾行せず、お前ら二人を尾行することにした……俺が一級超能力師であることも、事務所を持っていることも知っている。ということは、所員が何人いるかも分かってる。ひょっとしたら名前も把握してるのかもしれない。でも、それと容姿が一致しない。だからお前ら二人を尾行した。自分の持ってるデータと、目の前にいる二人の容姿を照合した……そんなところじゃないかな」

口を尖らせた悦子が立ち上がる。

「だから、あたしはそのまま乗っていこうって言ったのに」

同じように明美も口を尖らせる。

「えぇー、悦子さんだって、あのときは私の作戦に賛成したじゃないですか」

「それは、あんたが葛桜葛桜って、クズクズうるさいから」

「違いますよ。悦子さんが……」

女同士の喧嘩ほど面倒くさいものはない。思念の色を見るのすら煩《わずら》わしい。

「……あー、もういいから。尾行されたのは事実だろうが、別に一方的にやられたわけでもない。こっちにも収穫はあった」

二人はまだ不満そうな顔をしていたが、それでも一応、目は増山に向ける。

「まず、俺側に尾行はなかった、ということはだ。向こうも、俺とお前ら、両方を同時に尾行する態勢にはなかった、ということが読み取れる。つまり、坂本宅に張り付いていたのは一人、ってわけだ。むろん、イコライザーを所持しているのが坂本氏を拉致した犯人だとすれば、の話だが。だとしたら、向こうは坂本氏を見張る係……大の男を拉致して、どっかに閉じ込めて放置して、自分は坂本宅を偵察に出る、なんて素人くさいことはしないはずだ。坂本氏に逃げられないよう監視する係と、坂本宅の偵察係。少なくとも二人は、この計画に関与していることになる」

現時点で、坂本の所在不明の原因が拉致監禁であるとは断定できないのだが、こういったケースでは最悪の場合を想定しておくに越したことはない。何日かしてひょっこり坂本が戻ってきて、「自殺しようと思って方々を歩き回っていましたが、死にきれずに戻ってきました」というのなら、それはそれでいいのだ。

今のところ問題なのは、むしろ所員の身の安全だろう。

「……これは、思っていたより本格的に犯罪性の高い案件かもしれない。むろん、坂本夫人は警察に行方不明者届を出しているし、身代金云々という展開になれば、警察も本腰を入れて動き出すはずだ。通常、そういった動きがあってもこっちには何も連絡はこないが、この件に限っては、一応、関係者が日超協に情報を入れてくれることになっている。なので……過剰にビビる必要はないが、でも普段よりは、夜道とか、家の戸締りとかには気をつけてくれ。現時点で、ウチの所員を襲うことは非常に考えづらいけれども、注意は怠《おこた》らないでほしい」

朋江が、ひょいと片手を挙げる。

「あのさぁ……あたしみたいな、経理担当の無能力者でも、狙われるおそれはあるのかねぇ」

なぜか、篤志が胸を張ってみせる。

「なんなら、俺がしばらく、ボディガードとか、しましょうか」

それについて、誰も何も言わなかったが、たぶん思いはみな同じだったろう。

篤志。まずお前自身が、自分で自分を守りきれるのか。

増山の自宅住所は東京都品川区上大崎《かみおおさき》三丁目だが、最寄駅は目黒《めぐろ》駅になる。とはいえ、そもそも目黒駅自体が目黒区内にはなく、品川区上大崎にあるのだから、特に不思議なことではない。

事務所のある日暮里駅から目黒駅まではJR山手線で一本。山手線は環状線なので、外回りに乗っても内回りに乗ってもいずれは目黒駅に着く。特に目黒は日暮里のちょうど反対側に位置しているので、上野・東京を経由する外回りに乗っても、新宿・渋谷《しぶや》を経由する内回りに乗っても乗車時間は大して変わらない。とはいえ、たいていは上野・東京方面行きの方が空いているので、帰宅時は外回りに乗ることの方が多い。

夜七時。座れはしないが、乗客の肩と肩とが触れ合わずに済むくらいには、今も車内は空いている。この隙間《すきま》があるのとないのとでは、超能力者にとっての乗り心地は大きく変わってくる。

朝のラッシュ時などに乗ったら、超能力者は本当に大変だ。

普通の人でさえ、自分の持ち物を守りながら、女性なら痴漢に遭《あ》わないように、男性なら痴漢に間違われないように、さらに誰かに寄り掛かり過ぎないよう、足を踏んだりしないよう注意しながら、必死に自分の立ち位置を守っている。

加えて超能力者は、周囲の乗客の不機嫌に、まるで濁流に弄《もてあそ》ばれるかのように晒《さら》され続けなければならない。普段から念心遮断を怠らない増山でも、前後左右から体を強く押しつけられれば、少なからず他人の思念に触れざるを得なくなる。これが、けっこうつらい。健は今でも、疲れているときはタクシーで帰ることがあるという。なので、健のタクシーの領収証だけは、無条件で精算してやるよう朋江に言ってある。事務所で一番真面目に働いている健が、その仕事で疲れた上に自腹でタクシー帰宅をしなければならないのだとしたら、それはあまりにも可哀相過ぎる。

そういった面では、徒歩通勤できるところに部屋を借りた悦子は賢かった。いずれは明美も二級を取得し、一人暮らしを始めるだろうから、そのときは悦子に倣うといいと思う。あの二人は意外と仲がいいから、空きがあるなら同じマンションでもいいかもしれない。

目黒駅に着いた。ドアロに立っていたので、真っ先に降りる。

はっきりいって、目黒駅の山手線のホームは、暗い。夜に暗いのは当たり前だが、昼間でも非常に暗いので困る。日暮里もまあまあ暗いが、やはり目黒の方がより暗い。もう十年以上この駅を利用しているが、今後もこの暗さには慣れそうにない。原因はホームの上にかぶさる形で造られた駅ビルにあるのだが、だったらもっとホームの照明を増やせばいいと思う。ただでさえ通勤時は人の心が暗くなりがちなのに、さらに超能力者は、その暗さを一身に受けなければならないのだ。要は、四方八方から愚痴《ぐち》の大合唱を聞かされるのと同じだ。こういうのは、一体誰に相談したらいいのだろう。JRの幹部か。目黒区議会議員か。いや、品川区議か。誰か超能力師で、品川区議に立候補する人間はいないのか。

駅東口を出たら、ロータリーを迂回するように進む。東口は、あの有名な「権之助《ごんのすけ》坂」とは反対側になるので、周辺の街もやや大人しめではある。

横断歩道を渡り、銀行の脇の細道を進む。もう、この先は完全なる住宅街だ。マンションも何棟かあるが、高さはせいぜい四階止まり。あとは全部二階建ての一軒家。そんな感じの街だ。

増山の自宅も二階建ての一軒家だが、残念ながら持ち家ではない。入居当時はすでに高鍋リサーチの社員だったので、ローンを組もうと思えば組めたのだが、なんとなく「とりあえず賃貸でいいか、長く住むとも限らないし」という、軽い考えでこの家に決めてしまった。今となっては職場にも遠いし、駐車場もないし、決して気に入っているわけではないのだが、まあ、生活基盤ができてしまった、というのが一番の理由だろう。なんとなく引越しの決心がつかずに、今日に至っている。

ようやく我が家に着いた。

だが、ほっと安堵《あんど》の息をつく気にはならなかった。

「……なるほどね」

二階建て、3LDKの我が家の前に、妙に残留思念の薄い空間が横たわっている。明美が山手線内で見たのは「ドーム状」だったらしいが、いま目の前にあるのは、同じ喩え方をするなら「トンネル状」ということになる。イコライザーを作動させたまま家の前を歩いて通過した、ということなのだろう。

試しに、このトンネルがどこまで続いているのかたどってみたが、そんなに遠くはなかった。一つ先の角を曲がって左手にあるコインパーキングの、駐車位置番号「2」のところまでだった。ここに停めた車に乗り込み、敵はそのまま走り去ったのだろう。増山には結局、なんの残留思念も拾うことができなかった。

しかし、自宅まで訪ねてくるとは、なかなか厚かましい奴だ。

回れ右をして、増山は自宅まで戻った。

なんとも気味の悪い状況だが、致し方ない。残留思念が薄まった空間を、息を止めて通過して玄関前に出る。ここはもう、普通に残留思念がある。敵は、敷地内にまでは入ってこなかったということだ。

しかし、こうなってみて初めて気づくこともある。

もはや超能力者は、適度にならら残留思念に晒されている方が、精神衛生上いいのかもしれない。完全に光を遮断した状態や、完全に無音の状態がストレスになるのと同じように、残留思念がまったくない状態は、かえって超能力者の情緒を不安定にする可能性が高いように思う。

ブリーフケースのポケットから鍵を出し、鍵穴に挿す。結婚当初は、呼び鈴を押して文乃に開けてもらっていた。だがいつからだろう。アリスが生まれて、手が離せないことが多くなった頃からだろうか。増山は自分で開けて入るようになった。

レバーを引いて、ドアを開ける。

タタキには、アリスの緑色のスニーカーと、文乃の白いサンダル、紺のローファー、増山の薄汚れたジョギング用スニーカーが並んでいる。その手前で靴を脱ぐ。抜け殻となった黒い革靴は、ひどく大きく、平べったく見えた。

廊下に上がって右手、リビングダイニングに入るドアを開ける。

「ただいま……」

左手、ダイニングテーブルに座っているアリスがこっちを向く。

「あ、パパ。お帰り」

夕飯はミートソースのスパゲティらしい。アリスは口の周りをべったりと赤く汚しながら、皿に突き立てたフォークをグルグルと捩じっている。

ソファのところまで入ると、キッチンカウンターの中にいる文乃の顔も見えた。

「お帰りなさい。早かったのね」

「うん、ただいま」

上着を脱ぎ、ネクタイをゆるめながら訊く。

「今日さ、なんか……変わったこととか、なかった?」

文乃は「ん?」と、両眉を上げながら首を傾げた。明らかに表情が優れないが、慢性の頭痛持ちだから、これくらいは致し方ない。

「なに、変わったことって」

「んん、まあ……なんでもいいんだけど。誰か訪ねてきたとか」

今度は反対に首を傾げる。

「別に、誰もこなかったけど」

「そうか。なら、うん……いい」

やはり、向こうもいきなり家族にまで手を出す気はないということか。要するに、増山超能力師事務所にどういう人間がいて、増山の家がどこで家族は何人で、そういうことまでこっちは摑んでいるんだぞ、下手に首を突っ込むと所員や家族にまで被害が及ぶぞと、そういう脅しなわけだ。少なくとも現時点では。

いいだろう。やれるものならやってみろ。

必ず、返り討ちにしてやる。

その上で超能力師の、本当の怖さを教えてやる。


アリスは六歳、もう幼稚園も年長になった。

それでもまだ、増山が早く帰った日は一緒に風呂に入る。

「ケーくんはね、バジラガップが好きなんだって」

アリスは湯船に浸かると、いつもその日の出来事を話してくれる。

「なに、バジラガップって」

「知らなーい」

バジラガップ。なんだろう。まったく想像がつかない。

「好きってことは、アニメとか、ヒーローのテレビに出てくる、怪獣とか、そういうのかな」

「えー、違ーう」

「でもアリスは、それ、何か知らないんだろ？」

「うん、知らなーい」

「じゃあ、違うかどうか分かんないじゃないか」

「だって違うもーん。全然違うもーん」

不思議なものだ。親子なのに、裸で肌と肌を触れ合わせているのに、増山にはアリスの心が読めない。こんなことってあるのだろうかと、いまだに思う。それとも、超能力者の親子というのは、こういうものなのだろうか。いや、まだアリスが超能力者かどうかは、実際には分からないのだが。

「……ケーくんって、どんな子？」

「ケーくんはねぇ、緑。緑色」

「なんだよ。それじゃケーくん、宇宙人みたいじゃないか」

「うーん。ケーくん、うちゅーじーん」

たぶん、ケーくんのバッグが緑とか、靴が緑とか、そういうことなのだろう。ひょっとするとアリスはケーくんが好きで、だから自分も緑の靴が欲しくなって、あのスニーカーをねだって買ってもらったのかもしれない。

「アリスは宇宙人、知ってるの？」

「知ってるよ。だって、アリスも、うちゅーじんだもん」

広義の正論ではあるが、決してそういう意味で言っているのではあるまい。

「よし、じゃああと十数えたら、出ようか」

「うん」

いーち、と始まるかと思ったが、なかなか始まらない。アリスはただ、正面の白い壁をじっと見つめている。

何を考えているのか覗いてみても、何も見えてはこない。普通の人なら、思念の色が見える。手で直接触れれば、相手の思考が、ほぼテレビを観るような正確さで脳内に流れ込んでくる。だが、それができない。その柔らかな肌に触れても、そこには白い闇があるだけだ。ハレーションを直視するかのように、何もかもが白い光に呑み込まれ、塗り潰されてしまう。

「じゅう」

「駄目。ちゃんと一から順番に数えるの」

「いち……じゅう」

でも、これでいいのかもしれないと、増山は心のどこかで思っている。

アリスを寝かしつけ、隣に移動する。こっちの十畳の洋室が、増山と文乃の寝室だ。

文乃はベッドで、携帯を弄《いじ》っていた。

「……寝た？　アリス」

「ああ。くまさんシリーズ、四冊も読まされたけどね」

「好きだよね、あのシリーズ。どの話も、働いて疲れて、ただ眠るだけなのに……」

大人同士なら、増山は超能力を使わずとも、相手の思考を概ね読むことができる。ちょっとした表情や声色の変化から、その人の心理状態を察することができる。

でもそれも、文乃に対してはできない。こう思ってるのかな、こう考えたのかなと推察することはしても、それが正しいと確信するには至らない。特に文乃が表情に乏しいわけではないのに、どういうわけか、読むことができない。

文乃が、携帯をサイドテーブルに置く。

「私も、今日はなんか疲れた……おやすみ」

「うん、おやすみ」

もう何年も、文乃の体には触れていない。悦子とのことは関係ない。それがあろうとなかろうと、自分と文乃の関係はこうなっていただろうと、増山は思う。一方、それを文乃がどう思っているかは、あえて考えないようにしている。

狡《ずる》いのは自分だ。それは分かっている。しかし、沈黙によって保たれる均衡もある。沈黙、裏切り、背徳。何に置き換えてみても意味は同じ。悪いのは自分だ。

それでもなお、増山は文乃を、アリスを、守りたいと思う。この二人が、人並みに幸せな人生を送ることを心から願っている。

超能力が存在することで、誰かが不幸になどなってはいけない。

この世界に、超能力者の悲しみを溢れさせてはならない。

増山はこのことを、高鍋逸雄とかつて、堅く誓い合った。

最近、あの頃のことが、ひどく遠く感じられてならない。

5

明美は歯科医院に予約を入れていたので、その治療を済ませてから出勤することにしていた。いや本当に、きんつばも葛桜も両方食べたから歯が痛くなったとかそういうことではなく、二週間くらい前に連絡を入れて、午前の一番早い時間を希望したところ、今日の九時からということになっていたのだ。

虫歯自体は小さなものだったので、ちょっと削って白い詰め物をしてもらったら、今日一回で終わりになった。ちなみに、超能力者だからといって歯の治療が楽になるようなことは何一つない。歯を「ギーンギリリリリッ」と削られれば、その振動は直接頭蓋《ずがい》骨《こつ》に響くし、麻酔を打たれれば歯茎《はぐき》が膨《ふく》らむような、締め付けられるような不快感を覚えるし、治療が終わっても麻酔が切れるまでは唇の感覚がおかしい。

「はい。じゃあ起きて、口をゆすいでください」

「ふぁーい……」

初めてかかるところだったので、「男、女、どっち？」的な好奇の目で見られる覚悟はしていたが、受付の女性も治療をしてくれた女性医師も特に性別については触れず、

「宇川さんは、そうですね……わりと上手に磨けてはいますけど、でも親知らずは、どうしても磨きづらくて、虫歯になりやすいですからね……実際、ちょっと虫歯になりかけているので、早く抜いちゃった方がいいかもしれませんよ」

そう親切にアドバイスしてくれたので、明美的には好感が持てた。さらにいうならば、スタッフ全員が女性だというのと、院内のあちこちに漂う紫がかった桃色の思念から、同性愛なんかにも比較的オープンな人が多いのかな、というのは想像した。

それはそれとして。

十時半近くになって事務所に着いてみると、

「……おはようござい、ま……」

思念や空気を読むまでもなく、所内が尋常でない状況にあることは明美にも分かった。

悦子は自分の机にいる。両肘をつき、組み合わせた両手で祈るように額を支えている。朋江と篤志は所長デスクの前に仁王立ちしている。

健は悦子の向かい、一応自分の机にいるが、なんとも中途半端な中腰、立ち上がるまでいかない「へっぴり腰」状態で静止している。

増山はデスクにいるはずだが、朋江と篤志の陰になっていて、ここからでは見えない。

思念の色からすると、篤志は赤と濃い青が入り混じった、軽い興奮状態。増山に何か

抗議しているとか、そんな感じだ。朋江の思念はごく薄くしか見えないが、調子は篤志に近いように感じた。

悦子は暗い青紫。実に嫌な、どんよりと落ち込んだ感じ。

健は灰色、ちょっと青、赤も見える。困惑、というのに近いか。

篤志が所長デスクに手をつく。

「俺がいきますよ」

明美は静かにドアを閉め、とりあえず自分の机まで進んだ。

増山が、首を横に振ったのが見えた。

「いいよ……これは、俺のプライベートな問題だから」

朋江の、背中の肉がブルンと波打つ。

「プライベートなわけないじゃないか。仕事のいざこざに、家族まで巻き込まれそうになってるんじゃないか。強がるのもいい加減におしよ、あんたは」

どうも、そう簡単には状況が呑み込めそうにない。

健の近くまでいってみる。

「あの……何が、あったんですか」

眉をひそめた健が、顔を寄せてくる。

「朋江さんが所長に、今日は様子が変だね、何かあったんだろって、何度も訊いたら……まあ、ようやく今、所長の自宅周辺にも、イコライザーが使われた形跡があったと……昨日の、夜のことらしいけど……そこまで、聞き出せたところ」

なんと、スパイの魔の手が、増山の自宅にまで――。

なるほど。それを受けての、篤志の「俺がいきますよ」発言だったわけか。

増山が立ち上がる。

「俺の家族の問題は、俺が自分で、なんとかします」

だが朋江も引かない。

「なんとか、できてないじゃないか。アリスちゃんは幼稚園で、文乃さんは家にいるんだろう？　そんなの、ただの放ったらかしじゃないか。いま何かあったら、誰が文乃さんを守るんだい。誰がアリスちゃんを守るんだい」

その激しい口調に、篤志と健は目を丸くしていたが、朋江がかまう様子はない。

「だいたいね、あたしはいっぺん、ちゃんと訊こうと思ってたんだ。文乃さんは、今どういう状態なんだい。アリスちゃんはどうなんだい……そりゃね、産業スパイだとかなんだとか、そんな難しい話はあたしにゃ分かんないよ。そんな連中が、いわば民間の調査会社のね、所長の家族にまで危害を加えるかどうかなんて、そんなこたぁ考えたって分かりっこない。ただ……どうなんだい。文乃さんは、そもそも普通の体じゃないよね。アリスちゃんは、そんな文乃さんと所長の子供だよね。アリスちゃんは能力者なのかい、そうじゃないのかい。それが目的じゃないにしたって、もし、もしだよ、そういう外国のスパイがアリスちゃんを誘拐して、研究材料にしようとしたら、そういうこと考えたら、プライベートがどうとか、言ってる場合じゃないんじゃないかね」

ちらりと悦子に目をやり、さらに朋江は続ける。

「何もなかったら、それに越したこたぁないんだから。とりあえず篤志くんと……」

げっ。朋江さん、なんでこっち見るの。

「明美ちゃんにでもいってもらえば。あの子はほら、ああ見えて、人間凶器としては、そこそこ役に立ちそうじゃないか」

ちょっと朋江さん、それはひどい。


増山超能力師事務所において、最終的な意思決定は誰がするべきなのか、非常に疑問ではあるが、

「では、いって参ります」

「いってきまぁーす」

なぜか朋江の意見が通り、篤志と明美の二人で増山宅の、警備？　警護？　に向かうことになった。

言うまでもなく、思念を読むまでもなく、篤志は上機嫌だ。

「明美ちゃんと二人の仕事って、久し振りだね」

「そう……でしたっけ」

午前十一時過ぎの、山手線の車内。二人で並んで座れば、自然と腰の辺りが触れ合う

ことになる。

通常、念心遮断をすると、相手に思念を読まれなくなる代わりに、こちらも相手の思念が読めなくなる。ある本には「念心遮断は、呼吸を止めるのによく似ている」みたいに書いてあった。「吸うのを止めたら、吐くこともできなくなる。吐くのを止めたら、吸うこともできなくなる」という意味なのだろうが、どうだろう。念心遮断ができなかった頃は、はあ、そういうものなのか、と思っていたが、多少なりともできるようになってみると、それはちょっと違う気がする。そもそも、息を吸っているときは吐かないし、吐いているときは吸わない。でも、思念は読みながら読まれることが普通にある。念心遮断を呼吸に喩えたあれは、はっきりいって間違いだと思う。

「……って好き?」

篤志が、やたらと輝かせた目を明美に向けてくる。

「あ、すみません。全然聞いてませんでした」

「ひどいなぁ、明美ちゃん。だから、音楽はどんなのが好き? ヒップホップとか好き? って訊いたの」

「ヒップホップ……ああ、あの、黒人とかが、ラップするみたいなやつですか」

「そうそう。俺さ、ああいうのすげー好きだからさ、ちょっとやってみたいな、とは思うんだけど、DJとかだと、難しそうじゃん。たぶん、機材とかも揃えなきゃいけないし。でもさ、ボイパならイケそうな気がするんだよね……ボイス・パーカッション」

まったく興味なし。ヒップホップもボイス・パーカッションも、篤志の音楽的嗜好《しこう》にも、まるで何一つ、一ミリも興味が湧かない。

「それより……篤志さんは、所長の奥さんって、会ったことあるんですか」

少女漫画のように輝いていた篤志の目が、急に三十過ぎの、ごく普通の男のそれになる。ちょっと淀んだ、退屈そうな目つきだ。

「え、あ、うん……あるよ。二回くらい」

「所長ん家《ち》、いったんですか」

「いや、家にはいってない。所長が、家族旅行かなんかいくときに、忘れ物を取りに、車で事務所に寄って。そんときにチラッと挨拶したのと、奥さんが急にアリスちゃんを幼稚園に迎えにいけなくなって、所長もすぐには戻れなくて、それで急遽《きゅうきょ》俺がいくことになったんだけど、俺がいってみたら、ちゃんと奥さんが迎えにきてて、ああ、どうも、みたいな……なんか、そんな感じ。その二回だけ」

なるほど。

「所長の奥さんって、やっぱ美人なんですか」

「うん、まあ……美人だと、思うよ。若いときはきっと、もっと綺麗だったんじゃないかな」

「今、いくつくらいですか」

「所長より十歳くらい若いんじゃないかな」

「じゃあ、三十代後半ですか」

「そう、ね。そんな感じだと思う」

篤志の思念も、腰の辺りからそれなりに伝わってはくるが、顔立ちが分かるほどはっきりした記憶ではない。というかこの人、記憶力が平均以下なんじゃないだろうか。

まあ、増山宅に着いてみると、その理由もなんとなく分からないではなかった。

「いらっしゃいませ……増山の家内の、文乃です」

玄関で出迎えてくれた増山夫人、文乃は、確かに美人だった。

目尻がキュッと上がった、印象的な猫目。スッと高い鼻。ナイフで薄く切り出したような唇。やや頰がこけており、それが少し病的に見えてしまうのが残念ではあるが、だからこそ、なのだろう。若い頃は、頰ももっとふっくらしていて可愛かったのではないか、と思わせるものはある。それくらいには、今も充分に魅力的だ。

篤志が、物凄いスピードのお辞儀を繰り出す。そこに瓦が積んであったら、十枚くらいは余裕で割れそうな勢いだ。

「ご、ご無沙汰しております、い、いぜ……ンンッ……以前、ご挨拶させていただきました、高原です……あの、こっちは、見習いの」

「初めまして、宇川明美です。よろしくお願いいたします」

文乃は優しげな笑みでお辞儀を返し、「どうぞ」と明美たちを中へと招き入れた。

明美の、文乃に対する第一印象は「綺麗だけど不思議な人」ということになるだろうか。

　朋江に限らず、念心遮断ができるわけでもないのに思念が読みづらい無能力者は、たまにいる。おそらく文乃もその類なのだが、朋江とはまたタイプが違う。

　朋江の場合は、ごく普通に思念が漏れてこない。それこそイコライザーではないが、周りに思念が漂っていないのだ。漏れ出てきてもごく少量で、色もぼんやりと薄い。感情がないわけではない。むしろ人としては感情豊かな方だと思うのだが、それがなぜか思念として表に現われてこない。

　だがそれと、文乃はまったく違う。

　文乃の場合は、まるで蚕の繭《まゆ》のような、白っぽい糸みたいなものが思念を覆っていて、というか周りに漂っていて――ああ、だから、綿あめだ。綿あめを作っている途中みたいな感じだ。その白い綿ばかりが目について、肝心の思念が全然読めない。増山レベルの超能力師なら読めるのかもしれないが、少なくとも今の明美には読めない。たぶん篤志にも読めないと思う。またそれが、増山文乃という女の印象にもなっていたのだろう。だから篤志の記憶も、なんだか曖昧になってしまったのではないか。

　明美たちは、リビングのソファを勧められた。

「どうぞ、お掛けになって……お二人は、コーヒーの方がいいかしら。それとも、紅茶でいい？」

　篤志が、頭を下げながら「こ、紅茶で」と答える。所長の奥さんだからって、何もそこまで緊張することはないだろうに。滑稽《こっけい》としか言いようがない。

やがて紅茶とクッキーが運ばれてきた。それをいただきながら話している分には、文乃はごく普通の女性だった。仕草もお淑《しと》やかで、けっこういいとこのお嬢さんなのかな、などと想像したりもした。

文乃が、ちょっと困ったように首を傾《かし》げる。

「増山は……わりと、心配性なところがあって。少しの間、できるだけ外出は控えろって、言うんですけど……何か、あったんでしょうか」

その理由はまったく説明していない、と。

篤志が、曖昧に首を傾げる。

「あ、いや、そんな、何かってわけじゃ、ないんですけど……」

そこは、無理やりにでも理由を作らなきゃ駄目でしょう。

案の定、篤志は助けを求めるように、明美に視線を向けてきた。そんな、見習いの後輩に処理を丸投げって、どうなの。

「あの、それは、ですね……あ、そうそう、あの、ちょっとこの辺で、変質者っていうか、なんか……」

パッ、と篤志の表情が晴れる。

「そう、そうなんすよ。ちょっと、そんな話が、警察関係からあったもんで……ほら、あの、うちみたいな仕事って、けっこう警察と、関係が密っていうか、そういう情報、入ってくるんで。所長のお宅も、警戒した方がいいですよね、ってことで……そう、まさに、そうなんですよ」

前々から思ってはいたが、やっぱり篤志って、典型的な「ダメ男」なんだと思う。二級超能力師というのがギリギリ救いになっているだけで、社会人っていうか、人間として、ほんと使えない。

文乃の眉間が変に力む。変質者、という言葉に対する警戒心か、それとも篤志の下手な芝居に対する不信感か。

「そう、ですか……じゃあ、どうしよう。お昼過ぎたら、アリスを、幼稚園に迎えにいかないといけないんですけど」

先日、坂本宅を訪ねたときの方程式に照らせば、主婦一人のところに男性所員一人を残すのは、不倫が始まってしまうからＮＧだ。ただ篤志にしては珍しく、今のところこの美人を前にしても、そういった色の思念は一切漂わせていない。むしろ全体は青みがかっており、過剰に萎縮《いしゅく》しているようにすら見える。

ならば、結論は出たも同然だろう。

「あの、それでしたら、私が。私がアリスちゃんを、お迎えにいきます」

「え、でも……」

文乃は困り顔で、篤志と明美を見比べる。

「あの、変質者が近くに出て、ということだったら、その……宇川さんも、一人で歩くのは、心配……ですよね？」

最後は、同意を求めるように篤志に目を向けたが、それだったら心配ご無用。

「いえ。私、こう見えても男ですんで。全然大丈夫です」

二人が、まったく同じタイミングでこっちを見る。

二人とも目が点というか、まん丸く見開いている。

え、なに、今のダメ？

幼稚園には文乃から連絡を入れてもらい、明美が身分証を提示すれば、引き取りはできることになった。

「では、すみません……よろしくお願いします」

「はい、任せてください」

ちゃんとアリスの顔も確認した。携帯で撮影した最近のビデオも観せてもらったので、まず間違えることはあるまい。あと、明美自身は特に子供好きではないが、子供にはわりと好かれることが多い。言葉を交わさなくても、微笑みかけたりしなくても、明美が近づくだけで、たいていの子供の思念は明るい黄色に変化する。理由は分からないが、なんとなく子供に対しては得意意識がある。

幼稚園には七、八分で着いた。子供の足でも、十五分あれば帰れるのではないだろうか。

半開きになった門を通り、園庭に入ると、子供たちが体育座りで整列させられていた。年少、年中、年長の三クラスあると聞いているが、サッと見ただけで、どれが何クラスかはすぐに分かった。多少のバラつきはあっても、やはり年少さんはミニミニサイズだし、年中さんはミドルサイズ。年長さんともなると、なかなかみんな、立派な体格をしている。

年長クラスの列の、後ろにいる先生に声をかける。明美とそんなに歳の変わらない、小柄な女の人だ。

「すみません……増山さんの代理でお迎えに参りました、宇川と申します。アリスちゃんの、お父さんの会社の者です」

今年取得した運転免許証と、名刺を見せる。

「あ、はい、伺っております。ちょっとお待ちください……アリスちゃん、お迎えよ」

呼ばれて、列の中ほどにいた女の子が立ち上がる。

背は中くらいだが、キリッとした目つきの、ビデオで観るより、もっと利発そうな女の子だった。まあ、あの増山と文乃の子なのだから、どう転んでも薄らぼんやりとした子にはなるまい。

それでも、彼女にしてみれば明美は初対面の大人だ。怖がられないように、小さくしゃがんでアリスを迎える。

「こんにちは、アリスちゃん。私、明美っていいます。今日はね、ママの代わりでね

「……」

「うん、先生から聞いた。パパの部下でしょ。早く帰ろう」

ちくしょう、こういうタイプのガキか。油断ならないな。

困ったことに、このアリスもまた、容易には思念が読めない。

タイプ的にはやはり文乃に近く、それでも子供だからだろうか、綿のような浮遊物の隙間に多少は色味が見えるものの、それもごく短時間で消えてしまうため、何かを読み取るには至らない。手を繋《つな》いで歩き始めても、なんら伝わってくるものはない。

「ねえねえ、明美ちゃんは男ぉ？　女ぁ？」

いきなり、ヒヤリとさせられた。でもまあ、今日はたまたまジーパンを穿《は》いているし、さして意味のない、子供なりの、無邪気な質問なのかもしれない。

「……アリスちゃんは、どっちだと思う？」

「分かんなーい。どっちもだと思う。どっちも付いてると思ぉーう」

さらにヒヤリ。これはちょっと、今年一番かもしれない。

こっちは思念すら読めないのに、なんだ、アリスは、こっちの服の下まで透視できたというのか。まさか、そんな、あり得ないだろう、普通。でもこういう不快感を、一般人は能力者に対して、常に感じているのだと思う。自分は読めないのに、相手にはすべて読まれてしまうという、圧倒的な不公平感。

そんなことに気を取られていて――なんてことは、決して言い訳にはならないが、

「……ん」

気がつくと、国道沿いの歩道、首都高速と交わるちょっと手前に、黒っぽいスーツを着た男が立って、こっちを見ていた。右手を、パンツのポケットに入れている。

ひと目見ただけで、只者でないことは分かった。

全身から煙のような、黒い思念を立ち昇らせている。明らかな悪意。もはや殺意に近いものかもしれない。サングラスをかけているので定かではないが、顔立ちは三十代前半のように見える。体格は痩せ形。身長はわりと高く見えるが、それでも百八十センチはないと思う。

無意識のうちに、アリスと握り合った手に力をこめていた。アリスも、ギュッと握り返してくる。

「大丈夫……あんな奴、おネエちゃんが、やっつけてやる」

本気でそう思った。距離はたぶん五メートルとか、遠くても七メートルくらい。十メートルは離れていない。

できる、絶対にイケると思った。集中させた意識を相手の胸の辺りに思いきりぶつければ、あの程度の体格の男なら吹っ飛ばせる。本気でそう思った。

しかし、

「あっ……」

ブゥーンというか、ビィーンというか、大きな蚊が耳の近くを飛ぶような音がし、それと同時に、男から立ち昇っていた黒い思念が、まさに煙のように消え始めた。そればかりか、周囲に漂っていた雑多な残留思念までもが、綺麗に透き通っていく。

イコライザーを、作動させたのか——。

明美はその場に足を踏ん張り、全力で、男の体に向けて意識を放った。手応えはあった。目には見えないが、だが確実に空気中のダークマターは振動し、突き動かされ、巨大な鉄球となって男に向かっていった——はずだった。

だが、その後は何も、起こらなかった。

男はその場から動かない。吹っ飛ぶどころか、倒れもしなければ、一歩後ずさることすらしなかった。表情も、まったく変わらない。

本当だ。本当にイコライザーで、超能力が、無効化された——。

やがて男が、ゆっくりと、ポケットから右手を出す。何も持っていないようだった。ただ、人差し指と親指を立てて、ピストルの形を作ってみせる。

その銃口をこちらに、明美とアリスの方に、向ける。

男の頬が、ニヤリと笑いの形に吊り上がる。

一緒に歪《ゆが》んだ口が、ゆっくりと開く。

バァーン——。

男は声を出さずにそういい、すぐ、明美たちに背を向けて歩き始めた。イコライザーは作動させたままなのだろう。透明なドームも、軌跡を描きながら男と共に移動していく。

男は次の角を曲がり、明美たちの視界から消えていった。

あれが、坂本を拉致した、産業スパイ――。

クンクン、と手を引っ張られて、明美は我に返った。

見ると、アリスが明美を見上げていた。

「あ、ごめん……アリスちゃん、怖くなかった?」

アリスは細かく、高速で首を横に振った。

「アリス、あんなの全然、怖くないもん。あとでパパに、言いつけてやるもん……」

そう言ってから、じわりと、アリスの両目に涙が膨らんでくる。

明美も、思わずその場に、両膝をついた。

「アリスちゃん、ごめん、ごめんね……早く、お家に帰ろうね……」

小さな肩を引き寄せる、その自分の手が、震えて仕方がなかった。

第三章

1

盗まれたDMイコライザーと引き替えに、私が要求されたもの。

あの研究の再開と、その成果――。

そもそもあの研究の始まりは、前チームリーダーだった村野正克が、どこかから請け負ってきたデータの解析にあったのだと思う。

私が怪しいと思ったのは全超連、全日本超能力者連絡会だった。

全超連はプロを輩出する日超協と違い、純然たるアマチュアのための組織だ。会員から高額な会費がとれるわけもなく、よって独自の研究をする資金も環境もない。何をするにも関連企業や日超協に協力を要請しなければならないという、常に苦しい立場にある。

あれはまさに、そんな全超連から持ち込まれたのではなかったか。

三年前のある日、たまたま一人で研究室に残っていた私に、村野が声をかけてきた。

「坂本くん。ちょっと君に……見てもらいたいものが、あるんだけどね」

彼にしては、珍しく勿体《もったい》つけた物言いをするな、と思った。

「はい。なんでしょう」

私がそう答えると、村野は小脇に抱えていたノートパソコンを私のデスクにセットし、上部パネルを開けた。

「この記録はね、そもそも、すぐに破棄する約束だったんだが、何かね、なんというか……心霊写真、みたいなものかな。写ってはいけないものが、写ってしまったというか。それだけに、逆に簡単には破棄できなくなったというか」

「なんでまた、心霊写真なんか」

村野は慌てたようにかぶりを振った。

「違う違う、そんな気分で残してしまった、という意味だよ。別に心霊写真を君に見せたいわけじゃない……第一、季節外れだろう」

確かに、その日は二月半ばとか、それくらいだった。植え込みにはまだ雪が残っていたように記憶している。怪談話は季節外れだ。

「まあ、見てみてよ」

村野が画面中央の白い三角ボタンをクリックする。見せたいのは写真ではなく、映像のようだった。

「もう、何年も前の記録なんだけどね。とある人物から、治療に協力してもらいたいとの依頼を受けた。当時はまだ、DM機が一台何千万、下手したら億近くする時代でね。警察にも協会にも、そう何台もあるもんじゃなかった。だからウチに限らず、どこのメーカーも協力を要請されたら引き受けていた。それも、たいていは宣伝だと思ってね、無償で引き受けてた」

さして広くはない部屋に、リクライニングソファが一台。そこに女性が一人、目を閉じて横たわっている。ソファの向こう、頭に近い辺りには白衣の男が立っている。そのすぐそばに、自動販売機のような機械がセッティングされている。室内は暗い。むろん真っ暗ではないが、女性の顔がぼんやりするくらいには、暗い。

やがて白衣の男が、女性の額に軽く手を当てながら、ブツブツと何事か語り始める。断片的にではあるが、リラックス、とか、すぅーっと、とかいうのは聞き取れた。

「催眠療法、ですか」

「そう。ここにあるのは、当時の最新型DM機な……この女性は、解離性同一性障害を患《わずら》っていてね。これは、その治療の場面なんだが……問題は、この女性の中の特定の人格に……まあ、一つとは限らないのかもしれないけど、その人格に交替したときにだけ、超能力が備わってしまうという点にあった。オリジナルの映像はもっと長くてね、回数もこの日だけじゃなくて、何回か同じような治療を……治療というか、実験に近いよね。うん……何回もやったし、全部映像に残っていたんだが、まあ、他はつまらないんだよ、はっきり言って。なんにも起こらないから。人格交替が起こったんだかなんだか知らないけど、急にこの患者が笑いだしたりね。せいぜいそんなもんだった。DM機のメーターも、ピクリともしない。もういい加減、こんなつまらない実験に付き合わされるのは勘弁してもらいたいなと……思っていた、まさにそのときだった」

突如、画面中央に立っていた白衣の男が《アアーッ》と悲鳴をあげ、両腕で頭を抱え、その場にうずくまってしまった。

「……なんですか」

村野がいったん、映像を止める。

「いよいよ、超能力者の人格が出てきたんだよ。しかも、この人格がやたらと凶暴でね。信じ難いことに、サイコキネシスで相手の脳を直接攻撃するっていうんだ……連れてきた人も無責任だよね。無責任っていうか、倫理観を疑うよね。これでこの催眠療法士が死んじゃったら、どうするつもりだったんだろう。この女性を殺人罪で、警察にでも突き出すつもりだったのかね」

言い終えて、再び映像を再生する。

すると、

「……おっ」

カメラ右手の死角から何者かが飛び込んできて、上半身を起こしかけた女性を、一撃で——別に殴ったとか、蹴飛ばしたとかではない。ちょうどプロレス技の「ウエスタン・ラリアット」みたいな感じか。自分の腕を女性の首に引っ掛けた状態で押し倒し、そのまま覆いかぶさった。白衣の男も、頭を振りながらではあったがすぐに立ち上がった。どうやら無事だったようだ。

村野がまた一時停止を押す。

「……知っての通り、今のDM機は代表的な五種類のDM値を検出、数値を表示するようになっているよね」

代表的な五種類のDM値というのは、こうだ。

VDMは「Remote viewing／リモート・ビューイング」、透視に関する数値。

MDMは「Psychometry／サイコメトリー」、残留思念に関する数値。日超協の定義に則って正確に表記するならば「物体媒介感受を行ったときの値」ということになる。

TDMは「Telepathy／テレパシー」、読心と伝心に関する数値。

CDMは「Psychokinesis／サイコキネシス」、念動力に関する数値。

RDMは「Pyrokinesis／パイロキネシス」、発火能力に関する数値。

「DM」の前にくる一文字は、基本的には各能力を示す英単語の頭文字なのだが、なぜか超能力関連の単語の頭文字は「P」であることが多く、そのままだと区別ができなくなるため、それ以降の文字のどれかを取るようになっている。ちなみに「Remote viewing／リモート・ビューイング」が「RDM」ではなく「VDM」なのは、先に「Pyrokinesis／パイロキネシス」が「RDM」に決まってしまったから、という単純な理由らしい。

あくまでもこの五種類は代表的なＤＭ値であり、これ以外にも効果が定義されていないＤＭ値、あるいは波形は数多存在する。言い方を変えれば、「超能力とまではいえないダークマターの動き」は、他にも無限にあるということだ。

村野が画面の中の、旧式ＤＭ機を指差す。

「ただし、この頃のＤＭ機にはまだそこまでの機能はなくてね。とりあえずＤＭ値を数秒間、長くても七秒とか八秒間くらい記録して、そのデータをパソコンに取り込んで、専用のプログラムで解析して、初めてＴＤＭだとか、ＶＤＭだとか分かると、せいぜいそんなレベルだった。まあ、ＲＤＭやＣＤＭはね、目の前で突然火が点いたり、物が動いたりするんだから、解析するまでもなく分かるんだけど……」

腰を屈《かが》め、ぐっと画面に顔を近づける。

「このときに検出されたＤＭ値は、約二七〇〇ＣＤＭ。通常、人体に影響が出始めるのが二五〇前後といわれているから、軽くその十倍以上の力が出ていたことになる。もうちょっと長く攻撃を受けていたら、この催眠療法士は命がなかったかもな……だが恐ろしいのは、それじゃない。むしろ、この続きなんだよ」

村野の目が、メガネの奥で異様な光を帯びる。

私は、黙って続く言葉を待った。

「その、二七〇〇を超えた数値のあとにね、別の波形のＤＭ値が、二〇〇〇近くまで、ボーンと上がってくるんだよ。おそらくこの飛び込んできた男が、その能力を駆使して女性の念動力を封じたんだろうね。ただそこで、DM機の記憶容量がマックスになってね、それ以降は記録できてなかったんだが、そのDM値の種類というのが、なんと……」

このとき、私は確かに村野から、DM値の種類がなんであったのかを聞いている。だがそれが、なぜだか今は思い出せない。

それだけではない。ほんの一瞬の映像ではあったが、私は確かに、その飛び込んできた男の顔を見ている。知っている顔だったし、そのときは名前もちゃんと分かった。なのに、なぜだろう。今はそれも思い出せない。顔も、名前もだ。

解離性同一性障害の女性に体当たりし、力を封じ込めた男は、一体誰だったのか。彼が使った力とは、なんだったのか。

一方、忘れずにいることもある。

この解離性同一性障害を患っていた女性は「井山文乃」という名前であり、今現在、あの増山圭太郎と結婚して「増山文乃」になっているということは、今もちゃんと覚えている。

その後、私たちが催眠術、もしくは催眠法の勉強をしたことも覚えている。まったくの異分野だったので非常に面白かったし、それなりの成果も上がった。その点に関しては村野より、私の方がセンスがあるようだった。数人の同僚を催眠状態に誘導することにも成功したし、後輩の柿生などは、ここ数年不眠症気味だったのが、飛躍的に改善されたとまで言っていた。

だがその先が、思い出せない。なぜ私たちは研究を断念したのか。そもそも、私たちは何を研究していたのか。

魔法使いを名乗る男からの脅迫電話は続いた。

『坂本博士。例の研究、再開する気になってくださいましたか』

ここは、正直に話すしかないと思った。

「再開するも何も、あなたがなんのことを言っているのか、私にはさっぱり分からない」

『うん、まあ……そうでしょうね。電話でこんなふうにお願いしているだけでは、前向きにご検討いただくのは難しいかもしれないですね』

「いや、そういうことではなくて、なんの研究を再開すればいいのか、それ自体が分からない……というか、思い出せないんです」

『ええ、分かりますよ。言葉にすることすら、躊躇《ためら》われるのでしょう。でもね、博士。今のこの状況で、お引き受けいただいた方が、お互いのためだと思うんですよ。魔法の箱が一つ、あなたの手元からなくなった。しかるべき成果を示していただければ、その箱はお返しする。むろん悪用もしない。それが今現在の、交渉のカードじゃないですか。

そこにね、たとえばですよ……お宅は小さいけれど、なかなか素敵なお住まいですよね、とか、奈美恵さん、でしたっけ。実に活発そうなお嬢さんですね、とか。そんなカードを追加するのは、私だって気が進まないんですよ』

家族を、巻き込もうというのか。

「ちょっと待ってくれ、家族は関係ないだろう」

『ええ、ご家族は関係ない。あなたがすべき研究とも、魔法の箱ともなんら関わりはない。ただその、関わりのないお嬢さんがある日、急に交通事故に遭われたり、あるいは家出をしてしまったりね……お友達のお家を泊まり歩いているくらいなら、いいですけどね。そうではない、もっと大人の男たちと行動を共にするようだと……十六歳ですか。いろいろ、問題が出てきますよね』

そのときはまだ研究所にいたが、携帯を耳に当てたまま走り出したくなった。白衣のままでもいいから、すぐに帰宅したくなった。

「ちょっと待ってくれ、あんた、一体……」

『また、ご連絡いたします』

それからは、可能な限り定時に退社するようにした。

仕事が終わったら、できるだけ早く帰って家族の顔が見たい。妻と娘の無事をこの目で見て確認したい。日によっては、娘より私の方が早く帰ることもあった。そんな夜は着替えもせず、鍵と携帯だけをポケットに突っ込んで駅まで戻った。

改札を通ってくる娘を見つけ、声をかけると、いきなり眉をひそめて睨《にら》みつけられた。

「なに。そんな、迎えにくるほど遅くなってないっしょ」

「うん、いいんだ。遅いとか、そんなことを言ってるんじゃない。ただ、ちょっと心配なだけだ」

「何それ。っていうか、最近キモいんだけど」

「そんなこと言うなよ……さ、帰ろう」

「帰るよ。帰ってきてんでしょ、普通に……わけ分かんない」

並んで歩くなとか、後ろについて歩いてるとストーカーと間違われて職務質問されるよとか、前を歩いたら遅いとか、蹴飛ばすよとか、毎度毎度散々な言われようだったが、それでもよかった。娘が無事に帰ってきてくれるなら、いくら悪態を吐《つ》かれようが睨まれようがかまわなかった。

だが相手は、あえてそんなところを狙って揺さぶりをかけてきた。

「坂本さぁん」

男の声で呼ばれ、振り返ると、黒いスーツにノーネクタイ、夜なのにサングラスをかけた男が、小走りでこっちにやってくるのが目に入った。

声で分かったのか、雰囲気や状況からそうと察したのか、とにかく私は、そのサングラスの男が魔法使いなのだと確信した。

夜道で男から親しげに声をかけられ、ひと言も返さない私を、娘は奇異に思ったことだろう。だがどうしようもなかった。私は彼の接近を阻止することもできなかったし、娘の手を引いて逃げることもできなかった。

男は、何か四角いものを紙袋に入れて持っていた。二、三メートル手前まできて、男はそれを私に手渡そうとした。

「ちょうどよかった。今夜お会いできなかったら、ポストにでも入れて帰ろうかと思ってたんですが、ほんとによかった。これですよね、探してらしたものって」

紙袋の口を開けて、中身を私に見せる。それは、盗まれたDME4によく似た――いや、よくは似ていなかった。厚紙の箱か何かをアルミホイルで包んだ、小学生の工作以下の、実に出来の悪いＤＭＥ４のレプリカだった。

「ね？　これで、間違いないですよね……じゃ、私はこれで失礼いたします。坂本さん、例の件、よろしくお願いしますね」

言いながら紙袋を私に押しつけ、男はまた小走りで去っていった。

横から紙袋を覗いた娘は、怪訝そうに眉をひそめた。

「何それ……サンドイッチ？」

そうだったら、どんなにいいだろう。

村野の携帯には何度も連絡を入れていた。だが電波が届かない場所にいるというメッセージを聞かされるばかりで、一向に繋がらなかった。用向きが用向きなだけに、職場にかけるのはしばらく遠慮していたが、さすがに向こうが直接接触してくるようになると、それも狙ったように娘と一緒にいるところに現われたとあっては、もう遠慮してなどいられなかった。

本社の企画開発局。村野局長をお願いしますというと、電話口の女性は一瞬、何か言い淀むように間を置いた。

『……あ、ええと』

「今日は、まだ出社してきてないですか」

『あの……少々お待ちください』

一分くらい待たされて、次に出たのは男性だった。

『もしもし、坂本さんですか』

「はい、先進技術開発センターの……」

『局長からかねがね、お噂は伺っておりました……その、村野局長ですが』

彼の話では、村野はここ二週間ほど欠勤を続けているということだった。病気かどうかもよく分からない。何しろ連絡がとれない。これを無断欠勤としていいものかどうか、周りや総務も困っているということだった。

「自宅に、いるんですかね」

『それも、よく分からないんです。局の者も、何人か訪ねてはみたのですが』

その日、私は早めに退社して村野の家に向かった。彼がセンターにいた時代、何度かタクシーに相乗りし、彼を先に降ろしたことがあるので、自宅の場所は分かっていた。場所も中野区上高田《なかのくかみたかだ》だったので、さして遠回りにもならなかった。

村野宅は、さすがに我が家よりは大きいが、それでも豪邸というほどではなく、周囲の家と比べても特に目立つものではなかった。

夕方五時は過ぎていただろうか。私は門柱に設置されたインターホンの呼び出しボタンを連打し、携帯に電話をかけ続け、メールを送り、携帯番号宛てにメッセージも送り、とにかくいま自宅前まできている、会って話がしたいと訴え続けた。

三十分ほどした頃だろうか。

なんの前触れもなく、玄関のドアがわずかに開いた。外灯も、玄関内の照明も点いていない状態でドアだけが開き、そこに黒い人影が覗いた。

「村野……さん？」

メガネをかけておらず、髪も乱れていたため、薄暗い玄関先では村野かどうか分からなかった。でもたぶん、村野だと思った。それ以外の誰かだったら逆に問題だ。

どれくらい、その状態だったろうか。一分、いや、もっとかもしれない。

やがて村野は、ほぼ全開というところまでドアを開け、私に向かって手招きをした。

私は頷き、門扉を開けて敷地内に入った。

ドアは開け放たれていたが、私が玄関前に立ったとき、村野はすでに上がり框《がまち》のところに腰掛け、うな垂れていた。

「村野さん……」

蒸れたような、饐《す》えたような、嫌な臭いがした。髪が、ぺたっと束になって頭皮に張り付いている。一週間は風呂に入ってなさそうだった。

依然、村野はうな垂れて黙っている。

「村野さん、あの……」

何から言うべきか迷ったが、とりあえず、我々が中止した研究について誰かに話したか、その確認から始めた。

「覚えているでしょう、ほらあの、井山文乃のビデオを見て、それから——私自身に記憶がないのだから説明が難しかったが、それでも村野には通じるはずだった。捲《まく》し立てるつもりはなかったが、でも、そんなふうになってしまった。

「村野さん、聞いてますか。聞こえてますか」

肩に手をやると、村野は意外なほど、しっかりと頷いた。

「……聞いている。君には、すまないことをしたと、思っている」

村野の肩、シャツの感触もゴワゴワと、それでいてどこかヌルッとしていて不快だったが、手を離すことはできなかった。

「なんのことですか」

「例の研究だよ……私は会社に、研究者としての道を断たれた。栄転と人は言うが、あんな人事は、私にとっては島流しに等しい。私はただ研究がしたかった。君と一緒に、目には見えない、何かの謎を解き明かす……そんな、毎日、異次元を旅するような、そんな研究を続けたかった」

村野が、ズッと洟をすする。

「私はあるとき、あの研究を手土産《てみやげ》に、転職することを考えた。アイカワのライバル企業なら、私の研究者としての手腕を評価してくれるはずだと己惚《うぬぼ》れていた……だが少し、あの研究について喋《しゃべ》るのが早かったようだ。私は、その情報ばかりを求められるようになった。その研究内容ばかりが、狙われるようになった。ところが……」

玄関ドアを閉めたかったが、なんとなく、それもしづらかった。

「ある日私は、あの研究……あの研究って、どの研究だ……私は、私と坂本くんは、一体なんの研究をしていたのだったか、と……その記憶が、その記憶だけが、抜け落ちてしまっていることに気づいた。手元には記録も何もない。思い出す材料もきっかけもない。しかし、あの研究の成果を渡せと、もう……転職どころの騒ぎじゃなくなっていた。なんだか得体の知れない、むろんヤクザなんかじゃなく、どっちかというと、手荒な産業スパイのような連中に、つけ狙われるようになって……家族が……直接的にそうと言われたわけではないが、家族がどうなってもいいのかと、分かっているのかと」

私と、まったく同じじゃないか。

「それだけじゃない。電車に乗れば痴漢だと疑われ、引きずり降ろされ、でも、駅員室に着く直前に、被害を訴えた女性が消えてしまう、そんなことが何回もあった。私は……妻と子供たちに、妻の実家に避難するよう勧めた。最初は、なぜそんな必要があるんだと抵抗されたが、私も、上手い説明などできなかったが、もうとにかく、怒鳴ってでも殴ってでも、この家から出ていけと……そう言うしかなかった。そう……そうしたら、途端にだ。向こうは、より直接的な手段に訴えてきた。私を拉致して、暴力で、その研究内容を喋らせようとした」

村野が顔を上げる。

暗くて色はよく分からないが、梅酒の瓶《びん》の底に沈んだ、梅の実のような顔だった。ぼこぼこと、丸いものが寄り集まった、それがかろうじて人間の顔のように見えている、そんな状態だった。

それでも村野は続けた。

「解放されたのは、ほんの何日か前だ。何日前かは、覚えていない……でも、私が解放されたのは……」

梅の実と梅の実の間を、雫が伝い落ちる。

「私が、今、こうしているのは……すまない、坂本くん……私が、君の名前を、出してしまったからだ。君の名前を出したら、君が私と同じ目に遭うことは分かっていたのに、でも苦しくて、苦しくて、痛くて、怖くて……本当は、研究の内容なんてほとんど知らない、知っているのは坂本だ、先進技術開発センター所属の、坂本栄世だと……そう言ったら、放してもらえた……だから、すまない。もし、君のところに、そういう接触があったとしたら、気をつけてくれ。奴らは、まともじゃない。私たちの常識で判断してはいけない、怖ろしい相手なんだよ」

そういう忠告は、もっと早くしてほしかった。

2

増山は理事長の久我山宗介に呼び出され、午後から虎ノ門の日超協本部にきていた。場所は最上階の理事長室。応接セットのテーブルをはさんで、増山の正面には久我山、右側には専務理事の石橋克之が座っている。左側には支部統括委員長の織島哲平がいる。

この顔ぶれだと、主に喋るのは石橋専務理事ということになる。

「……その一件は協会預かりにすると、高鍋さんからは、聞いているんだがね。どうなってるんだい、そこのところ」

石橋と織島は「久我山派」の幹部。現状の「主流派」だ。他には、旧高鍋グループに属していた会員を中心とする「高鍋派」、資格試験や事業者認定に強い影響力を持つといわれている「八重樫派」の二派がある。増山は、その経歴から高鍋派に属するものと見られがちだが、実態はそうではないし、幹部連中もすでにそのようには見ていない。増山と高鍋の間に、ある種の確執があることを知っているからだ。

石橋の言う「その一件」とは、むろん坂本栄世捜索の件だ。

「それは私も知っています。ただ、協会から正式に何か……たとえば警察から、誘拐犯が身代金を要求してきたとか、その手の情報が入って、これ以上民間人は手出しをするなと、協会経由で正式に通達されたのであれば、我々も大人しく手を引きます。しかし現状、そういったことは何もない。行方不明者届を受理しただけでは、警察もほとんど動きようがないでしょう。それがたとえ、アイカワ電工の開発チームのリーダーだとしても、いなくなったというだけでは捜査対象にはならない」

石橋は「分かっている」とでも言いたげに頷くが、その顔は苦りきっている。

「うん……君の言うことは尤《もっと》もだと思うが、こういった案件を、つまり、犯人から連絡がある、なしの二極論で語るのは危険だろう」

何を言うか。

「二極論で語っているのは私ではありません。警察です」

「まあ、それはそうなんだが、それはそれとして……じゃあなんで君は、そこまでして坂本氏の捜索に固執するんだ。まさか、前金をもらったからなんて、そんな冗談はやめてくれよ」

その台詞、まさか先回りして言われるとは思わなかった。

「そこまでも何も……警察が二極論で動かないのであれば、民間の我々が動く。それに一体、なんの不都合があるんですか。実際、坂本夫人は警察だけでは不安に感じ、だからこそウチに依頼にいらした。だったら誠心誠意、全力で捜索に当たる……当たり前のことではないですかね」

ここまで黙って聞いていた久我山が、ふいに目を合わせてくる。

「増山くん……建前は、もういいよ。君が手を引かないのは、この案件が犯罪絡みであると、そう確信しているからだろう」

念心遮断を怠《おこた》ったつもりはないが、やはり完全ではなかったようだ。久我山は自分から何を、どこまで読み取ったのだろう。

「確信があるかないかはこの際、関係ありません」

「誤魔化すな。何があった。坂本氏の行方を追う過程で、何を見た」

久我山理事長自身は、信頼できる人物だと思っている。ただギリギリの判断を迫られたとき、久我山は「日本超能力師協会」という組織を守ることを選択する。そういう人間だと増山は認識している。いや、久我山だけでない。そういった面では、高鍋や八重樫も同じ種類の人間だと思う。

今の日超協幹部はおしなべて、とにかく超能力者が悪者にならないことが、一般社会と共存していく絶対条件だと思っている。だがその考え方は、増山の個人的なそれとは相反する。

増山は、超能力者にだって悪人はいる、狡い心もあれば、卑しい心も嫌らしい心も持っている、しかし、それを潔《いさぎよ》く認めることが一般社会と共存する最低条件だ、と思っている。

さらにいうと、協会幹部は増山をフリーにしておきたくないと思っているきらいがある。高鍋派なら高鍋派、鞍替えするなら久我山派でも八重樫派でもいい、とにかく協会がコントロールできる状態にしておきたい、というのが本音のように思う。実際、坂本の件は協会で預かると口では言うが、協会は預かるだけで何もしはしない。本当に動くのは高鍋だ。要は高鍋が、協会を圧力装置にして増山からこの件を取り上げようとしているだけなのだ。そうと分かっていながら、久我山は高鍋に協力する。なぜか。少なくとも高鍋の方が、増山よりは「話の通じる人間」だからだ。

ただ、なぜ高鍋がこの件に拘《こだわ》るのかというと、そこまでは増山にも分からない。大して儲かる類《たぐい》の依頼ではないから、報酬云々の話ではない。むしろ、坂本周辺にある何かを増山に知られたくないとか、そういうことなのかもしれない。

であるならば逆に、この件から簡単に手を引くことはできない。どこをどう見回してみても、坂本を本気で見つけよう、連れ帰ろうとしている人間は増山一人しかいないではないか。

「理事長。もう少しだけ私に、様子を見させてください。もし本当に犯罪絡みであれば、私も警察に委ねます。事件として立件すべき案件なのであれば、聴取にだって証拠の提出にだって応じます。ただ今は、それよりももっと前の段階です。協会預かりという名の棚上げ措置は、もう少し状況が把握できてからでも、遅くはないはずです」

石橋は何か言いたそうだったが、彼が言葉を発する前に、久我山が頷いてみせた。

「……分かった。私たちに、何かできることはないか」

この発言は久我山の本心から出たものと、増山は解釈した。思念を読んだわけではない。言葉、声色、表情。そんな、人として当たり前の、目で見て耳で聞いて感じられることからでも充分、人は人を信じたり、理解し合ったりできるはずだ。

たとえ、超能力者同士であっても。

「いえ、現状では、特に……ま、危なくなったら、そのときはお頼りしますよ」

しかし、なぜ高鍋はこの場に直接こなかったのだろう。


増山は事務所には戻らず、いったん自宅に帰ってきた。

途中、尾行の類はなかったと思う。店舗のガラス戸やミラー、曲がり角などで繰り返し点検したが、それらしい人影は見当たらなかった。

夕方四時半。こんなに早く帰ってくることなど滅多にないのだが、玄関ドアに鍵を挿すと、中から「パパだァ」とアリスの声が聞こえた。どこで分かったのだろう。小さな子供の能力は、やはり謎だらけだ。

「ただいま……」

ドアを開けたときにはもう、リビングからアリスが飛び出してきていた。

「パパお帰りぃーッ」

こんなことは普段、滅多にない。いつものアリスはもっとテンションが低い。出迎えになどまず出てこない。

だが、その理由もすぐに分かった。

「所長、お帰りなさァーい」

すぐ後ろから明美が出てきた。どうやら彼女に遊んでもらっていたらしく、リビングに入るとブロックやら縫いぐるみやら、ゲーム機やそれに使うソフトやらがあちこちに散乱している。

文乃と篤志はダイニングテーブルにいた。

篤志が立ち上がる。

「所長、お帰りなさい」

その向かいで、文乃も「お帰りなさい」と呟く。

「ああ、ただいま」

見ると、篤志もだいぶ遊んでくれたのだろう。ネクタイは外しているし、髪形も若干《じやつかん》乱れている。しかし、それ以上に表情が疲れきっている。それは、よく分かる。大人の男にとって、小さな女の子との遊びはとかく疲れるものだ。

一方、二人にアリスの相手をしてもらって普段よりはだいぶ楽だったはずなのに、文乃の表情はいつも通り優れない。

「どうした。頭、重いのか」

文乃は、今日みたいにどんよりと雲が分厚い、降りそうで降らない天気の日に体調を崩すことが多い。

「んん……頭は、そうでもないんだけど。ちょっと、手が痺《しび》れるの」

脳の検査も定期的にしているのだが、特に悪いところはないという。医学的に原因が特定されるのは怖いことだが、なかなか特定されないというのも、同じように怖いものだ。

「そうか……じゃあ、あんまり料理とか、しない方がいいな」

すると、篤志が「俺、やりましょうか」と目を輝かせる。

「いや、いいよ。お前、料理とか全然、得意じゃないだろ」

「え、でも……あれよりは、そこそこ得意っすよ」

篤志が目で示したのは、アリスと明美だ。二人は今、縫いぐるみでミュージカルみたいなことをして遊んでいる。篤志はどっちの意味でいったのだろう。明美よりは料理ができる、という意味か。それとも、子供のお守りよりは料理の方がまだ自信がある、ということか。

おそらく後者だろう。

明美は四つも五つもいっぺんに縫いぐるみを持ち、その全部が喋っているかのように、ちょっと大声っぽく台詞を当てている。それがたいそう面白いらしく、アリスも何か台詞で返したいのだろうけれど、笑い過ぎてそれどころではなく、青いサメの縫いぐるみを抱えたまま床を転げ回っている。そこに、さらに明美が迫っていく。

「返してください、私たちの、温泉饅頭《まんじゆう》を返してくださァーい」

どういうストーリーなのかまったく分からないが、アリスは大喜びだ。半分白目を剝《む》いて、窒息するのではないかというほど大爆笑している。

「いや、料理よりさ、なんかあるだろ……なんか俺に、報告することとか」

この部屋に入ってきたときから、増山には見えていた。明美の思念に、ほんの少しだけ暗い青と、同じくらい暗い赤が混じっているのが。これはちょっと前に、何か怖い目に遭ったとか、ひやっとした証拠だ。

明美の動きがピタリと止まる。

「あの、所長……」

アリスの笑いにも急ブレーキがかかり、寝転んだまま、不思議そうな目で明美を見上げている。

明美が、持っていた縫いぐるみを全部、アリスの傍《かたわ》らに並べ始める。

「アリスちゅん……ちゅっと、むってて。パパとお話ししたら、むた、むどってくるから」

どういうキャラクターなのかは知らないが、アリスはちゃんと納得して頷いている。

明美もそれに頷き返し、そっと立ち上がる。

「所長……すみませんでした」

お腹の辺りで両手を揃え、深々と増山に頭を下げる。

「謝るようなことじゃないだろう。どうした。何があった」

できるだけ優しめに訊くと、明美は、アリスを幼稚園に迎えにいったときのことを話し始めた。もちろん文乃も聞いているが、それはそれでかまわない。疑問があれば、あとで増山に訊くだろう。

要するに、イコライザーを持った男が帰り道、明美とアリスの前に現われたと、そういうことらしい。

「……すまんが、絵に描いてみてくれるか」

増山は明美に、アリスが落書き帳代わりにしているコピー紙の裏紙を渡した。増山家はネット情報をよくプリントアウトするので、けっこうこういった紙が溜まるのだ。

「げ、似顔絵、ってことですか……」

それと書くもの。ボールペンでは描きづらいだろうから、鉛筆を渡す。

「全身でいい。どうせサングラスしてたんなら、顔は分かんなかったろ」

「まあ、そうなんですけど……あんまり、上手く描けないかも」

明美はとにかく、あらゆる能力が強過ぎる。程よいところで止まらない、止められないというのはある意味、下手《へた》の中でもタチの悪い部類に入る。だから今、増山はあえて絵を描くよう明美に言った。そうすれば、明美から「思念で伝えよう」という意思が弱まって、ちょうどよくなると思ったのだ。

だが、まだ強過ぎる。弱め足りない。増山は紙の端に触れ、同時進行で媒介感受を試みているのだが、どうしても、情報量が過剰で意味が読み取れない。アリスの場合はハレーションのようで分かりづらいのだが、明美はどちらかというと、超どアップ過ぎて分かりづらい感じだ。顔を見たいのに、距離が近過ぎて鼻の穴しか見えないとか、終始そんな調子だ。こっちで加減して縮尺を変えることも難しい。

篤志が、明美の手元を覗き込む。

「明美ちゃん……絵、下手過ぎ」

とりあえず今、絵の上手い下手はどうでもいいのだが、確かに、明美は絵もひどい。

「えーん……だから、上手く描けないって言ったのにぃ」

サングラスをしたノーネクタイの男、というのはかろうじて分かる。だが、明らかに脚より腕の方が長いし、髪の毛も、頭に針が十本くらい刺さったみたいになっている。よく見れば耳もないし、口は明らかに笑っている。スパイというよりは、運動会を参観しにきたお父さんに近い。

篤志も苦笑いで指摘する。

「明美ちゃん、ほら、黒っぽいスーツ、描かなきゃ」

「分かってます、これから描こうと思ってたんです」

いつのまにか、アリスも見にきていた。

「あー、明美ちゃん、ヘタっぴぃ。これ、さっきの、バーンのオジさんでしょ。アリス、アリスの方が上手いよ。アリスの方が上手く描けるよ」

そう思う。これなら、アリスに描かせた方がまだマシだ。

警視庁公安部の五木に連絡をとると、明日の午後なら時間が作れるというので、夕方四時に会うことになった。

待ち合わせは代官山《だいかんやま》、旧山手通りから一本入ったところにあるカフェ。代官山だけに、さぞかし洒落た店だろうと思い込んでいたが、実際はそうでもなかった。古民家を改築してカフェにしたのはいいが、中途半端に「甘味処」風にしたせいか、ちょっと昭和の駄菓子屋っぽくなってしまっている。今となっては、駄菓子屋も昭和レトロを醸《かも》し出すアイコンの一つなのかもしれないが、しかしどうも、この店の安っぽさは如何《いかん》ともし難い。

「……なんだよ。この店はお気に召さねえか」

むろん増山は、ここにくるまでの道程でも尾行には細心の注意を払ってきた。そうでなければ五木に申し訳ない。

「いえ、別に。コーヒーが飲めれば、私はどこでもいいです」

五木がここを指定したのは、おそらくいくつかの大使館がこの周辺に点在しているからだろう。デンマーク、エジプト、セネガル、少し先にはギニア、マレーシア、アラブ首長国連邦、リビアの大使館なんかもある。五木は、この近辺でどこぞの国の外交官と接触していたとか、外交官の肩書を持つ諜報部員から情報を引き出していたとか、そういうことではないだろうか。

あるいは単に、禁煙ではないこの店が気に入っているだけとか。

五木がテーブルの端に置いていたタバコの包みに手を伸ばす。確か、この前は違う銘柄だったように記憶している。

火を点け、ひと口大きく吐き出し、そのついでのように五木は話し始めた。

「……その後、なんか分かったかい」

この席についたときから様子は窺《うかが》っているが、増山たちの会話が聞こえる範囲に他の客はいないし、ましてやイコライザーを作動させている者も店内にはいない。思念の色合いからしても、最も怪しいのは目の前にいる五木だ。ぼんやりと暗い夜空に、赤や紫、ときおり黄色、オレンジ色の筋が、ちょうど流れ星のように行き交っている。決して正常な精神状態とはいえないが、しかし五木はいつもこうなので、もはやこの状態で安定しているのだろう。嘘は悪ではなく、真実が事実とは限らない。そんな考え方を長年していると、こんな色の思念になるに違いない。

増山は一つ頷いてから答えた。

「現時点までに、分かったことは二つあります。一つは、坂本氏の所属するアイカワ電工先進技術開発センターの、特殊技術研究チームが開発した、ＤＭイコライザー……ご存じですよね」

五木が頷く。

「能力を使った痕跡《こんせき》を消せる、って機械だろう」

「その通りです。そのＤＭイコライザーが、少なくとも一台、アイカワ電工からなくなっています」

「なくな……って、紛失したってことか。それとも、盗み出されたってことか」

ここは、もう断定してもよかろう。

「盗み出されたんだと思います。もう一つ分かったことというのも、それと関係があります……イコライザーを盗んだのと、坂本氏を拉致したのは、同じ犯人グループである可能性が高いです」

五木の表情は、まるで聞こえていないかのように変わらない。真面目な話になればなるほど無表情になる。五木の癖《くせ》だ。

「向こうは複数か」

「おそらく。坂本氏の失踪後……正確に言うと、ウチが捜索依頼を受けてから、ということになりますが、イコライザーを持った人間が我々の周りをウロつき始めました。そのうち一回は、女性所員が直に姿を見ています」

自分でも口にするたびに違和感を覚えるが、もう、明美は女性ということでいいと思う。

五木は依然、無表情を保っている。

「少なくとも、坂本のお守りをする内勤担当と、イコライザーを持った外回りの二人がいると」

「そう、思います」

参考になるかどうかは分からないが、一応見せてみよう。

「その、イコライザーを持ってたのは、こんな人物らしいんですが」

「……ん？ なに、おたくのお嬢ちゃんが描いたのか」

「いえ、描いたのはウチの新人です」

「あ、そう……しかし、こりゃひでえな」

そう言いながらも、五木は明美の描いた絵を真剣に見ている。

「……年齢は」

「三十代前半、と言ってました」

「身長は」

「百八十センチないくらい、と」

「微妙な表現だな」

「ええ」

「痩せ形、と思っていいのかな」

「はい。ちなみにこれは黒系のスーツです。ちゃんちゃんこではありません」

「完全に、半ズボンになってるが」

「口頭の説明では、スーツということでした」

この絵を見て笑わないのだから、大したポーカーフェイスだ。

五木がタバコを灰皿に潰《つぶ》す。

「……この絵で、何を断定することもできないが、まあ、こういう動きをする人間の心当たり、という程度の意味で、あんたも名前くらい覚えておいた方がいいかもな」

五木の、薄暗い思念の中に文字が浮かんでくる。「木」という字に読めるが、あとは「中」や「コ」みたいな字が絡まり合ってしまって、ちゃんとは読めない。

「……すみません、難しいです」

「ハヤシ、タダヒト。『忠義』のチュウに『仁義』のジン。中国読みだと、リン・ジョンレンだ」

林忠仁。初めて聞く名前だ。

「何者ですか」

「在日中国人三世、三十三歳。日本国内では表向き、中国企業の案内役兼代理人みたいなことをしているが、実体は産業スパイだ。中国人だけあって、手口は少々荒っぽい。女も金も暴力も使う……イコライザーが林の手に渡ったのだとしたら、あまりよろしくねえ話だな」

よろしくないどころの話ではない。敵が中国系産業スパイだとしたら、増山の想定していた中では最低最悪のパターンだ。

五木が続ける。

「ただな……一つ確認しておきたいんだが、そのイコライザーってのは、あくまでも超能力を使った痕跡を消す機械、なんだよな？」

五木の思念が、濃い灰色に変わっていく。

「ええ。正確にいうと、ダークマターの分布を、ごく限られた範囲で均等化する機械です。すると、ダークマターの動きが読めなくなるので、どんな能力が使われたのかも分からなくなる、という仕組みです。さらにいうと、ダークマターの動きが止まる、固定されるわけですから、機械が作動している間は、能力が通じなくなるということでもあります」

しかし、五木の疑念はその点にあるのではないらしい。

「いや、あのさ……そのイコライザーで、人の記憶を消したりすることも、できるのかな」

そもそもDMイコライザーは「DMイレイザー」、つまり「ダークマター消しゴム」的な商品名だったが、それとこれとは関係あるまい。

「いえ、イコライザーはダークマターに対して働くものなので、人間の記憶には作用しません。人間の脳内の記憶は……私も詳しくはないですが、確か、ニューロンとかシナプスとか、電気信号とかで作られるものですから、ダークマターは関係ないはずです」

それでも五木の疑念は晴れない。むしろ深まっていく。

「……五木さん。人の記憶を消すって、なんの話ですか」

表情は変わらないが、五木の瞬きは、少しだけ忙《せわ》しなくなった。

「いや、この件に直接関係あるのかどうかは、まだ俺にも分からないんだが、ここ数年、公安マターのレポートの中に、人の記憶に残らない工作員……いや、工作員と断定もできないんだが、とにかく、相手の記憶に残らない、あるいは相手の記憶を消す、そういう事象について書かれているものが、いくつか挙がってきている。書いてる方だって記憶にないんだから、そもそもよく分からん話ではあるんだが、誰かと会っていたらしい時間の経過であるとか、あるいは状況証拠的なものはある……にも拘《かか》わらず、誰と会っていたのかがまったく思い出せない、そういう話だ。これって、イコライザーとは関係ないんだろうか」

増山としても、これは首を横に振らざるを得ない。

「イコライザーとは関係ありませんし、先回りして言うのもなんですが、超能力とも関係ありません。そんな、他人の記憶を消すなんて……そんなこと、超能力でだってできっこありませんよ」

五木も「だよな」と頷く。

「俺は別に、超能力師を疑ってるわけじゃないんだ。俺に限らず、警察としても、それはさすがに不可能だろうと、そういう見方が今は支配的だ。だから……逆に困ってる。それが技術なのか、現象なのかも分からない。なんて呼んでいいかも分からない。誰かが冗談で『のっぺらぼう』なんて言い出したもんだから、今じゃそれが定着しつつある……」

頭痛を追い払うように、五木は頭を振った。

「こんなことが技術的に可能だとなったら、世の中、大パニックになるぞ。それこそ、政権中枢にある人間の記憶でも消されてみろ。国際公約も、安全保障もあったもんじゃなくなる……」

確かに。

その「のっぺらぼう」が実在するとなったら、とんでもない社会不安を巻き起こすに違いない。

3

また溜め息――。

悦子は今や、普段通りの呼吸すらできなくなっていた。

坂本栄世の捜索依頼を引き受けたことで、増山超能力師事務所は現在、ちょっとした混乱状態にある。中でも、最も混乱しているのは自分だろう、と悦子は思っている。

健と篤志がそれぞれ担当案件を片づけたため、とりあえず人員的には余裕ができた。悦子も来週末の面接補助まで、特に決まった担当案件はない。そうなれば当然、全員で坂本を捜索しよう、ということになる。昨日からは、増山の自宅警備という妙なミッションも加わった。

　昨日は篤志と明美が増山宅にいった。今日は健が一人でいくことになった。なぜ今日は一人でいいのか。昨日、明美は謎の「イコライザー男」と遭遇《そうぐう》しているが、二日連続で同じところに現われることはないだろう、と増山自身が言ったからだ。なんとも安直な推理だが、これはあくまでも表向きの理由で、本当のそれは別にある。

　毎日二人ずつ増山宅に送り込んでいたら、遅かれ早かれ悦子にもお鉢が回ってくる。こんなこと、決して口に出して言いたくはないが、そうなったら、愛人が本妻とその娘のボディガードをすることになる。そんなの、増山だって嫌だろうし、悦子だって絶対に嫌だ。でも一日一人ずつなら、なんとか理由をつけて悦子を外すことができる。少なくとも増山はそう考えたのだろう。

　それはいい。悦子が増山宅にいかないで済むのなら、それに越したことはない。ただ、事務所に残った篤志と明美が、というか明美が、さも知ったふうに文乃とアリスについて話すのは気に喰わない。これはこれでけっこうなストレスになる。

「私ってなんか、子供とか一生縁がないんだろうなって、ずっと思ってたんですけど、そんなふうに思う必要ないかもって、ちょっと自信持っちゃいました。なんか、すっごい好かれちゃったんですよォ、アリスちゃんに。っていうか子供全般、得意かもしんないです」

　別に悦子に言っているのではない。基本的には朋江に話しているのだが、朋江は普通に事務仕事をしているので、適当にしか聞いていない。

それでも明美は続ける。

「あれですかね、なんか、子供のピュアな心っていうか、そういうのと、シンクロしちゃうんですかね」

「ああ、精神年齢がね……十歳以下ってこったろう」

朋江さん、ナイス。

「やーん、朋江さんひどいィ。でもほんと、私、子供と遊ぶのチョー上手みたいで、文乃さんも褒めてくださって。アリスのあんな顔、久し振りに見たわ、なんて言ってくださったんですよォ」

何が「文乃さんも褒めてくださってェ」だ。

悦子だって友達の家に遊びにいき、そこに子供がいれば喜んで遊んでやる。女の子だったらオママゴトや縫いぐるみ遊び、もうちょっと大きかったらテレビゲーム。男の子だったらミニカーとか、怪獣ごっことか、キャッチボールやサッカーだってやったことがある。公園にだって一緒にいってあげたし、なんならオムツ交換くらい楽勝でこなせる。実際、幼馴染《おさななじ》みの理佐《りさ》は「悦子、オムツ換え上手」と褒めてくれた。

そこまで考えて、急に馬鹿らしくなった。

なんでこんなことで、あたしがオカマに対抗意識燃やさなきゃならないの――。

そう気づくと同時に、今度はヒヤリとした。自分は今、ちゃんと念心遮断をしていただろうか。忘れていたとしたら、篤志にも明美にも、下らない嫉妬《しっと》で真っ赤になった思念を読まれた可能性はある。明美の発言に一々反応する、それこそシンクロするように波打つ思念だ。見ている分には、さぞ面白かったに違いない。三十代半ばの愛人女が、相手の男の家庭の話を耳にして嫉妬に狂うのだ。自分で想像してもみっともなさ過ぎて泣けてくる。

三人の顔を見回してみる。

明美は相変わらず得意気に喋り続けている。

「私にも、こんな頃があったんだなぁ、って……まあ私の場合、もうちょっと可愛かったとは思うんですけど」

篤志は、これまた腹立たしいことに、うんうん頷きながら明美の話を聞いている。悦子の思念がどうだったかなど、まるで気にしている様子はない。

むしろ、朋江だ。

ノートパソコンから目を上げた朋江と、一瞬目が合った。朋江は何も言わず、またすぐ手元のキーボードに視線を下ろした。ブラインドタッチができない朋江は、基本的に手元を見ながらの入力作業が多い。だからこそ、一瞬悦子を見たことには意味があったのだと思う。

あんた、こんなことでイライラするんじゃないよ。不倫だの愛人だのなんてのは、結局はこういうことなんだからね——。

そう朋江が思ったかどうかは分からないが、解釈するとしたら、そんな感じではないだろうか。

ふいに「そういえば」と篤志が口を開く。

「明美ちゃんの絵、かなりヤバかったよね」

そういう話ならと思ったのか、朋江も加わる。

「ヤバいってなんだい。どうヤバいんだい」

「いや、まあ……ぶっちゃけ、アリスちゃんより下手なんすよ」

本人もそう思っていたのか、明美が「いやーん」と顔を隠す。

「子供の頃から、お絵描きだけは苦手だったんですよぉ」

「あんたが苦手なのは絵だけじゃないだろう」

そうだそうだ。朋江さん、再びナイス。

まあ、この話題なら悦子もギリギリ入れる。

「……それ、あれでしょ。イコライザー男の人相着衣を描いたってやつでしょ」

明美が「そうですそうです」と頷く。

悦子は続けた。

「でもさ、何も超能力師に……現状、無資格だとしてもよ、わざわざ絵を描かせる必要ないじゃない。念写……」

そこまで言ってみて、それは駄目なのだと気づいた。明美に念写は無理だった。送り出す思念が強過ぎて、何回やっても画像は真っ白、まるで何も写らないのだった。フィルムカメラ、デジタルカメラ、ビデオカメラ、いろいろ試してみたが結果は同じだった。

ただ、他に手段がないわけでもない。

「……は難しいにしても、代理念写だったら、ちょっとは写るんじゃないかな」

明美が直接カメラに念を送るのではなく、たとえば悦子が明美からイメージを受け取って、そのイメージを悦子がカメラに送り込めば、ハレーションを起こさずに画像にできるのではないか。

それでも篤志は首を傾げる。

「いやぁ、悦子さんが間に入っても、駄目なものは駄目じゃないですかね」

「だからさ、触らないのよ、直接明美ちゃんには。そこは接触読心じゃなくて、何か間に嚙ませてさ……」

要は、同時進行で物体媒介感受をやるのだ。

明美がピンと人差し指を立てる。

「それいいかも。間に嚙ませるもので、ある程度思念の強さはコントロールできますからね」

そういうことだ。

個人差はあるものの、一般的に水などの液体には思念が残りやすく、また読み取りやすいといわれている。ただし川や海の水は流れていくので、そうなったら当然、思念も一緒に流れていってしまう。そういう意味では残りづらいともいえる。

次に分かりやすいのは天然の有機物。綿など単一の素材でできた布、皮革、木、紙、金属などに残る思念だ。厳密にいうと金属は有機物ではないのだが、思念の残り方は他の有機物に近いので、金属はこれに分類される。

一番思念が残りづらく読みづらいのは、化学物質や合成素材だ。プラスチック、ベニヤ板、混紡素材の布、要するに工業製品全般。思い出の品です、みたいにアクセサリーを差し出されても、意外と超能力師が何も読み取れなかったりするのはこのためだ。宝石、金、銀、プラチナ、ガラス、プラスチック。素材によってそれぞれ残り方が違うので、いっぺんに読み込もうとすると訳が分からなくなる。一つひとつパーツをバラしていいのなら話は別だが、目の前で超能力師がペンチを構え、台座からダイヤモンドを引っこ抜くのを平気で見ていられる依頼主などいるはずもない。

そんなこんなを考え合わせると、自ずと緩衝材《かんしょうざい》として何が相応《ふさわ》しいかは絞られてくる。

「朋江さん、これのもっと大きいの、あったよね」

「ああ、ええと……これかい？」

朋江が引き出しから出したのは、長さが五十センチくらいある透明な定規。素材はプラスチック、いや、アクリルかもしれない。

「うん、ありがと……これの両端を二人で摑みながら、明美ちゃんはイコライザー男をイメージする。あたしはその、ちょっと弱まった思念を読み取って、念写すると」

篤志がデジカメを持ってくる。

「シャッタースピード、遅めにしてあります」

「うん、サンキュ……じゃ、明美ちゃん、やってみようか」

明美が椅子から立ち上がり、悦子が差し出した定規の端を摑む。

「なんか……直《じか》に触るの、嫌がられてる感じがするんですけど」

まさにその通りだが。

「気のせいよ。ほら、本気出して、イコライザー男を思い出して」

「はい、じゃあ……いきますよぉ」

おお、くるくる、確実にきている。洪水とか、真夏の直射日光のような勢いはなく、もっとゆっくりで、ポイントも絞りやすい。まあ、あまり的確な喩えとはいえないが「流し素麵」的な、とりあえずここに意識を張っていれば情報は引っ掛かるだろう、程度のスピード感だ。

これは、明美の脳内情報を代理念写するやり方としては、けっこうベストな方法ではないだろうか。

ただし、あくまでも引き出しているのは明美の脳内情報なわけだから。

篤志がカメラのディスプレイを覗きにくる。

「……どうっすか、悦子さん」

マズい。笑える。

「ちょっと、なんですか悦子さん、ひどぉーい」

「どうしたんだい、えっちゃん」

もう何も言えず、悦子はただ、デジタルカメラのディスプレイを三人に向けるしかなかった。

まず朋江が吹き出した。

篤志も指を差して笑い出す。

「駄目だろ、これ……」

「これ……まさに、これ……」

明美だけは膨れ面をしている。

「こんなの、全っ然、意味ないじゃないですか」

確かに意味はない。でもそれは悦子のせいではない。

人の記憶は容易《たやす》く上書きされる。無意識の捏造《ねつぞう》も、思い込みによる改竄《かいざん》も頻繁に起こる。

だからこれも、まったく不思議なことでもなんでもない。

「ほんとだね……こりゃひどいわ」

明美自身は昨日、イコライザー男の姿を一所懸命思い出して、可能な限り正確に描こうとしたのだと思う。ところが、描き上がった絵は、実物とは似ても似つかないものだった。しかし、一度絵という実在する「物」になってしまうと、そのイメージの方が逆に強烈で、元の記憶より遥かに鮮明に、脳に刷り込まれることがある。

まさに「記憶の改竄」というやつだ。「イコライザー男のイメージ」が「イコライザー男の絵のイメージ」にすり替わり、上書きされ、固定されてしまったのだ。

よって今、デジカメのディスプレイには、明美が描いたとされているイコライザー男の、下手糞《へたくそ》な鉛筆画が表示されている。これは確かに、幼稚園児以下だと思う。

「どうする、これ……保存する？」

「やめてくださいよ、悦子さん。ちゃんと消してください」

いや、面白いから、とりあえず増山が戻るまではとっておこう。

仕事終わりも、昨日からはイレギュラーな段取りになっている。

まず、増山が早めに帰宅する。そこで警護役、今日でいうと健が解放され、健はそこから直帰する。事務所組は集団下校ならぬ、集団退社だ。今日は明美が朋江を家まで送り、篤志が悦子を送ることになった。

朋江が贅肉に埋没した短い首を捻《ひね》る。

「あたしゃ別に、明美ちゃんに送ってもらわなくたって大丈夫なんだけどね」

明美が「駄目ですっ」と、朋江を睨む芝居をする。

「さっき、所長も言ってたじゃないですか。敵は中国の産業スパイなんですよ。いつ荒っぽい手段に出てくるか分からないんです。私くらい有能なボディガードがいないと、所長だって安心できないんですよ」

「あんた、いつから有能になったんだい」

なぜか篤志が胸を張る。

「まあ、悦子さんは俺に任せてください。きっちり、無事送り届けてみせますから」

それもまた心配の種ではある。悦子と別れたあと、篤志に何かないとも言いきれないのだ。だがそれを言い始めたら、送り送られがループ化して、いつまでも終わらない。

「じゃ、まあ今日はこんなところで、終わりにしましょう。お疲れさまでした」

悦子に続いて、全員が「お疲れさまでした」と頭を下げ合う。悦子も他の事務所で働いたことはないが、なんとなく、増山超能力師事務所は所員同士、仲が良い方なのではないかと思っている。

四人でぞろぞろとドアを出る。鍵は明美以外の全員が持っているが、今日は朋江が締めてくれた。何日か前に傷《いた》めた膝ももう大丈夫なようで、歩き始めても朋江だけ遅れることはなく、四人揃って駅までやってきた。

「えっちゃん。なんだったら四人で、えっちゃん家までいったっていいんだよ」

「それはいいですって、さすがに。ほんとは、あたしは一人でも大丈夫なんですから」

「いーえ、それは駄目です。悦子さんは俺が送らないと」

結局最初のプラン通り、朋江と明美は駅で改札に入っていき、悦子は篤志と反対方面、谷中側へと抜けていった。

「なんか、ちょっと……こういうのって、デートっぽいっすね」

「んー、あたしは全然、そんなふうには思わないけど」

駅から「谷中ぎんざ」までの道も、この時間ならそこそこ賑《にぎ》わっている。商店はまだ閉まってないし、飲み屋は逆に営業を始めている。ある意味、一人歩きの女性にとっては一番安心な時間帯かもしれない。

「……ね、全然大丈夫でしょ」

「そうっすね。こう賑わってると、なんか逆に、デートっぽい気分になっちゃいますね」

心配なポイントがあるとすれば、「谷中ぎんざ」を外れてマンションまでの数十メートル。そこはさすがに、ちょっとだけ暗い。

「悦子さん、一杯だけ、飲んでいきませんか」

「あんた、馬鹿じゃないの。今日は大人しく帰りなよ」

子供の頃、台風がくるというので学校が早く終わり、それでも近所ならいいだろうと遊びに出ようとしたら、母親にひどく怒られたことがある。篤志もおそらくそんな感じの、自分と似たタイプの子供だったのではないかと、勝手に想像してみる。

「あそこ、あの角にあるマンション」

「ああ、あれっすか……無駄に近いっすね」

篤志が建物を指差した、ちょうどその瞬間だった。

一つ先の曲がり角から、ぬらりと一つ、人影が抜け出てきた。背がちょっと高めの、瘦せ形の、ダークスーツを着た男――。

断定できる要素など一つもない。そんな恰好をしている男は、この東京には掃いて捨てるほどいる。でも、前後の事情から考えると、また男の立ち昇らせている思念の暗さから類推すると、彼こそがそうなのだろうと、思わざるを得ない。

イコライザー男――。

悦子が足を止めると、ワンテンポ遅れて篤志もその場に立ち止まった。だが男は止まらない。ぶらり、ぶらりと悦子たちの方に近づいてくる。夜なので、さすがにサングラスはしていない。両手はパンツのポケットに入れている。

意外なことに、向こうから話しかけてきた。

「悦子さぁん……二級超能力師の、住吉悦子さぁん……ちょっとご相談がありまして、訪ねて参りましたぁ」

低い耳鳴りに似た音がし、すぐ霧が晴れるように、男の周りの濁った思念が消えていった。こうして見てみると、イコライザーの有効範囲は決してドーム状ではない。やはり球体になるようだ。

篤志が、たすき掛けにしたカバンを後ろに回して身構える。ボクシングでいうところの、ガードを上げた状態――と言いたいところだが、それにしては腰が引けている。はっきりいって、物凄く恰好悪い。

男が微《かす》かに首を傾げる。

「六年もかかってようやく二級に受かった、それもかろうじて引っ掛かったレベルの高原篤志くんには……ごめんなさい。特に用はないです。怪我をしないうちに、大人しくお家に帰ってください」

増山の仕入れた情報では、林忠仁というその中国系産業スパイは、在日三世ということだった。この男がそうなのだとしたら、なるほど、イントネーションは日本人とまったく変わらない。

距離は四メートルくらいまで詰まってきている。

悦子は、バッグのストラップを左手で握り直した。

顔立ちも、表情もうだいたい分かる。目はわりと細い。鋭いというよりは、ちょっと眠たそうな感じの細さだ。

「何よ、相談って」

男の口元が、嫌らしく歪む。

「相談、っていうかね……おたくの所長、けっこう鬱陶《うっとう》しいんだ。大の男が、ほんの何日か会社休んだだけじゃない……騒ぎ過ぎなんだよ。あんまうるさいと……力ずくで、黙らせせちゃうよ」

ポケットから出した男の両手には、何もなかった。だがジャケットの襟《えり》を開くと、腰の辺り——ワイシャツの脇腹に、何やら黒い塊《かたまり》があるのが見えた。あれは、誰が見たって拳銃のグリップだろう。

「悦子さぁん、一緒にいこうか。そんで、増山所長に電話してよ。この件からは手を引いてください、じゃないと私、この人と付き合っちゃいますよ……って」

男は、自分で言っていて可笑しくなったのか。ククク、と肩を揺らして笑い始める。

なんなの、こいつ。

「残念だけど、あたしが言っても、ウチの所長はこの件から手を引いたりしませんよ」

「嘘だぁ。あんた、増山の愛人なんだろ？　だったら、説得してくれよ。私の言うこと聞いてよぉ、大人しく手ぇ引いてよって、あんたが説得すりゃ済む話なんだよ。さもねえと……」

いきなりだった。

サッ、と体勢を低くした男が、猫のような素早さ、しなやかさで篤志の懐《ふところ》に入り込み、ゴツンッ、と鈍い音がしたかと思うと、篤志の体が、

「あっ……」

まるで落とし穴にでも落ちたみたいに、一瞬にして視界から消えた。

代わりに目の前に現われたのは、

「悦子さぁん、頼むよぉ」

蛇の顔をした——。

4

悦子から連絡があったのは、増山が風呂の用意をしているときだった。

浴槽を軽く洗い、温度確認をして「お湯張り」スイッチを押そうと思った、そのときだ。

「……パパ、携帯鳴ってるじょ」

知らぬまに近くまできていたアリスが、サメの縫いぐるみにそう言わせている。

「え、あ、そう……アリス、パパのお洋服のポケットに入ってるんだけど、持ってこれるかな」

「うん、持ってこれるじょ」

スポンジを濯《すす》ぎ、手についた洗剤を洗い流し、裸足になっていたので足も洗い、浴室から出るとちょうど、アリスが携帯を持ってこっちにくるところだった。

「あ、死んだ」

「違うだろう、アリス。電話が鳴らなくなったときは、切れちゃった、だろ」

携帯を受け取り、着信履歴を確認すると悦子からだった。仕事が終わってから、それも増山が家にいる時間帯に悦子がかけてくることなど、滅多にないのに。

「うん……アリス、ありがとう」

洗面所を兼ねた脱衣場から出る。キッチンでは文乃がフライパンを揺らし、何か炒め物をしている。換気扇も回っている。相手が誰であれ、ここで電話はできない。リビングのソファ近くまでいき、悦子にかけ直そうと思ったら、逆に向こうからかかってきた。

「……はい、もしもし」

『……圭太郎さん、助けて』

超能力者であろうと、電話相手の思念を読むことはできない。ただ勘が働くことや、雰囲気で悟ることはある。あるいは、息遣いなどを含むノイズ。

こんなに弱々しい悦子の声を、増山はこれまで聞いたことがない。

「どうした、何があった」

『あ……篤志くん、が……ウチの、前で……』

襲われたのか。相手は林か。

「お前、今どこにいる」

『今、は……あたしの部屋に、います』

「篤志は」

『篤志くん、も……います』

「怪我は」

『怪我、は……』

「……おい、怪我、してるのか」

だが、それ以上訊いても悦子は何も答えない。回線は繋がっているのだが、何も聞こえてこないし、向こうも聞いていないようだった。携帯を手にしたまま気を失ったとか、そんな状態を増山は想像した。だとしたら、これを切ってしまったら、あとでかけ直しても悦子は出ないかもしれない。ならば、このままかけっ放しにしておこう。

キッチンを振り返る。野菜炒めか何かができたらしく、文乃が、フライパンからキッチンカウンターに並べた皿に盛り付けている。

「……ママ、ごめん」

最近、文乃を名前で呼ぶことがめっきりなくなったなと、どうでもいいことが頭の片隅に浮かぶ。

「ん、なに？」

「なんか、緊急事態みたいなんだ。ちょっと、事務所に戻る」

「え、ご飯は？」

「取っといて。帰ったら食べるから」

カウンターを迂回し、アリスがダイニングに出てくる。

「……パパ、またいっちゃうの？」

謝ろうと思った。簡単になら説明もするつもりだった。お仕事なんだ、パパがいかないと駄目なことが起こっちゃったんだ。それくらい言えば、アリスなら納得してくれると思った。

だが増山より、

「よしなさいアリスッ」

文乃の、斬り付けるようなひと声の方が早かった。

その場でアリスが固まる。目を増山に向けたまま、表情を失い、両手も中途半端な位置で静止させ、何か怖いものが自分のそばから去るのを待っている——そんな状態に見えた。

また文乃も、じっと増山を見ている。

「駄目よ、アリス、そんなことを言っちゃ……パパはお仕事なの。パパにはお仕事があるから、遅くなることがあっても我慢しようねって、ママとお約束してるでしょう……今日みたいに早く帰ってきても、それと同じなの。パパはとても強い人だから、誰かを助けにいかなくちゃいけないときが、あるのよ……」

如何《いか》ようにも解釈できる言葉だが、今は恩に着ておく。

増山は文乃に頷いてみせ、携帯を左耳に当てながら、右手で近くにあった固定電話の子機を取り上げた。

敵は篤志を狙ったのか。いや、悦子が狙われて、それを守ろうとした篤志が返り討ちに遭ったと見るべきか。つまり、敵は増山自身より、その家族や、事務所内でも増山と関係の深い所員にターゲットを絞った、それによって増山を身動きできなくさせる、そういう作戦なのだろう。

だとしたら、ここを安易に離れるべきではない。増山が離れた途端、またここが狙われる可能性がある。誰かに、増山の代わりに文乃とアリスを守ってもらわなければならない。

携帯を耳から離し、通話を切らないようにしながら電話帳を開く。

健を呼び戻すか、明美を呼び寄せるか。ここと二人の自宅住所、悦子の部屋がある日暮里。その四点を脳内に配置し、時間経過とを考え合わせると、明美の方がいくらか、近くにいる可能性が高いように思えた。

いや、待て。明美より、もっと頼りになる奴がすぐ近くにいるじゃないか。まあ、そいつが家に帰ってきていればの話だが。

早速かけてみる。

「……あ、もしもし、俺だけど」

『ああ、増山さん、どうも。珍しいですね、こんな時間に。しかも家電でなんて』

「お前、今どこにいる？」

『ちょうど帰ってきたところですけど』

河原崎晃。奴は最近、恵比寿《えびす》にマンションを買った。恵比寿駅と目黒駅はJR山手線でひと駅。タクシーを使えば十分とかからない。

「頼む、何も訊かず、今すぐ俺ん家にきてくれ。緊急事態だ」

ほとんど間を置かず、晃は答えた。

『分かりました。すぐいきます』

やはり。こういうときに頼れるのは、今の部下よりも昔の仲間か。

なんと、晃はバイクに乗って現われた。しかもスーツのままだ。

「……お前、カッコいいの乗ってんじゃねえか」

「いいでしょ。先月、思いきって買ったんですよ。それより、なんですか緊急事態って」

増山は、あえて自ら晃に触れた。両手はバイクグローブで隠れているが、手首は少しだけ肌が見えている。そこを摑んだ。

一瞬だけ、晃の目が泳ぐ。目の前にいる増山ではなく、自らの脳内に流れ込むイメージに意識を向けたのだ。

説明はほんの数秒で済んだ。

「……大事《おおごと》じゃないですか」

「明美にも連絡したから、もうすぐきてくれると思う」

「だったら、俺もえっちゃんとこにいった方がよくないですか」

「いや、俺一人でいい。その代わり、こいつを貸してくれ」

タンクの辺りを、ポンと叩いてみる。

「えっ……増山さんって、バイク乗れるんでしたっけ」

「ああ。中免なら持ってる」

今でいう普通自動二輪免許だ。

「中免、って言っちゃうところに、ここしばらく乗ってない感が、滲《にじ》み出ちゃってるんですけど」

「つべこべ言わないで貸せよ。緊急事態なんだから」

「ええー、マジですか……絶対、転ばないでくださいよ」

「誰も好きで転びゃしないさ……あ、そのグローブとメットも貸してね」

物凄く迷惑がられているのは痛いほど感じたが、山手線よりもタクシーよりも、バイクの方が早いのは間違いない。

「無茶な運転しないでくださいね」

「分かってる。ちょっと一所懸命漕ぐだけだよ」

「チャリじゃねえし」

かけっ放しの携帯にイヤホンを挿《さ》し、それを片耳に突っ込んで、その上からヘルメットをかぶる。

「じゃ、ちょっくらアリスのお守り、頼むぜ」

「はい……アリスちゃん、俺のこと覚えてるかな」

増山は盛大にアクセルを吹かし、目黒通りに出て目黒駅を迂回、首都高速入り口に向かった。

しかし、悦子と篤志が襲われるとは。

夜八時。谷中の街にはまだ充分人通りがあり、スパイが民間人を襲うなどという、ハリウッド映画みたいなことは絶対に起こりそうにない雰囲気だった。

悦子のマンション前に着いた。とはいっても三階建ての小さなそれなので、オートロックや管理人室のようなものはない。バイクをエントランス脇に停め、急いで中に入る。エレベーターもないので階段。悦子の部屋は二階の一番奥、二〇五号室だ。このままでは増山自身が怪し過ぎるので、途中でヘルメットは脱いだ。そのときにイヤホンも外れてしまったが、かまわず二〇五号まで小走りし、ドアレバーを摑んだ。

しかし、動かない。

さらに呼び鈴を押すが、反応はない。

「……おい、悦子、俺だ」

ノックしながら、ブラブラしていたイヤホンを手繰《たぐ》り寄せて耳に突っ込む。何か、衣《きぬ》擦《ず》れのようなものが聞こえた気もするが、悦子が意識を取り戻したかどうかまでは分からない。

ちなみに超能力では、こういった鍵を開けることもできない。鍵を開けるには、その内部構造を理解し、何をどうしたら開くのかが分かっていなければならない。逆に、その構造も開ける方法も分かっている人間なら、超能力などなくても針金か何かで開けられるに違いない。さらにいうと、プロの「鍵師」というのは日本鍵師協会が認定する民間資格なのだそうだ。そういった意味では超能力師とまったく同じ。もし、超能力師が鍵師の資格も持っていたら——いや、今そんなことはどうでもいい。

悦子は増山の愛人だ。愛人の部屋の鍵くらい持っている。

ポケットからキーホルダーを出す。普通に、家の鍵と一緒にぶら下げている。「この鍵はなに？」などと文乃に訊かれたことはないが、仮に訊かれたとしても、事務所のビルの入り口とか、共有部分のとか、誤魔化すことはいくらでもできる。

鍵穴に挿し、ゆっくりと回す。特に何も起きない。ドアレバーを摑むと、ちゃんと回った。スパイ映画などでは、このまま迂闊に引くと爆発したり、仕掛けてある猟銃で撃たれて死んだりするのだろうが、

「……悦子？」

そういったことも特になく、増山はごく普通にドアを開け、玄関に入れた。

明かりは点いている。中は無音、人の気配もない。日々の生活で堆積した悦子の残留思念はあるものの、それ以外は特に何も感じない。

間取りは１ＬＤＫ。入ってすぐのところがリビングダイニング。その奥が八畳より少しせまい洋室になっている。

「悦子、篤志」

靴を脱いで上がると、まず洋室の入り口付近にうつ伏せで倒れている篤志の姿が見えた。もう何歩か入ると、ベッドに上半身を預けて突っ伏す悦子の背中も見えた。

「おい、悦子、篤志」

両手を一杯に広げ、二人の肩をいっぺんに揺らす。

「悦子、悦子……篤志、おい」

見ると、篤志の口からは血の混じった涎《よだれ》が垂れている。ただ、そんなに大量ではない。頬に触れてみると、普通に温かい。脈拍も正常の範囲内だ。思念は、あえて読まない。どういう経緯で失神したのかが分からない以上、深入りは禁物だ。

悦子も確認したが、こっちは特に外傷はなさそうだ。

「おい、悦子、悦子」

しばらく集中的に呼びかけると、ようやく悦子は薄目を開けた。

「……ん……あ、所長」

体を起こそうとするが、上手く力が入らないようだ。

「大丈夫か。お前、怪我は」

「あたしは……大丈夫……」

「じゃあ、なんで気絶してた」

悦子が辺りを見回す。まだこの状況が摑みきれていないようだった。ならば、こうした方が手っ取り早い。

「いいか……悦子」

乱れた前髪を掻《か》き分け、丸くて白い、悦子の額に触れる。

それだけで、悦子も察したようだった。

もう一度目を閉じ、静かに頷く。

増山はそっと肩を抱き寄せ、その額に自分の額を合わせた。

直接、思念を読む。悦子の脳内、意識の海に、自らの意識を沈めていく――。

最初に見えたのは、エスニック調の布団カバーと増山のイメージ。つまり今し方、意識を取り戻した悦子が見たものだ。それが次第に、時間を巻き戻すように暗い屋外のイメージへと移り変わっていく。自分たちに起こったことを悦子が積極的に思い出し、増山に伝えようとしているのだ。

このマンションへと向かう道――。

悦子の記憶を増山なりに、映像的に解釈した結果なので、増山が知っている現実の風景とは若干異なる。歪《ゆが》みもあるし、視界もピントも合っているとは言い難い。だがその見え方に慣れてくると、微調整も可能になってくる。同調、といったらいいだろうか。まさに意識をシンクロさせるのだ。運動でいったら「二人三脚」みたいなものか。最初は相手のリズムが摑めず、多少はバタバタするが、こっちがちゃんと合わせれば、やがてテンポよく走れるようになる。スピードもどんどん乗ってくる。

まもなく、一つ先の角から人影が出てきた。なるほど、黒っぽいスーツにノーネクタイ、夜だからノーサングラス。これが林忠仁か。絵はともかく、明美の説明とはぴったり合う風貌《ふうぼう》だ。

《悦子さぁん……二級超能力師の、住吉悦子さぁん……ちょっとご相談がありまして、訪ねて参りましたぁ》

わりと低い、ガラガラした声だが、音声は視覚以上に歪むので、実際にこういう声なのかどうかは分からない。

ほぼ同時に低い機械音が鳴り始める。イコライザーの作動音だろう。これも悦子の感覚に過ぎないので、実際にここまで大きな音がしたわけではあるまい。思念が消えていく様子もよく見える。これはこの通りだろう。

同じものが見えたのか、隣にいる篤志が身構える。それを見た林が、馬鹿にしたように首を傾げる。

《六年もかかってようやく二級に受かった、それもかろうじて引っ掛かったレベルの高原篤志くんには……ごめんなさい。特に用はないです。怪我をしないうちに、大人しくお家に帰ってください》

悦子の緊張、恐怖が、直接増山にも伝わってくる。

《何よ、相談って》

《相談、っていうかね……おたくの所長、けっこう鬱陶しいんだ。大の男が、ほんの何日か会社休んだだけじゃない……騒ぎ過ぎなんだよ。あんまうるさいと……力ずくで、

黙らせちゃうよ》

まあ、そういうことなのだろう。

しかし、悦子はこのピンチを、どうやって切り抜けたのだろう。

林がベルトに挿した拳銃をちらつかせる。

《悦子さぁん、一緒にいこうか。そんで、増山所長に電話してよ。この件からは手を引いてください、じゃないと私、この人と付き合っちゃいますよ……って》

悦子の中に凄《すさ》まじい嫌悪感が湧く。非常に生理的な、全身に毛虫がまとわりつくような感覚だ。

それを悦子は、怒りの炎で洗い流そうとする。

《残念だけど、あたしが言っても、ウチの所長はこの件から手を引いたりしませんよ》

なぜ丁寧語なのかは疑問だが、まあ、緊張からそうなってしまったのだろう。

《嘘だぁ。あんた、増山の愛人なんだろ？　だったら、説得してくれよ。私の言うこと聞いてよぉ、大人しく手ぇ引いてよって、あんたが説得すりゃ済む話なんだよ。さもねえと……》

次の瞬間、シュッと林が身を屈《かが》め、アマレスの胴タックルのように、篤志の懐へと入り込んでくる。悦子も一瞬見失い、次の瞬間には篤志が体勢を崩していた。おそらく、真下から頭突きか、かち上げのような肘打ちを喰らったのだろう。

いきなり悦子の視界が、魚眼レンズで見るような、のっぺりと歪んだ林の顔で塞《ふさ》がれる。

《悦子さぁん、頼むよぉ》

悦子はとっさに林を突き飛ばし、だがそんな抵抗でどうにかなる相手でもなく、悦子は林に抱きかかえられ、自由を奪われてしまった。全力でサイコキネシス、パイロキネシスを林に向けて放射するが、当然これらも不発に終わる。

《やめてっ》

左耳に、湿った林の体温、ざらついた舌の感触を覚え、身をよじって振り払おうとはするものの、男の力に敵《かな》うはずもなく、林の唇は、舌は、悦子の頬に吸い付き、さらに唇へと、軟体動物が這《は》うように移動してくる。

やめて――。

もう、悦子は声も出せない。

やめて――。

恐怖、嫌悪感、敗北感、罪悪感、自己嫌悪。

やめて――。

だが、そこで急に思念が途切れる。暗転、というのとは違う。ハレーションのように白くもない。むしろ「無」だ。宇宙空間に放り出されたのに近い。

なんだ。何が起こった。あまりの嫌悪感に、悦子が自ら意識を失ったということか。

この後に起こったことが自分で受け入れられず、無意識のうちに記憶から抹消してしまったというのか。

いや、どうやら、そういうことでもなさそうだった。

まもなくして、悦子は意識を取り戻した。

目の前にあるのはドア。そう、この部屋の玄関ドアだ。右肩が異様に重い。何かを抱えている。いや、支えている。目の前には投げ出された脚が四本見える。篤志だ。篤志と、悦子の両脚だ。尻と背中にあるのは、コンクリートのような硬さだ。どういうことだ。二人で、この部屋の前にへたり込んでいるのか。

妙に意識がぼんやりしている。ちょっと首も痛い。それでも悦子は必死に立ち上がり、奇跡的にバッグも肩に掛かっており、中から鍵を取り出し、玄関ドアを開ける。

《……篤志くん、篤志くん……ねえ、起きてよ……しっかりしてよ……んもうッ》

ぴしゃりと脳天を叩くが、その一撃も普段よりだいぶ弱々しい。

悦子は篤志を、なんとかして部屋に引き込もうとする。ほとんど引きずるような恰好だ。玄関内に引き込んだらドアを閉め、もうひと踏ん張りと思ったのだろう。段差も、ダイニングテーブルの脚に引っ掛かるのもかまわず、かなりぞんざいな扱いではあったが、洋室の手前まで引っ張り込んだ。

うつ伏せに倒れた篤志を、改めて見下ろす。

自分も、一緒に倒れ込んでしまいたい。そんな脱力感を覚える。と同時に、再び恐怖が悦子の意識を支配し始める。

眼前に迫ってくる林の顔。それを打ち消すように、悦子は増山の顔を思い浮かべ、歯を喰い縛りながらバッグに手を伸ばし、取り出した携帯で増山にかけた。

しかし一度目は出ず、

《お願い、出てよ……圭太郎さん……出て……助けて……》

二度目でようやく出た。だが増山の声を聞いた安堵からか、途端に自分でも何を喋っているのか分からなくなり、まもなく、悦子の意識は再び薄れていった——。

現実の悦子が、増山から額を離す。

間近で、互いの目を見つめ合う。

「……圭太郎さん」

そのまま、増山の首を抱きにくる。増山も正面から悦子を抱き締めた。いつもと変わらない、痩せた背中がそこにある。

「……本当に、大丈夫か。どこにも、怪我はないか」

こんなときでも念心遮断を欠かさない自分の冷静さが、心底嫌になる。

悦子は、顔を押し付けるようにして頷いた。

「首が、ちょっと痛いけど、でも、大丈夫……あたし、何もされてない。ほんと、信じて」

「うん、分かってる。俺もちゃんと見たから、分かってる。強かったな、悦子。よく一人で頑張ったな」

頭を撫《な》でてやると、またうんうんと、増山の肩口で頷く。

「でも、悦子……林に襲われてから、ここに上がってくるまで、篤志を二階に連れてくるのは、どうやったんだ」

そう訊くと、悦子の背中がひどく強張った。やはり、そうなのか。

「記憶……ないのか」

悦子は答えない。念心遮断をしているのか、思念も漏れてこない。

「覚えて、ないんだな？」

するとようやく、小さく頷く。

「林に、襲われて……あたし、どうやって、奴を追い払ったんだろう……篤志くん、ここに……階段、おんぶして……無理だよね。あれ……どうやって……あたし、どうやって……」

悦子が、記憶を消された？

5

タイミングが絶妙というか、運が悪かったと言うべきか。いやいや、運が悪かったなどと言ってはいけない。

増山から連絡が入ったのは、明美が渋谷で山手線を降り、田園都市線に乗り換えようと歩いているときだった。

「はい、もしもしぃ」

『明美、すまないが今すぐ俺の家にきてくれ』

慌てているというほどではないが、いつも冷静な増山にしては早口に聞こえた。

「ああ、はい……いいですけど、どうしたんですか」

『事情はこっちにきてから説明する。なる早で頼む』

増山が「なる早」なんて言葉を使うのも初めて聞いた気がした。

それだけで電話は切れてしまい、明美は致し方なく、また山手線の改札に戻り始めた。

渋谷から目黒はふた駅しかないので、歩きを入れても二十分くらいしかかからなかった。昨日きたばかりなので、道に迷うこともなかった。

「こんばんはぁ、宇川ですぅ」

インターホンにそう告げると、

《はい、お待ちください》

出たのは文乃だった。玄関を開けてくれたのも文乃だった。

「ごめんなさいね、急にお呼び立てしたみたいで」

「いえ。これも仕事ですから」

仕事か？　と自分でも思ったが、まあいい。

だがリビングに入ってみると、

「……あれ？」

肝心な増山はおらず、代わりに一度だけ会ったことのある、そこそこイケメンではあるけれども、名前もよく覚えていない男がそこにいた。

「お疲れさま。増山さんは急遽、事務所に戻ったよ」

そう笑顔で言っているうちに、明美の思念に浮かんだ「？」を読み取ったのだろう。男は立ち上がり、内ポケットに手を入れた。

「そういえば、前にお会いしたときは名刺もお渡ししなかったね」

取り出した名刺入れから一枚抜き、明美に向けて差し出す。

「神保町《じんぼうちょう》で事務所をやってます、カワラザキです」

名刺には【K'zサイキック・オフィス　代表取締役　日本超能力師協会認定一級超能力師　河原崎晃】とある。字面で見たら、さすがに明美も思い出した。立ち上げ当初の増山超能力師事務所にいたという、いわば増山の後輩みたいな人だ。

逆に、明美にとっては——。

「ああ、はい……河原崎先輩。よく覚えてます」

「嘘でしょ」

「いえ、でも……大丈夫です」

明美がちょこんとお辞儀をした、その途端、なんと河原崎の思念に、ピンク色の水玉模様がぽこぽこと現われ始めた。

いやいや、「嘘でしょ」はむしろこっちの台詞だ。そんな惚《ほ》れ方があるか。

自分で言うと嫌味になるのは百も承知だが、明美は、誰がどこからどう見ても、美人だ。男なのか女なのか、という微妙な話を抜きにすれば、明美にひと目惚れする男、付き合いたいと思う男、ぶっちゃけ「今すぐヤリてえ」と思う男は非常に多い。だがしかし、ここまで簡単に思念をピンク色に染め、でれんと表情を弛め、しかもそれを碌に隠そうとしない男は珍しい。単純に惚れやすい性格なのだと思う。ひょっとすると、本人はちょっと微笑んだだけのつもり、なのかもしれない。でも、実際にはその範疇に留まっていない。

ここまであからさまに「好きだぁ」という顔をされると、正直、された方は気持ちが悪い。たぶん、たいていの女性は同じことを感じると思う。決して不真面目というのではない。軽いのとも違う。じゃあなんだ。強《し》いていうとしたら「甘え」とか、「甘い」とかいうことになるのかもしれない。そう、甘える感じは間違いなくある。たとえば、ちょっと距離が縮まったらすぐ赤ちゃん言葉を使い出しそうな、そんな種類の気持ち悪さだ。

まあ、適度な距離感を保っていれば、こういう男はむしろ無害ではある。

文乃が明美の顔を覗き込む。

「宇川さん、お夕飯は？」

「あ、えっと……」

どうなんだ、こういう場合。素直に「まだです」と言っていいのか。

さらに文乃が首を傾ける。

「晃さんもね、まだだって仰《おつしや》るから。どうせなら大勢で食べた方が美味しいですよねって、宇川さんをお待ちしてたんですけど」

なるほど。そういう展開か。

「あ、そう、でしたか……じゃあ、あの、私もまだだったんで……でも、お言葉に甘えちゃって、いいんでしょうか。私、あんまりこういう経験がないんで、よく分からないんですけど」

河原崎が頷いてみせる。

「俺も若い頃はよくお邪魔して、ご馳走《ちそう》になったもんだよ。文乃さん、料理メチャクチャ上手いんだぜ」

すぐ甘えてきそう、と思ったこととは別に、何かこう、河原崎の発言には裏を感じる。具体的にいうと、声色や表情と、思念の色に妙なズレがある。いや、これは何か意図的に、明美に伝えようとしているのか。しかし、その意図的なところが逆に大きなお世話で。明美にしてみたら読み込み過剰になってしまって、かえって意味が分かりづらい。

とにかく、ここは話に乗ればいいわけね、と結論づけておく。

「じゃあ、あの……はい、遠慮なく、ご馳走になります」

本当は食事よりも、先に化粧を落としてシャワーを浴びて、サッパリしたいところなのだが。

文乃が用意したのは、赤や黄色のパプリカともやしを使った野菜炒め、さっぱり味のポークソテー、カボチャの冷製スープ、雑穀米のご飯、とピクルスだった。ピクルスはベビーコーンとキュウリ、ニンジン、とやっぱりパプリカ。パプリカ多過ぎ。

「ん、このお肉、美味しい……味付けはなんですか？」

「これ、塩麴《しおこうじ》なの。ほんと簡単だから、今度試してみて」

普段、明美はまったく料理をしないが、それはあえて言うまい。

ディナータイム自体は、とても和《なご》やかで楽しいものだった。ただ、増山の留守を預かる恰好で河原崎と明美が呼ばれたということは、要は昼間のボディガードの続きなわけで。そう考えると、さすがに酒を飲むわけにはいかなかった。

文乃は「ちょっとくらい」と勧めてくれたし、明美も、本音をいったらビール一杯くらい大丈夫だと思うのだが、

「いえ、俺、バイクできちゃったんで」

河原崎が頑《かたく》なに遠慮したので、結局は明美も倣《なら》わざるを得なかった。

まあ、酒など飲んでいなくても、大人の食事なんてのはたいていダラダラと長ったらしいものだ。アリスにとっては退屈だったに違いない。

「アリス、もうご馳走さん」

「ご馳走さま、でしょ……あ、お野菜残しちゃ駄目よ」

確かに、野菜炒めの皿に赤いパプリカだけが残っている。黄色は食べたのか。

「アリス、これ嫌い」

「そんなことないでしょう。いつも食べてるじゃない」

「でも嫌い。今日は嫌い」

「じゃあ、明日になったら食べる？」

なかなか、文乃も手厳しい。

「アリス、超能ろくさじゃないから、明日のことは分かんない」

予知能力の実在云々の論議は別にして、アリスの、その妙に言い慣れてる感が明美には可笑《おか》しかった。アリスにとっては「鉄板」の決め台詞なのだろう。文乃も「仕方ないわね」といった苦笑いを浮かべている。

「もう……アリス、お部屋で遊ぶ」

ずるん、とアリスがダイニングテーブルから下りる。半分めくれたスカートの裾《すそ》を気にするふうもなく、階段に向かっていく後ろ姿を、明美は素直に「可愛いな」と思う。

「アリス、ちゃんとお口と手、洗ってよ」

「二階で洗う。アリス、六歳だから」

一緒にいって遊んであげようかな、とも思ったのだが、まだ明美は食べている途中だったし、なんとなく「一人で遊べる、六歳だから」と拒否されそうな気がしたので、それは言わなかった。

食卓の空気が変わったのは、いったん皿を下げ、三人でコーヒーを飲み始めたときだった。

「晃さん。こんなふうに、家にきていただいて伺うのもなんなんですけど……一体、何があったんですか」

そうか。増山は結局、文乃には何も説明していないのか。というか、篤志の「変質者が」という説明には納得していなかったのか。

河原崎の眉に、微かに力がこもる。

「これは、その……俺の判断で、言っていいことなのかは分かりませんが……つまり、増山さんが引き受けた仕事との絡みで、ちょっと……その、逆恨みというのではないですけど、調査の妨害といいますか、そういうことを受ける可能性があると、いうことで……あくまでも用心として、文乃さんとアリスちゃんに、警護が必要になった、と。簡単に言うと、そういうことです」

文乃が眉をひそめる。

「調査の妨害で、その家族にまで危険が及ぶんですか」

「ですから、これはあくまでも、用心ということで」

「どういう種類の調査なんですか」

「それも……我々には、守秘義務というのがありますから」

「でも、晃さんは今、増山の事務所の社員じゃないですよね。それなのに、どうして」

文乃の疑問は尤もだが、河原崎も立場上、洗いざらい白状するわけにはいくまい。明美が見た限り、河原崎はすべての事情を知っている。思念云々ではなく、納得してこの場にいるという、この状況からの推察だ。でなければ、いくら先輩の家族のためとはいえ、他所の家の留守番など引き受けはしないだろう。何しろ、河原崎は自分の事務所の代表取締役なのだ。まあ、「Ｋｚサイキック・オフィス」はウチよりもだいぶ大きいと、前に朋江から聞いたことがある。河原崎一人が他所の案件に駆り出されるくらいは、逆に問題ないのかもしれない。

河原崎が、自らを納得させるように頷く。

「それは……俺が、増山さんを尊敬しているからです。高鍋さんのところから独立するときも、お前だけは一緒にこいって、俺のこと、半ば強引に、連れ出してくれました。俺が、比較的短期間で一級に合格できたのも、その後、すぐに自分の事務所を持てたのも、全部増山さんのお陰です。増山さんは……」

凄い。河原崎の思念は、もはや色ではなく、直接熱を放っている。

こんなふうに、人が人を想うことなんて、あるのか。

「増山さんは、自分のために、何かをする人じゃないです。全部、誰かのためです。それを、俺は痛いほど、よく知ってるから……だから、さっき電話もらったときも、すごい、嬉しかったんです。増山さんが、俺を頼ってくれた、って……だから、なんでもしようって、思ったんです。増山さんの役に立てるなら、なんでも……まあ、今のところ、ご飯ご馳走になって、コーヒー飲んでるだけですけど」

文乃が小さく頭を下げる。

「ありがとうございます……あの人も、晃さんには、特別な想いがあるみたいで。昔からよく、家でも話すんです。それを聞いていたものだから……すみません。私もなんか、よく存じ上げている気になってしまって。不躾《ぶしつけ》な訊き方を、してしまいました。ごめんなさい、ほんと……」

河原崎が「いいえ」とかぶりを振る。

「俺こそ、すみません。年甲斐もなく、なんか、青臭いこと言っちゃって……明美ちゃん、今の、増山さんには内緒ね」

むろん河原崎とて、増山に隠し事などできないことは分かって言っているのだろう。

なんとなく、三人ともコーヒーカップに手をやる。少し冷めてしまったが、文乃の淹れてくれたそれはとても美味しかった。昨日いただいた紅茶も美味しかったが、明美はどちらかというとコーヒーの方が好きだ。

コトン、と文乃がカップをソーサーに戻す。

「でも、誰かのためって……ときどき、残酷ですよね」

静かな言葉だった。でもそれは、とても悲しげに、明美の耳に響いた。おそらく、河原崎も同じように感じたのではないだろうか。

この人は、増山と悦子のことを、知っている——。

皮肉なものだ。

結局、超能力があるとかないとか、念心遮断がどうとか、そんなことよりも、女の勘の方が的確に真実を探り当ててしまう。もしそうだとしたら、こんなに皮肉な話はない。

人間は、いや人間に限らず生物は、一つ能力を失ったら、別の何かでそれを代用しようとする。目が不自由になれば、聴覚や触覚でそれを補おうとする。逆に超能力が発達すれば、人は他の機能を退化させてしまうものなのかもしれない。

そこまで考えて、私か、と思った。

制御が難しいほどの超能力を持ってしまった自分は、他の何かを失ったり、失わないまでも鈍くなったりしているのかもしれない。そういえば、朋江はよく「人として一人前になれ」と言う。言われるのは主に篤志と明美だが、そういうことかもしれない。あんたらは超能力があることで、他に、当たり前にあるはずの感覚が、鈍ってやしないかい——？

朋江は、こういうことを問いかけてくれていたのかもしれない。

そんなことに思い至り、視線を上げたときだった。

スッ、と明美の視界の端で、何かが動いた気がした。左斜め向こう、玄関ホールか、その先にある階段の方。文乃や河原崎の位置からは見えなかっただろうが、明美のところからはちょっとだけ、階段と手摺《てす》りが見えている。

なんだったのだろう。

明美が腰を浮かせると、すぐに文乃がこっちを向いた。

「どうかした？　宇川さん」

「あ、いえ……」

アリスが一人で二階に上がっていってから、何分くらい経っただろう。そういえば何も物音がしない。お絵描きでもして静かに遊んでいるのならいいが、そもそも自分たちは文乃とアリスの警護にきているのだ。基本、二人から目を離すべきではなかった。河原崎と二人でいるのだから、自分はアリスに張り付いているべきだった。

「アリスちゃん、何してるのかなって……ちょっと、様子、見てきます」

ああ、と文乃が頷く。

「いつも、この時間は少し一人遊びをして、それからお風呂に入るから……別に、大丈夫だと思いますけど」

「でも……ええ、私も、アリスちゃんと遊びたいし」

立ち上がり、ゆっくりと階段の方に進む。

玄関周りは暗いが、階段は上り下りに支障がないくらいには明るくなっている。途中に照明が点いており、それが照らしているからだろう。

玄関ホールを通過し、階段の手摺りに手を掛ける。

まさか、一階にいる自分たちが気づかないうちに、二階に産業スパイが侵入するなんて、そんなことはないと思いたいが、向こうはプロだ。甘く見てはいけない。音をさせないよう、一段一段、ゆっくりと上がっていく。途中でアリスに声をかけてみようか、とも思った。でも、もし産業スパイが本当にそこにいたら。アリスを人質に取られ、ナイフでも向けられたら、自分はもう何もできなくなるに違いない。おそらく恐怖で声も出なくなり、河原崎を呼ぶことすらできないだろう。

アリスちゃん、遊んでて。ただ静かに、遊んでいて——。

踊り場のところまで上ってきた。

三段先のステップに手をついて、顔だけ覗かせて二階を見上げる。

でも、そこで明美が見たのは、なんとも奇妙な光景だった。

アリスがよく遊んでいる、青いサメの縫いぐるみ。丸っこいそれが、糸か何かで引っ張られるように、一段一段、階段を這い上っていく。縫いぐるみ自体は二十センチとか、それくらいの背丈しかない。それが階段を上るのだから、実際には、瞬間的に浮遊していることになる。

しかし、よく見てもサメに糸はついていない。そもそも糸で引っ張るだけでは、こんなに上手くは上っていかない。一段上るごとに引っくり返ったり、引っ掛かったりするはずだ。だがそんなことは一度もなく、サメはまるで生きているかのように階段を上っていく。

真似する必要はないのだが、明美も這うように、残りの階段を上っていった。

サメは最後の一段を上りきり、二階に姿を消した。明美は上半身を起こし、その場から二階を覗いた。

二階に着いたサメは、ひょこひょこと体を揺らしながら、廊下を奥の方に進んでいく。

明美は立ち上がって、その跡を追った。

廊下の先には部屋があり、そこの明かりが漏れているのだろう、明るくなっている。

サメはその明かりに吸い寄せられるように、廊下を這っていった。

開けっ放しのドアロには、アリスがしゃがんでいた。

足元までできた青いサメの縫いぐるみを、両手で抱き上げる。その表情は、明かりが当たっていないのでよく見えない。逆にアリスには、明美がよく見えているはずだった。

アリスはしゃがんだまま、サメを抱き締めている。

すぐ近くまでいって、明美もしゃがんだ。

「アリスちゃん……」

訊きたいことはいくらもあった。

今の、どうやってやったの？　糸とか、ないよね。もしかして、超能力？　サイコキネシス？　でも、あんなふうに動かすなんて、まるで生きてるみたいに、それも、こんな離れたところから、一段一段、正確に階段を上らせて、ここまで呼び寄せて。ここからじゃ、階段、見えないよね。サメちゃん、見えないところにいたよね。それなのに、動かしてたの？　生きてるみたいに、操ってたの？

でも、何も訊けなかった。

目の前にいるアリスが、明美の知っているアリスではないように、見えたからだ。

アリスが、ゆっくりと顔を上げる。

部屋の明かりが、その顔の、半分だけを照らす。

「明美ちゃん……今の、パパにもママにも、内緒だからね。絶対に、ゆっちゃ駄目だからね」

ヤバッ。この子、こわっ。

第四章

1

私は村野から、できるだけ多くの情報を引き出そうとした。

アイカワ電工を退社し、別の企業に移るため、村野はどんなふうに自分を売り込んでいたのか。自分の価値を高く見せるために、どんなネタをチラつかせていたのか。

「村野さん、私も一緒に考えますから、思い出しますから、落ち着いて、少しずつ……我々がしてきたことを、検証していきましょう」

本当は落ち着いている暇などなかった。少しずつなどと悠長なことを言っている場合ではなかった。何しろ私は、あの魔法使いを名乗る男に脅されていたのだから。

「じゃあ、まず……そう、村野さんが転職を考えていた先は、どこの社だったんですか」

私がきたときより、さらに暗くなった玄関。上がり框に腰掛けた村野が、うな垂れたのか頷いたのか、がっくりと首を垂れる。

「私が、最初に連絡をとったのは……三石重工の、柴田《しばた》さんだった」

三石重工といったら、アイカワ電工にとっては最大のライバル会社だ。柴田というのは、三石重工の「法務・コンプライアンス部」に所属する人物。肩書は確か「担当主査」だったと思うが、定かではない。

「柴田さんと、親しかったんですか」

「いや、そういうわけじゃ……でも、面識はあった。どうせ売り込むなら、誰だって大きなところを、狙うだろう」

ライバル会社に寝返ろうという、いわば裏切り者の言い分など認めたくはないが、まあ、理解はできる。

「で、柴田さんは、なんと」

「話を聞きたいと……言われたんじゃ、なかったかな」

「その記憶もないんですか」

「いや……ああ、うん……それに関する記憶は、ある」

馬鹿馬鹿しい。ただ話しづらいというだけではないか。この期に及んで往生際の悪い。こういうとき、相手の心理状態を視覚として認識できる超能力者は便利だろうな、と思う。何より、事の本質を見抜くまでのプロセスが短く済む。

「柴田さんと、何を話しましたか」

「まあ、つまり……柴田さんに限らず、あれだよ……私の売り込みに使えるネタといったら、やはり、あれだから……催眠技術によって、超能力者を作り出すという、その辺りの話だよね」

だから、それは——。

「しかし村野さん、それに関しては村野さん自身が、禁忌に触れるものだと言ってたじゃないですか。日超協の報告にあった、薬物使用者が超能力を発現した件だって部外秘になっている、ウチだろうが三石だろうが、企業イメージを考えたら催眠術で超能力者を作り出そうなんて、口が裂けたって言えないって、村野さん、そう言ってたじゃないですか」

もうそれ以上、村野は首を垂れることもできない。

「だから、それは……一般に、市販する目的であれば、ということだよ」

「は？　どういう意味ですか」

「三石の現状を考えたら、今からアイカワやヤマト電通と張り合って、使い勝手のいいDM機を開発、生産するのは……まあ、常識的に考えたら難しい。特に、取引相手を警察庁と限定した場合、主力として採用される可能性は極めて低い。それこそ、警察庁にしてみたら、他との癒着云々《ゆちゃくうんぬん》を言われない程度の発注はするけど、みたいな……お付き合い程度の取引にならざるを得ない」

それは分かる。

「……だから、なんなんですか」

「だから、三石は別のところをメインターゲットに据えたがっていた、ということさ」

「別のところ?」

「分かるだろう……防衛省だよ」

一つ溜め息をつき、村野が続ける。

「あのDMイコライザーだって、当初、警察庁の押しは弱かった。だが防衛省が乗り気になったから、会社からGOサインが出たってところ、あったわけだろう。それと同じだよ。それのもっと大きいやつを、三石は目論んでいた」

急激に、嫌な予感がしてきた。

「……催眠術で超能力者を作り出す技術を、三石と組んで、防衛省に売り込もうとしたんですか」

「三石と組む、と決まったわけじゃない。私はヤマト電通とも、アース・エレクトロニクスとも話をしていたから、どこが、というわけではない……というか、そういう話をしているうちに、防衛省から直接連絡がくるようになった。極秘裏に、その研究の話を聞きたい、とね」

「防衛省の、誰ですか」

「それは言えないよ」

でもたぶん、防衛装備庁の大川《おおかわ》研究管理官とか、あの辺ではないだろうか。

「じゃあ、その防衛省の人と何を話したんですか」

「何を、って言ってもね……可能なことと不可能なことについて、だよ……向こうは、物凄く前のめりになっていたね。たとえば空自の戦闘機パイロットが、だよ。超能力を身につけたらどうなるだろう、とか……なんかもう、発想が『ガンダム』なんだ。そりゃ、そういう機体を開発して、超能力者が操れば、通常のパイロットが操るより、難易度の高いオペレーションが可能になるでしょうね、くらいのことは喋ったし……レンジャー部隊とか、特殊部隊とかね、そういうのに応用できたら、海外に派遣するにしたって、普通なら殉職者が出るような場面でも、相手の攻撃を先読みしたりさ……あくまでも予知ではなく、思念から読み取ることができれば、隊員を危険な目に遭わせずに済むだろう……とか、そういうことだよ」

　ここまで話が大きくなると、逆に疑問が湧いてくる。

「その話を、防衛省は真に受けたんですか」

　しばし、村野は黙って首を捻った。

「村野さん」

「分かってる……聞いてるよ」

　それでも、すぐに答えは出ない。

「村野さん……私が言うのもなんですが、それだけじゃ、転職を優位に運ぶ材料にはならないと思うんですよ。催眠術による超能力開発は、我々だけのアイデアではなかったでしょうからね。もうちょっと、具体的かつ、説得力のある話じゃないと」

「そう……私も、そう思うよ。でも、その辺りから急に、記憶が曖昧なんだ。超能力者を作り出す、催眠技術……そこまでは私も、覚えているんだが、じゃあ、それを確かにする、裏付けになる技術や論理となると……急に、頭の中に……なんか、綿あめでも作ってるみたいにさ、白い、もやもやとしたものが、湧いてくるんだ。振り払っても振り払っても、湧いてきて、まとわりついて……」

どんなに粘っても、村野からそれ以上の情報を引き出すことはできなかった。


催眠術で、超能力者を作る。それを確かなものとする、別の技術、あるいは理論。おそらく、それには私も関わっていたのだと思う。だから逆に、私にもその記憶がない。

そもそも催眠法、催眠術とはどういうものなのか。

ごく単純に、医療なのか娯楽なのかも分け隔《へだ》てせず、あえて矮小化《わいしょうか》して言ってしまえば、それは「暗示」ということに尽きる。相手を暗示に掛ける。むしろ、その暗示に掛ける方法の一つを催眠法と呼ぶ、と考えた方がいいかもしれない。あるいは、暗示に掛けて潜在能力を引き出す、そこまで含めてしまってもいい。

その、催眠術によって可能になることというのは、あくまでも潜在的な物事に過ぎないので、そもそも不可能なことは催眠に掛かっていても不可能である。過去に会ったことのない人の記憶を呼び覚ますことはできないし、拳でコンクリートの壁をぶち破れるようにもならない。大の苦手だった英語が流暢《りゅうちょう》に喋れるようにもならない。

ただし、それが超能力となると話は変わってくる。

超能力は、本来誰にでも備わっていたはず、という考え方がある。賛否両論あるが、超能力師の多くもそう考えている。つまり、超能力とは「人間が失ってしまった古い能力」というわけだ。

これを潜在能力の一つと定義して呼び起こそう、というのが我々の試みだった。

では具体的にどうやるのかというと、これがけっこう難しい。

催眠術の施術者が「あなたは瞼《まぶた》が重くなる」と言い聞かせ、被験者が目を閉じていくシーンは誰でも見たことがあると思うが、あれを可能にしているのは、基本的には説得力と、お互いの相性ということになる。

被験者が施術者を信頼していれば、催眠術、もしくは暗示は掛かりやすくなる。逆に信頼していなければ掛かりづらいし、掛かってもごく浅いものになってしまう。この信頼は、別の感情でも代用できる。尊敬、あるいは恐怖といったものだ。要は「この人の言っていることは本当だ、間違いない、避け難い」と思い込ませるだけの、圧倒的な関係性の格差があればなんでもいいのだ。

私も、最初はなかなか掛けられなかった。なので、途中でインチキをして、何人かに掛かった振りをしてもらった。すると、その示し合わせを知らない研究員の何人かが、私の催眠術に掛かり始めた。柿生もその一人だった。私が暗示する通り、鳥が羽ばたく真似をしたり、さして似てもいないジャイアント馬場の物真似をしたりした。ただしこれは、研究室という閉ざされた環境の中だから、たまたま成功しただけで、私がプロ並みに暗示を掛けられるようになった、ということではまったくない。

また、被験者の性格も大いに結果を左右する。容易にこっちの言うことを信じない人は、当然のことながら掛かりづらい。しかし、最初から「絶対に信じない」と心に決めているタイプは、ちょっとしたきっかけで「自分は間違っていた、この人の言うことは全部正しい」と、百八十度方向転換することがある。すると、どこまでも深く催眠状態に陥り、暗示に掛かってしまう。

思考プロセスが理性的か、本能的かでもアプローチを変える必要がある。これは二つのパターンに分類されるのではなく、両方が組み合わさったパターンもあるので注意が必要だ。

具体的にいうと、情報を理性的に受け取り、理性的に処理するタイプがある。反対に、本能的に受け取って、本能的に処理するタイプもある。混合型は、理性的に受け取って、本能的に処理するタイプ。最後に、本能的に受け取って、理性的に処理するタイプ。大まかには、この四つに分類できる。プロはこのタイプを見極め、直接暗示が有効なのか間接暗示が有効なのか、あるいはそれを組み合わせるのかを選択するのだが、私自身はそのタイプを見分けるところまでいかなかったので、あまり大きなことは言うまい。

そしておそらく、この人間の持つ理性や、これまでの歴史の中で培った物理法則に関する常識や感覚が、超能力の発現を邪魔しているものと思われる。それを催眠暗示で取り除ければ話は簡単なのだが、果たしてそんなことが可能だろうか。

しかも、村野が目論んだ「自衛隊員の超能力獲得」は、中でも一番難しいパターンだと、私個人は感じる。なぜなら、自衛隊員が日常的に操る通常兵器は、物理法則の枠の結集だからだ。戦車、ミサイル、ヘリコプター、護衛艦、戦闘機、自動小銃、拳銃、徒手空拳の接近戦術に至るまで、すべてが物理法則のもとに計算され、作られている。

それを、呪いなどと一緒にしたらさすがに超能力師に失礼だが、要は念じるだけで戦闘機を動かすとか、銃弾を命中させるとか、そういう方向に持っていくわけだ。あるいは、死角にひそむ敵を感知し、見えない背後からの攻撃に備える。そういう能力に昇華させていこうというわけだ。

いやいやいや。そんなことが可能だとは、到底思えない。

付き合いも長く、催眠の研究をしていた当時のことも知っている柿生に、それとなく訊いてみた。

「村野さんの催眠研究って、結局、どういう話だったんだろうね」

当然かもしれないが、柿生は怪訝そうに私を見た。

「村野さんの、って……なに言ってるんですか。村野さんっていうより、あれを主導してたのは、どっちかっていったら坂本さんじゃないですか」

もう、その辺の記憶も定かではない。

「いや、それはさ、催眠状態への誘導に関しては、確かに私の方が上手かったかもしれないけど、研究開発って、そういうことじゃないじゃない。それが上手くいきました、じゃあこうしよう、こういうことが可能かどうか、実験してみようって、進めていくものじゃない。それについてさ、村野さんは、どういうビジョンを持っていたんだろうな、ってことだよ」

さらに、柿生の表情に疑念の色が濃くなっていく。

「なんですか。それ、私に訊いてるんですか」

「ん、んん……何か、覚えてるかな、と思って」

目つきはもはや、怒りのそれに近い。

「だから、なに言ってるんですか。あれは村野さんと坂本さんの二人が、極秘裏に進めてた研究じゃないですか。そりゃ、私はまんまと催眠に掛かりましたけど……でもそれをどうしようとしてたかなんて、私が知るはずないじゃないですか。それともなんですか、坂本さんご自身、記憶にないとでも?」

柿生は仲間なのだから、洗いざらいぶちまけてしまいたかった。だが、村野が私の名前を出したことで、私に魔法使いの、まさに「魔の手」が伸びてきたように、下手に柿生を頼ったら、彼までトラブルに巻き込まれてしまう可能性もないとは言いきれない。

「あ、いや……もちろん、覚えてるさ。覚えているけれども、あの研究を、封印するまでの経緯、というかね……意思決定権みたいなものは、やはり、村野さんにあったわけだから……まあ、私なんかには分からない、苦労もあったのかもしれない、なんて、思ったりね……いや、いいんだ、気にしないでくれ。うん……変なこと訊いて、悪かったね」

廃人同然になってしまった村野。やはり、当時のことは詳しく知らなかった柿生。もう、誰を頼ることもできなかった。私には、もう頼れる人が、誰も——いや、いる。一人だけ、いた。

増山圭太郎、彼に相談してみるというのはどうだろうか。

私にとって、知り合った当初の増山は単なる研究対象に過ぎなかった。彼自身は協力的だったし、人柄も誠実そうに感じてはいたが、でもそれだけだった。特別にどう、という相手ではなかった。

だが去年の、最後の定例事業報告会が終わったあとのことだ。

携帯の機内モードを解除し、会議中にきていたメール等を確認すると、珍しく実家の兄嫁が何度も電話をしてきていた。続いてメールを読むと、急に兄が倒れて入院したという内容だった。

折り返し電話をし、義姉から倒れたときの様子を聞くと、くも膜下出血を疑わざるを得ない状況だった。

私は日超協本部の一階ロビーまで下りてきていた。窓の外を見ると、すでに雨が降り始めている。

時刻は午後四時半。兄が入院したのは、群馬《ぐんま》県渋川《けんしぶかわし》市の実家から一番近い総合病院だ。電車で渋川駅までが二時間くらい。そこからタクシーで、たぶん三十分くらいかかる。乗り継ぎなどが上手くいっても、夜の七時は確実に過ぎてしまうだろう。

しかも、その夜は台風が関東地方を直撃するとの予報が出ていた。新幹線が止まってしまったら、もう今日中に病院に着くことは不可能になる。

義姉の言葉が脳裏に甦《よみがえ》った。

『家族を、呼んでくださいって、言われちゃった……』

早くに父親を亡くした私にとって、兄は父親代わりだった。十一歳年が離れていたというのもあるが、実家の農業を継ぎ、私を大学院までいかせてくれた兄には、どんなに感謝してもしきれない恩義があった。

いきたい。兄のそばにいって、あの節くれだった、皮の分厚くなった手を握って、頑張れ、死ぬなんて冗談じゃない、俺はまだ、兄ちゃんになんも恩返ししてないんだぞ、目を覚ませ、そう言いたかった。

「……どうしたんですか、坂本さん」

ちょうどそのとき、声をかけてきたのが増山だった。

私は慌てて携帯をポケットにしまった。

「いや……これから、群馬の実家にいかなきゃならないんですが、新幹線、大丈夫かな、と思って」

　ここ数分で、雨はだいぶ激しさを増していた。

「だったら、急いだ方がいいですよ。なんなら私、車できてるんで。東京駅までお送りしましょうか」

　確かに、日超協本部から虎ノ門駅までは歩いて十分ほどかかる。車で、しかも東京駅まで送ってもらえるのなら、こんなにありがたい話はない。

「でも、増山さんだって……」

「いや、私は今日、もう何も予定ないですから。事務所に帰っても、せいぜい所員がサボってないかどうか、目ぇ光らせるくらいですから」

　変に柔らかい増山の口調に、乗せられたというか、なんというか。あとから考えると、自分でも不思議なくらい素直に、増山の好意に甘える気になっていた。

「そうですか……じゃあ、すみません。東京駅まで、お願いできますか」

「はい、お安いご用です」

　だが車に乗って走り出せば、当然また天気の話になる。今夜は台風だ、新幹線は大丈夫か、止まったら万事休すだと、そういう結論に至るまでにさしたる時間はかからない。

「分かりました。じゃあ、このまま渋川までいっちゃいましょう」

　耳を疑うほど軽い調子だった。新幹線が止まるかもしれない雨の夜に、早くて二時間強、道路事情が悪化したら何時間かかるか予想もつかない状況下で、しかも、さして親しくもない私の、顔も知らない兄の病院に、自ら車を運転して――。

「いや、さすがにそれは」

「え、なんでですか。新幹線止まっちゃったら、いけなくなっちゃいますよ。っていうか、百パー止まりますよ、今夜は。気象予報士の森さんがそう言ってました」

「でも、それは車だって、台風ってなったら、高速とか、大変なことに……」

「ああ、そういうの慣れてるんで、私は大丈夫です」

そう話しているうちにも、増山はルートを変更して首都高速入り口に向けてウインカーを出している。

「でも、それじゃあんまりにも、申し訳ない」

「大丈夫ですって。こう見えても、ちゃんと運転免許証は持ってますから」

それはそうだろうとか、持ってなきゃ困るとか、そんな漫才のツッコミのような台詞《せりふ》よりも先に、不覚にも私の目には、涙が溢《あふ》れてきていた。

「……すみません、増山さん……」

トータル四時間超の道中、増山とはいろんな話をした。互いの家族のこと、実家のこと、会社のこと。増山も私も、子供は娘が一人だけというのが共通していた。そのときばかりは先輩面をして、年頃になると女の子は難しいですよ、などと偉そうに言ってしまった。

私はふと、増山に訊いてみたくなった。

「あの……増山さんに、今の私は、どのように見えているんでしょう」

ちょっと驚いた顔をした増山は、前方を見ながら小首を傾《かし》げた。最速にしたワイパーが、忙《せわ》しなく雨を右に左に払い除《の》けている。

「どうって……思念とか、そういうことですか」

「ええ。もう、ずいぶん長いこと喋ってますけど、ある程度のことは、言葉とは別に、読み取れているわけでしょう」

するとと増山は、あはは、と声に出して笑った。

「読みませんよ、そんな、一々人の思念なんて」

「えっ、でも……」

口元に笑みを残しつつも、増山の眼差《まなざ》しは真剣そのものだった。それくらい、道路状況は悪化していた。

「そりゃ、調査に必要なら使いますけどね。でも、それ以外のところでは……私生活では、まず使わないです。そもそも協会規程で、そういうふうに定められてますけど、それがなくても、けっこう面倒くさいんです、超能力って……我々にも、やっぱりオンとオフって必要なんですよ。仕事が終わったら、もうアフターファイブはできる限り、超能力は使いたくない。だから、今もまったく、坂本さんの思念は見てないです……見なくても、お話ししてれば分かりますしね。お兄さんを心配なさるお気持ちは、痛いくらい」

その夜、私は増山のお陰で、無事兄と対面することができた。助かりこそしなかったものの、まだ温かい手を握ることはできたし、義姉には「きてもらえると思わなかった」と、泣いて喜ばれた。翌日からは義姉に代わって葬儀を段取ったり、様々な手続きを行った。

増山はというと、私を病院に降ろして、そのまま東京にとんぼ返りしていった。後日、何か礼をするつもりだったが、香典ももらっていないのに香典返しというわけにもいかず、何かお菓子でもと思ったのだが、それより先に増山から電話がかかってきて、

『何か送ってこられても、即返送しますから』

と、ちょっと強めに断られてしまった。

でも、それで終わりではなかった。

『……ま、何かありましたら、お知り合いには当事務所をご紹介ください。「K'zサイキック・オフィス」とかじゃなくてね……増山超能力師事務所を、ご贔屓《ひいき》に。よろしくお願いいたします』

むろん、言われなくてもそうするつもりだった。

そればかりか、妻には「何かあったら増山さんに相談するのがいいと思う」と言うほど、私は彼を信頼するようになっていた。

2

悦子の記憶が失われたのは大問題だが、それは現時点ではどうしようもない。むしろ、今どうにかすべきは篤志だ。

林にノックアウトされ、脳震盪《のうしんとう》を起こしたのであろうことはまず間違いない。おそらく医療関係者に助言を求めたら、慌てて揺すったり動かしたりせず、その場で安静にしておくように言われるだろう。しかし、悦子はもう篤志をここまで運び込んでしまった。かなりぞんざいな、医療関係者が見たら「やめてください、そんなことしたら死んじゃいます」と言いそうなくらい乱暴な扱いだった。

でも、やってしまったことは仕方がない。

試しに呼びかけてみる。

「篤志、おーい、篤志ぃ」

「篤志くんってばァ」

ほらまた、よせ悦子。

「だから、こういうときは揺すっちゃ駄目なんだって。余計、重症化したらどうするんだよ」

「でもあたし、よっこらしょー、どっこいしょーって、運ぶときあちこちに、ガンガン当ててたよ」

なんだそのかけ声は。昔話じゃあるまいし。

「そこはさ……黙ってりゃ分かんないし、やっちゃったものは仕方ないよ、知らなかったんだから。でも、もうやめよう。これ以上篤志が馬鹿になったら、お前だって困るだろ」

「うん。これ以上の馬鹿は、勘弁かな」

だがそれも、結果から言えば杞憂《きゆう》に終わった。

「……ん……んん……」

まもなく篤志は意識を取り戻し、一瞬、ただの寝起きっぽく体を起こそうとし、

「あは……あはあ、いはい」

だが、すぐに顎《あご》が痛いと泣きごとを言い始めた。

半ベソ状態で洗面所の鏡を確認しにいき、でも、見た目はさしてひどくないと分かって安心したのだろう。

「いやぁ、マジで。下からいきなり、バコーンってきて。それだけで意識飛びましたからね。マジでヤバかったっすよ」

何十分か失神していたわりに、その後はピンピンしていた。

「篤志、意外とタフだな」

「そっすね。風邪とかも、滅多にひかないですからね」

だったらあの場でもうちょっと頑張ってよ、あっさり伸《の》されてんじゃないわよ、と悦子が思っているのは明白だったが、むろん悦子も口には出さなかった。

むしろ、問題はこのあとだ。

いろんな意味で、増山がここに居続けるわけにはいかない。しかし篤志に「悦子が心配だからここに泊まってやってくれ」というのは、それ以上にマズい。そもそも篤志は悦子に好意を持っている。というか、異性として完全に意識している。増山の愛人であることを知ったのちも、ひょっとしたら、何かのきっかけで自分たちが付き合ったりすることもあるかも、くらいの希望というか、幻想は捨てていない。妄想も日常的に繰り返している。

他の所員はというと、健はそのまま帰宅したはずである。朋江は明美が送り届け、その明美には、申し訳ないとは思ったがまた増山の家にきてもらっている。そこで、晃と二名態勢で留守番をしてくれているはずだ。

駄目だ。どう考えても、誰も動かせない。

いや、そうとも限らないか。

「なあ、篤志」

意識が戻り、今が何時か分かったら急に腹が減ってきたのだろう。悦子に買い置きのカップうどんをもらい、篤志は目下、それを旨そうにすすり上げている。顎はもう完全に問題なさそうだ。

「……はい、なんすか」

「お前、実家通いだよな」

「はい、そっすけど。なんすか、今さら」

「家族構成は、ご両親とお前と、妹さんだったよな」

「ええ……あー、ただ、あのクソ生意気な妹は今年就職して、今月いっぱいは名古屋の研修所にいってますけど」

それだ。

「ということは、だ。今夜一人くらい、泊めてもらっても大丈夫？」

「えっ、所長がっすか」

どうしてそうなる。やはり打ち所が悪かったか。

「俺じゃなくて、悦子」

逆に悦子が、ギョッとして増山を見る。

「あたしは、別にいいですよ、一人で」

「馬鹿言うなよ。相手は拳銃チラつかせたんだろう？　こんな、碌《ろく》にセキュリティもないマンションに一人でなんて置いとけないよ」

なるほど、と篤志が手を打ち鳴らす。

「そういうことなら、ウチは打って付けっすよ。父ちゃん、柔道四段ですし、母ちゃんはカルチャーセンターに通って、週二でボクササイズやってますし。三年前……かな。

空き巣に入られたんで、玄関の鍵もわりと最新のものに換えましたし」

ちょいちょい心配な情報も盛り込まれていたが、まあ、ここに悦子一人を残して帰るよりは、断然安心できる。篤志の両親を巻き込んでしまう可能性もないとは言いきれないが、それは増山がなんとしても防ぐ。いったん家に帰って、車に乗り換えてもう一度篤志の家にいき、そのまま張り込みに入るつもりだ。

「篤志。遅くなる前に、お母さんに頼んでもらっていい？」

「ああ、はい、オッケーです……ちなみに悦子さん、布団でも大丈夫っすか？　それとも、ベッドの方がいいっすか」

「あたしは……うん、全然、お布団で大丈夫」

本来なら菓子折りの一つも持たせたいところだが、それはもう、時間的に難しいか。

大通りまでいって、拾ったタクシーに二人を押し込み、一万円渡して送り出した。しばらく周囲を窺《うかが》ってはみたが、このスタート時点から尾行が付いている、というのはさすがになさそうだった。

増山もすぐ自宅に取って返した。

着いたのは十一時過ぎ。普段なら、アリスも文乃ももう寝ている時間だ。

案の定、入ってみるとリビングにいたのは晃一人だった。

「ただいま……晃、悪かったな。急に変なこと頼んで……明美は？」

「お疲れさまです。明美ちゃんは、今シャワー浴びてます」

そこら辺にあった文庫本を暇潰しに読んでいたのだろう。晃はそれを閉じ、そっとテーブルの上に置いた。

「いや、急なのも頼まれ事もいいんですが……」

組んでいた脚を解き、立ち上がる。

「増山さん……ちょっとコレ、個人で首突っ込むには、ネタがヤバ過ぎませんか」

文乃もアリスも二階だから、普通の声で話す分にはまったく問題ない。それでも晃は、声量を最小限にしている。

「まあ、そう言われちまうと、その通りなんだが……お前も知ってるだろ、公安の五木さん」

「ええ。『オモテ』担当の」

「あっちが動くようなら連絡をくれるよう頼んである。こっちはいつだって引くから、って。でも、今のところ何もない。いまだ警察は動いてないと思わざるを得ない。だったら、俺たちが動くしかないだろう。坂本さんは、今も囚《とら》われの身なんだ」

「にしたって……」

途中まで言って、晃は軽くかぶりを振った。

「ま、俺が何言っても駄目でしょうから、せめて、俺への応援要請は早めにしてください。幸い、ウチの事務所は今、軽めの案件ばかりです。俺自身は担当案件もありません。

増山さんが協力しろって言ってくれれば、俺はいつだって動けますよ」

それはいいことを聞いた。

「あそう……じゃあさ、早速で悪いんだけど、しばらくウチにヘルプで入ってくんないかな。まさか、所員まで個々に狙われるなんて思ってもみなかったからさ、ちょっと、人数的に回んないっつーか、フォーメーション的に上手くないんだよね」

晃がクスッと鼻息を漏らす。

「増山さん、ほんと、昔っから慌てませんよね」

「ん、そう？」

「ええ。増山さんが慌ててるの、俺見たことないですもん」

だとしたら、努力してきた甲斐《かい》もあるというものだ。

「んん、まあ、ね……だって、俺が慌てたって意味ないじゃん。俺が慌てたら、みんながもっと、不安になるだけだし。そんなのさ、さらに意味ないでしょ……いいんだよ、嘘でも落ち着いてた方が。そういう嘘も、いつのまにか癖になって、本物の落ち着きが備わる日も、くるかもしんないじゃん」

晃が笑いながら頷く。

「そうかも、しれないですね」

「なんだよ。馬鹿にしてんのかよ」

「してませんよ。尊敬してるんですよ」

「ほう、そいつぁ嬉しいね。じゃあ、その尊敬する先輩のために」

ピッ、と晃が人差し指を立ててみせる。

「タダ働きはしませんよ。ギャラは一人前、きっちりもらいます」

「……ちぇ。金取るのかよ」

「当たり前じゃないですか」

「晃、声でかくなってる」

そこで、浴室のドアが開く音がした。

「あれぇ……あーっ、所長ォ」

晃が、立てていた人差し指を慌てて口元に持っていく。

明美が「いけね」と舌先を覗かせる。

「……お帰りなさい。どうでした？　悦子さんと篤志さん」

事情は晃から聞いているらしい。

「うん、お陰さんで、そこそこ無事だった。篤志は顎に、頭突きかエルボーか、なんかそんなの喰らってたけど、別れ際にはカップ麵食ってたし。たぶん大丈夫だと思う。悦子は今夜、篤志の実家に泊めてもらうことにした」

「へー、なんか、それも楽しそう」

言いながら、明美はロングヘアの水気を丁寧に、タオルに吸わせている。濡れているので、いつもよりだいぶ髪色が濃く見える。

それと、すっぴんでもけっこう美人なのには驚いた。若いのもあるだろうが、肌がすごく綺麗だし、目鼻立ちもはっきりしている。むしろ、いつもみたいに目元を黒々と描かない方がいいのではないかと、増山などは思ってしまう。着ているTシャツとルームショートパンツは文乃のものだが、明美の方が十センチ以上背が高いので、まったく別物のように見える。

「……あ、所長が私のこと、ヤラしい目で見てる」

「ああ。すっぴんの方が美人だなって、思わず見惚《みと》れてた」

いや、明美。真に受けて赤くなるな。言ったこっちが恥ずかしくなる。

ちょっと真面目な話をしよう。

「そりゃそうと、俺、また出なきゃならないんだ」

ヤラしいのはむしろこいつの方だろう、と思わざるを得ない顔をした晃がこっちを向く。

「まだ、なんかあるんですか」

「だから、悦子をさ、篤志の実家に泊めてもらってるわけだから。まずないとは思うけど、万が一、篤志の家が狙われたりしたらさ、もうお詫《わ》びのしようもないから……これからいって、張り込みでもしようかなと」

ああ、と晃が真顔に戻る。

「だったらそれ、俺がいきますよ。篤志の家だったら俺、何度かいったことあるし」

「え、そうだっけ」

「あいつほら、あんま酒強くなかったでしょ。昔、酔い潰れたときに、二回か三回、送ってったことありますよ。それに、相手にはまだ、俺の面は割れてないわけでしょ。張り込みするなら、俺の方が適任ですよ」

そう言ってもらえると、非常にありがたい。

翌日は日曜だったため、増山は一日、自宅で大人しくしていた。

「パパ、レゴ作って」

「アリスが作ってよ。パパが作ったら意味ないよ」

「いみなくても作って。お団子作って」

「お団子は……レゴじゃなくて、ハンカチとかで作れば？」

「じゃあてっしゅ」

「ティッシュは勿体ないからダメェ」

幸い雨が降っていたので、午前中は出かけようという話も出なかった。午後三時頃になって、文乃がホームセンターにいきたいと言い出したので、アリスも連れて車で出かけ、夕方五時頃に戻ってきた。その日は、それ以上何もなかった。留守に忍び込まれた形跡もなかった。

他の所員はというと、明美が悦子の家に泊まりにいっているはずだった。ああ見えて、明美は悦子が大好きだ。本人から直接聞いたことはないが、たぶん、明美は幼い頃に姉を亡くしている。探るつもりは毛頭ないのだが、そんなイメージが、たまに明美の思念から漏れてくることがある。ひょっとすると、悦子にその亡き姉の姿を重ねているところも、あるのかもしれない。ちなみに悦子は、まだちょっと首が痛いらしい。

篤志は健のところにいっている。あの二人が狙われることはまずないと思うが、やはりバラバラにいるよりは、一緒にいてくれた方が増山も安心できる。この一件が片づくまでの、一時避難的な措置なので我慢してくれと、四人にはいってある。

朋江は、旦那さんがいるから大丈夫だろう。

晃には、一日休んでまた月曜から頼む、と言っておいた。

その、月曜日。

「おはよう」

自宅を晃に任せて出勤してはみたものの、

「……おはようございます」

「おざぁす……」

枕が違ったり、他人を自宅に泊めたりすることに慣れていないのか、みんな、ちょっと寝不足っぽかった。

その日、外に出なければならない仕事を抱えている所員はいなかった。こういう日は、日頃溜め込んだ書類仕事を片づけるに限る。

調査員がクライアントに調査結果を報告するのは当然だが、超能力師はそれとまったく同じ書類に、さらに使った超能力すべてを書き出した「使用能力確認報告書」なるものを添付し、逐一《ちくいち》協会に提出しなければならない。ネタを明かすと、その報告書のすべてを協会が精査しているわけではないのだが、やはり、ときどきは抜き打ちでチェックを入れている。それで運が悪いと、こんな程度しか使ってないのにこの調査結果はあり得ないのではないか、と疑念を持たれ、監査や指導が入ることになる。

悦子はこういったところも優秀で、普段から欠かさずメモを取っているし、文才があるのか報告書も非常に分かりやすい。健もまあまあまともな方だが、丁寧過ぎるというか、回りくどいところが間々ある。意地悪な監査担当に当たると、疑いの目を向けられる可能性もないとはいえない。

マズいのは篤志だ。

「やっべ、こんときって、なんでこれ分かったんだっけ……金属媒介感受……あれ、このドアノブって金属だったかな……あ、違う、それはこっちの、マンションのときか。えっと、じゃあ……」

明美は大人しく参考書で勉強をしている。最近は、少し試験勉強に前向きになってきており、さすがに次で受かるとは思わないけれども、次の次辺りなら、ひょっとしたら受かるかもしれない、と個人的には思っている。ただしそれには、悦子の協力が必要不可欠になってくる。その辺、改めて悦子に頼んでおこうとは思っている。

ふいに、朋江がこっちを向く。

「あのさあ、所長」

「はい、なんでしょう」

互いに座ったままだが、朋江が椅子ごと少し下がれば、顔を見て話すことはできる。

「誰と誰が一緒に帰るとか、送ってくとかさ、けっこう面倒じゃないかい?」

今の語尾の上がり方で、なんとなく話の内容は分かった。

「ええ、面倒くさくは、ありますよねぇ」

「だったらさ、いっそみんな、あたしん家に泊まりにくるってのは、どうだろうね。そうしたら集団退社、集団出社でさ、所長だって心配ないだろう」

ご尤もだ。

「それは確かに、一番安心ではあるんですけど……」

悦子と健は態度を決めかねている様子だが、篤志と明美は明らかに乗り気で、「部活の合宿みたいっすね」とか、「違いますよ、修学旅行ですよ」などと口々に言っている。

増山としては、嬉しいのと申し訳ないのと、半々くらいだ。

「でも、旦那さんにご迷惑じゃ」

「大丈夫だよ、ウチの人は。それに、今はみんな出ていっちまったけど、もともとは三人子供がいたんだから。それが一人増えたと思えば、別にどうってことないよ。部屋も……人数分はないけど、男相部屋か、女相部屋か、どっちか作れば……あれ、えっちゃんは明美ちゃんと一緒でもいいんだよね？　昨夜そうだったよね」

「うん、まあ……そうなんだよね。あたしも忘れてたんだけど、昨夜うっかり、明美ちゃん泊めちゃったんだよね」

「んもォ、うっかりとか、泊めちゃったって、ひどくないですか」

悦子が賛成に回れば、健も特に異論はないらしく、なんとなく朋江の家で合宿を張る方向で話はまとまりそうだった。

だが増山は、その結論が出るのを待たず、一人、事務所を抜けてきた。

今のところ、坂本の居場所を探る手立てはない。唯一、手繰《たぐ》れる糸があるとすれば、林だ。奴こそ、増山と坂本を結び付ける重要な結節点になり得る。

林忠仁――。

俺の周りの人間を付け狙うなんて、面倒なことはもうよせ。俺はここにいる。丸腰だし、警察が周りを固めてるなんてこともない。くるなら、俺のところにこい。襲うなら、直接俺を襲えばいい。

俺は、逃げも隠れもしない。

見ろ。俺はこうやって、たった一人で歩いている。

いつでも、俺が相手になってやる。

林。早く、俺の首を獲りにこい。

増山は何も言わずに出ていったが、悦子は特に気にしていなかった。それ自体はよくあることだからだ。

タバコは吸わないので買いにいくこともないが、でもクロスワードパズルの雑誌を買いにコンビニにいったり、近所の喫茶店にボーッとしにいったり、増山は仕事中でもわりと自由に、気分転換しに出かけていく。不動産屋の社長と将棋を指している姿も二回くらい見たことがある。薬局のご主人とは囲碁——ひょっとすると逆かもしれないが、まあ、なんにせよそれ系のやつだ。

所員は増山がいなければ、いないときなりの過ごし方をし始める。

明美は早速、化粧ポーチを取り出した。

「あのぉ、悦子さんの使ってるドライヤー、あれ、ちょっと温風キツくないですか。もっと新しい、なんとかイオンとかの出るやつにしましょうよ……なんか、一日でメチャメチャ毛先が傷んだ気がするんですけど」

まったく、図々しいんだか無神経なんだか。っていうか、今後も泊まりにくるつもりなのか。さっき、朋江の家で合宿をすると決まったばかりなのに。

「あっそう？　あたしは全然平気だけど」

「きますよ、きっと。いきなり、ガクンッて。ある日突然パッサパサに、枯れ草みたいになっちゃいますよ」

朋江は引き出しから煎餅の袋を取り出し、ボリボリやり始めた。

「明美ちゃんは……逆に、いろいろやり過ぎなんだよ。だから傷むんじゃないの？　髪も肌も……頭の中身も」

キッ、と明美が朋江を見る。

「肌は傷んでませんし、頭の中身にだって自信があります」

「頭の中身の、なんだい。硬さに自信があるのかい」

「やぁーん。朋江さん意地悪ぅ」

篤志はノートパソコンを開いて、何やら検索し始めた。

「……うーわ、プレミアム・イオンドライヤーってこれ、高っ。三万超えてるし」

健は普通に書類仕事を始めている。後日提出する、使用能力確認報告書か何かだろう。

でも、今のこの時間は決して自由時間ではない。悦子たちには、考えておかなければならないことがある。

「それよりさ、例の……坂本氏の捜索、どうするんだろう。所長、なんか策はあるのかな」

健が、手を休めてこっちを向く。

「ですよね……我々の場合、残留思念が拾えないと、取っ掛かりが摑めないってこと、多いですからね。警察だったら、防犯カメラの映像とか、そういう手立てがあるんでしょうけど」

篤志も「なるほど」と話に加わる。

「それ、俺らじゃ見れないんですかね」

「無理でしょ。たぶん、警察だって令状とか、そういうの提示して提出してもらうんだと思うよ」

朋江が頷く。顎の下の肉が、むにっと横にはみ出る。

「ということは、だよ……こっちと坂本氏を繋ぐ糸ってのは、その、林なんとかってスパイだけ、ってことにならないかい」

うんうん、と明美も頷いてみせる。

「それ、私も思ってました。幸い、向こうは私たちをターゲットに……っていうか、マークしてるじゃないですか。ってことは、逆に林を誘《おび》き寄せて……」

だがそれだと、またあの男の顔を見なければならないことになる。それは正直、悦子は怖い。あの、耳を舐められたときの感覚がにわかに甦る。寒気を禁じ得ない。

健が首を傾げる。

「でもそれくらいは、所長だって考えてるんじゃないかな。考えてるけど、それはしたくない。所員を餌《えさ》にして敵を誘き出すような真似は、所長はしたがらないと思いますよ」

それはその通りだと思う。だが、その逆というのも、またあり得る。たぶん、増山の考えは自分が一番よく分かっている。

「あたしたちを餌に使いたくない、だとしたら、あとは何が餌になる？　所長は、何を餌にする？」

朋江がサッと受話器を取り上げ、慣れた手付きで短縮番号を叩く。

「……あ、駄目だ。所長、電源切ってる」

またか。また悦子が、一番嫌いなパターンになってきた。

増山は、何かというと厄介なことは自分一人で解決しようとする。口では「面倒くさい」と言うくせに、一番面倒くさいことは誰にも相談しないで、自分一人で背負い込もうとする。これは裏を返せば、仲間を信用していないということだ。男女の間柄にある悦子にすら、増山は頼ろうとしない。

増山の理屈からすれば、そういう仲だからこそ危険な目に遭わせたくない、ということになるのだろう。でもだったら、増山だったら傷ついてもいいのか、という話にだってなる。悦子なんて、家族ともほとんど音信不通だし、関係者といったら増山とここにいる仲間くらいのものだ。だが増山は違う。増山には文乃もアリスもいる。悦子はもちろん、他の所員にとっても増山は掛け替えのない存在だ。日超協にとってもそうだ。特に若手の間では、増山の執行部入りを熱望する声が根強いと聞いている。

悦子自身はまだ、幹部が揃うような会議には出たことがない。でも、河原崎からその様子はおおよそ聞いている。増山は派閥の力関係に左右されず、常に真正面から幹部に物申すという。それでいて、幹部も納得するような、かつ末端の者には負担をかけないような方向に話を導いていくのだという。では、それによって生じる負担は誰が負うのか。増山だ。増山が企業に掛け合ったり、官僚への根回しなども一手に引き受ける――そういうことらしい。

一度、河原崎に言われたことがある。

「えっちゃんさ……気をつけてあげてね。増山さん、ちょっと胃が悪いみたいだから。そういうの気をつけてあげられるの、たぶん、えっちゃんだけだから」

情けないことに悦子は、その時点ではまだ、増山の体調面にまで気が回っていなかった。でも気をつけて見ていると、確かにそんなときがある。たまに、変な深呼吸をしていることがある。痛みの在《あ》り処《か》を探っているのか、そのものを堪《た》えているのかは分からないが、一点を見つめて、ゆっくりと吸ったり吐いたりしている。心配になった悦子は、日超協の実施している健康診断の、増山の結果表を内緒で見てみた。その時点で特段悪いところはなかったが、けっこうレッドゾーン近くまで上がっている数値が多かった記憶はある。あれ、コピーとっておけばよかったなと、今になって後悔している。

それはさて措き、増山は今現在、携帯の電源を切って、行方をくらませている。

「……所長、自分が囮《おとり》になるつもりなんじゃないかな。いま出てったのだって、ひょっとしたら、そういうことなのかもしれない」

朋江が、悦子に視線を合わせてくる。

「駄目だよ、えっちゃん。そんなことしちゃ」

「……え、何が」

「あんた、自分が囮になろうと思ってんだろ」

そう、だけど。

「いや……別に、そういうつもりじゃ」

「じゃあどうするんだい。増山さんがそうするつもりだったら、えっちゃんはどうする気なんだい」

敵わない。朋江には。

「……まあ、囮って言い方は、よくなかったかもしれないけど、接触を図る必要は、ありますよね」

また明美が、うんうんと頷く。

「私もそう思ってました。向こうは女子ばっかりを狙う、卑劣な奴じゃないですか。私とアリスちゃんのときとか、悦子さんだけのときとか」

篤志が「俺もいたけど」と呟いたのは聞こえなかったのか、明美は続けた。

「そこを利用する手はあると思うんですよ。私と悦子さんで外に出て、たとえば坂本さん家を訪ねてみたり……本当にはいかないですけど、周りを回って、残留思念を再チェックする振りとかして。で、そのまま帰ってくる。それを、健さんと篤志さんに、ちょっと離れたところから見張っててもらって。で、向こうが私たちに接触してきたら、健さんと篤志さんが登場して、てめーこのやろー、みたいな」

即座に賛成はしたくない。悦子にもプライドというものがある。でも、真っ向反対もできない。なぜなら、ほとんど同じことを悦子も考えていたからだ。

明美って、実はそんなに馬鹿じゃないんじゃないかと、最近、悦子は思い始めている。

悦子と明美が、最初に林忠仁と遭遇したのは山手線の車中だった。正確に言うと、林がイコライザーで作り出した「思念の真空状態」を、明美が目撃した。

あれと同じ山手線に乗ってはいるけれども、今はだいぶ気分が違う。あのときほどの不安は感じていない。でもそれは、健と篤志が前後の車両から見守ってくれているから、ではない。

朋江が出がけに持たせてくれた、防犯グッズがあるからだ。

朋江が出してきたのは、スタンガンが二台と、催涙《さいるい》スプレーが三本。なぜこんなものを持っているのかと訊くと、朋江は意外なほどの真顔で答えた。

「超能力はないけど、あたしだってここの一員なんだ。なんかできないか、必死になって考えたさ。相手は何するか分からない中国人スパイだ。対抗するには……さすがに拳銃は用意できないけど、でもそれに代わる物といったら、こういうのが一番だろう。何しろ今、みんなの超能力は相手に通じないんだから。要は普通の人間なんだから。昨日、亭主と秋葉原の防犯グッズの店にいって、買ってきたんだ……ま、あとで経費で精算させてもらうけどね」

多少、誰が何を持つのかで揉めはしたが、最終的には悦子と健がスタンガン、篤志と明美が催涙スプレー、要は各チームに一台ずつ、一本ずつ配備する態勢に落ち着いた。

留守番をすることになった朋江にも、スプレーを一本残してきた。朋江は朋江で、増山に連絡をとり続けるという。

「連絡がついたら、どうしたらいいかね」

「とりあえず……うん、篤志くんの携帯にお願いします。で、篤志くんからそのときの状況を……あ、やっぱ健さんにしてください。健さんから、そのときの状況を説明してもらえば……」

篤志は「なんすかそれ」とふて腐れたが、でもそういうことに決めてきた。

池袋駅に着いた。山手線から降りる。

途端、明美が悦子のブラウスの袖《そで》を摑む。

「なんか私、池袋駅って、全然慣れなくて。いまだにチンプンカンプンなんですよ」

「あっそう。あたしはほら、埼玉育ちだからさ。新宿・渋谷よりは、池袋の方が馴染みはあるかな」

地下鉄の有楽町線に乗り換えて、坂本宅の最寄りである小竹向原までは三駅だ。時間にして五、六分。あとは、坂本宅まで十分ほど歩くことになる。ちなみに、悦子も明美も携帯電話に繋いだイヤホンを耳に入れている。いつでも健や篤志と喋れるようになっている。

小竹向原駅に着いた。階段を上がって地上に出ると、初夏の日差しが目に痛いくらいだった。

「そろそろ、サングラスが必要な季節ですね」

「あ、あたし、新しいの買わなきゃ。お気に入りのがあったんだけど、道に落としちゃって、レンズがギザギザになっちゃったから、捨てちゃったんだよね」

「悦子さんって、なにげに男前ですよね」

駅の周辺は、落ち着いた雰囲気の住宅街だ。ほとんどが二階建ての一軒家で、新しい家が多いせいか、街並みに清潔感がある。予定がなければ、のんびり散歩をしてみたい街ではある。

「そういえば、連絡、なんにもないですね」

「うん。あの二人、ちゃんと付いてきてんのかな」

などと話しているうちに、坂本宅まできてしまった。

「……着いちゃったよ」

「とりあえず、一周してみますか」

そうはいっても、まんま坂本宅の周りを回るわけにはいかない。この区画には四軒の家が横並びに建っていて、坂本宅はその一番端っこなので、三辺は直接歩いて見られるが、二軒目と隣接している一辺は、それとなく覗くくらいしかできない。

「……なんか、残留思念、普通ですね」

「だね。あれ以後、イコライザーは使ってないんだよ、きっと」

「あ、そこ……猫のうんち」

林にしてみれば、坂本本人のいないこの家に、もはや用はないということなのだろう。

結果、坂本夫人の不安げな思念は拾えたものの、それ以外に、手掛かりになりそうなものは何も得られなかった。

「じゃあ……まあ、予定通り、帰ろうか」

「ですね」

これで事務所に帰るまで何もなかったら間抜けだな、などと思いつつ、小竹向原駅までの道を戻った。

往きと同じルートを、今度は逆にたどる。池袋まで有楽町線に乗って、山手線に乗り換えて——。

篤志から連絡が入ったのは、皮肉にも、また山手線に乗っているときだった。

『……まだ見ないでください。そっちの車両の、一番後ろの、右側のドア近くにいる、デニムシャツっぽいのを着てるのが、なんか、それっぽいんですけど』

今日は黒系のスーツではないのか。

返事はしない約束なので、そのまま黙っていると通話は終了した。

明美がそっちを向いているので、それとなく伝える。

「なんか、あたしの後ろの方、右側のドア前にいる、デニムシャツ着てる人が、それっぽいって篤志くんが言ってるけど」

「……右側の、ドア……ごっつい黒人が一人、いるだけですけど」

やっぱり、明美って馬鹿なのかも。

「ごめんねぇ、ちゃんと説明しなくて。進行方向に向かって右側ですので、あなたからしたら左側、ということになります」

「あー、なるほど。いますけど、ちょっと分かんないですね」

「あんまジロジロ見ちゃ駄目よ」

「分かってますって」

日暮里駅で山手線を降りると、今度は健から電話が入った。

『篤志くんからメールもらいまして、情報は共有してます。で、いま所長から連絡があって、状況、説明しました……ちょっと怒ってましたけど、今すぐ合流するから、逐一状況を報告しろということなので、僕は所長との連絡係になります。二人への連絡は、篤志くんからになります』

増山がちょっと怒っている、と聞いただけで、急に緊張してきた。やはり、自分たちがしようとしているのは無謀なことなのだろうか。

いや、でも今はスタンガンだって催涙スプレーだってあるのだから、前回みたいな無様な状況にはならないはず。

「……所長と連絡とれて、すぐ合流してくるって」

「あ、ほんとですか。よかったぁ」

明美まで緊張させる必要はないので、これはこれでよし。

駅から出ると、また電話が入った。

だが篤志からではなく、

『もしもし』

増山からだった。

『答えなくていい。とにかく俺の言う通りに動け。いいな。決して振り返るな。林の姿は俺も確認した。動きからしても、お前らを尾《つ》けているのは間違いなさそうだ』

安堵《あんど》と緊張。信頼と焦燥《しょうそう》。大好きなのに、愛してるのに、ちょっとムカつく。

ただ指示は、明美にも伝えておく。

「所長と、いま繫がってる。こっからは所長指示だから」

「あ、そーなんですか。はーい」

『とりあえず事務所に向かえ。できるだけ普段通りに』

林はこれまでも悦子や明美を見張っていて、二人が普段どんなふうに歩くかも把握している、それくらいに思っておけ、ということなのだろう。

言われた通り、いつもの商店街を歩いていく。

明美が、それとなく腕を絡《から》ませてくる。

「悦子さん、ここのつけ麵、食べたことあります？」

「……ない」

「けっこう美味しいです。けっこう、美味しいですよ」

腕時計を見ると、時刻はすでに午後一時を過ぎている。

つけ麵、ちょっといいかも、と思ったが、すぐ増山からチェックが入る。

『基本、寄り道はするな。対処が難しくなるから。寺の門の前までいけ』

これも伝えておく。

「明美ちゃん、とりあえず寄り道は禁止だって」

「え、私、食べたいなんてひと言も言ってませんけど」

こういうところだよな、この子がムカつくのって。

善性寺が左手に見えてきた。

『寺の門前で立ち止まったら、何か相談する振りをしろ。で、右に曲がって、歩道橋を渡って向こう側にいこう、と明美に提案する体《てい》の芝居をしろ。大袈裟でなくていい。控えめな、地味な演技を心掛けろ。そうしたら、歩道橋の方に向かえ』

なんだか、急に指示が細かくなってきた。

「明美ちゃん、なんか、所長があっちにいけって」

とりあえず門前で立ち止まり、右手で「あっち」と指差してみた。

その角を曲がると道はしばらく細くなり、やがて線路に突き当たって行き止まりになる。踏切はない。ただ、左にいくと歩道橋の上り階段があり、そこを渡れば、常磐線、山手線、京浜東北線をいっぺんに越えていける。

芝居だと分かっているのかいないのか、なぜか明美は眉をひそめて駄々を捏《こ》ねる。

「えー、なんかあっちって、貧乏臭《びんぼうくさ》くないですか」

「線路渡るのに貧乏臭いも何もないでしょ」

「じゃあ悦子さんは、あれがリッチでゴージャスな眺めだと思うんですか？」

「どーでもいいから付いといで」

明美の細っこい手首を摑んで右手、団子屋の角を入っていく。

細い道を抜け、京成本線の高架をくぐると、

「ほらぁ、なんか埃っぽくて貧乏臭い。あと空気が鉄臭い」

「黙って付いてこいや」

もうその先はフェンス、行き止まりになっている。

迷わず左手の上り階段に進む。

「……ちなみに悦子さんって、つけ麵と普通のラーメンと、どっちが好きですか？」

「あたしは、広東麵《カントンメン》か担々麵《タンタンメン》」

「また本格ぶっちゃって」

「……っていうか、ちょっと黙ってろよ」

階段を上がりきり、幅はせまいが、長く真っ直ぐな歩道橋の上に出る。

そのとき、橋上にはまだ誰もいなかった。

4

林が、自分を狙いにきてくれればいいと、そう思った気持ちに嘘はない。ただ、そう都合よく向こうが襲いにきてくれるとも、増山は思っていなかった。

その時点で、警視庁公安部の五木に連絡をとろうとしたのが間違いだったのか。尾久橋通り沿いにある歯科医院の前で携帯電話を取り出したその手が、なんと、すべった。あっ、と思ったときには遅かった。左手からすっぽ抜け、宙を舞った携帯はあろうことか車道に落下し、しかも、そこにちょうどタクシーがすべり込んできた。江戸前の焼き海苔《のり》を手の中で揉むような、あるいは、使用済みのアルミホイルを小さく丸めるような――要するに、クシャクシャッと、増山の携帯はタクシーの左前輪に嚙《か》まれ、粉々になるほど踏み潰された。そこがマンホールの上だったというのも、破壊力が増した要因だったと思う。

タクシーから降りてきたのは、和服を着た上品なご婦人だった。

「……どうか、なさいました？」

「いえ、何も」

た。


「お乗りになる？」

「いえ、けっこうです」

増山は一歩下がり、婦人とタクシーが去るのを待ってから、携帯電話の残骸《ざんがい》を回収した。

白手袋を忘れた刑事のように、その残骸をハンカチに丁寧に包み、歩いて、隣の西日暮里駅までいった。増山が使っている携帯のキャリアの直営店は、日暮里にはない。一番近くても西日暮里なのだ。

十分ちょっと歩いて店に着き、番号札を取って待合スペースの椅子に座り、呼ばれたのが約一時間後。すべての手続きが終わって、新しい携帯電話が渡されたのはさらにその一時間後だった。

最初に壊れた携帯を見せたとき、その【吉村《よしむら》】という名札を付けた若い女性店員は、ちょっと笑った。新しい携帯をよこしたあとに、「こちらの古い方はいかがしましょう」と訊いたときにも、ちょっと笑っていた。増山が眉をひそめて答えずにいると、「こちらで処分いたしましょうか」と言うので、黙って頷いて増山は椅子から立ち上がった。

そうしたらもう、すぐにかかってきた。

事務所の代表番号からだ。たぶん朋江だろう。

『所長、何やってんだい。あんた今どこにいんの』

「あー、すいません。西日暮里です」

『おや、案外近くにいたんだね……まあいいや。今ね、えっちゃんと明美ちゃんが坂本さん家に向かってってね』

ひと通り説明を受けたが、要するに林を誘き出すための作戦を、四人だけで始めてしまったらしかった。

「朋江さん、なんで止めてくんなかったの」

『あたしは、よしなって言ったよ。でもさ、えっちゃんは、一回火が点いたら後戻りできないタイプだろ。だったら、肚括《はらくく》って協力した方が建設的だろうと思ってね。スタンガンと催涙スプレーを持たせといたよ』

始めてしまったものを今さらグダグダ言っても意味はないし、増山がそうだったように、そうそう都合よく、林が悦子たちを狙ってくるとも限らない。

だが連絡をとり合ってみると、どうも悦子と明美を尾行している林らしき人物がいるという。健から説明を受け、日暮里の改札で健と篤志と待ち合わせ、段取りを決めて散開した。

あとは、悦子と明美を上手く誘導するしかない。

二人とも今は髪を下ろしており、耳にイヤホンが入っているとは分からないようになっている。少し離れたところから増山が指示を送ると、返事もせずに悦子がそれを実行する。なんというか、他人を意のままに操っているかのようで、ちょっとした快感を覚えた。

増山が二人を誘導したのは、日暮里のホームからも見える長い歩道橋だ。正しい日本語で言ったら「跨線橋」だ。常磐線と山手線、京浜東北線の線路を渡るため、百メートルはないかもしれないが、でもそれに迫る長さがある。しかも、下は線路だらけ。ひっきりなしに電車が通っている。よほどの命知らずでなければ、まず飛び下りることはあるまい。

悦子と明美が、増山の指示通り団子屋の角を曲がっていく。かなり距離を置いていた林も、同じ角を曲がっていく。今日はデニムシャツに、カーキ色のカーゴパンツというコーディネイトだ。まあ、中国人スパイにしては洒落《しゃれ》ていると褒《ほ》めておこう。

二人が京成本線の高架下を抜け、跨線橋の階段を上がっていく。林も、一瞬「マズい」と思ったようだ。そう、お前の思った通り、これは罠《わな》だが、だったらどうする。今から引き返すか。そうしたところで増山と鉢合わせするだけだ。そうなったら、あらかじめ健からスタンガンを借り受けているので、DMイコライザーとスタンガンの対決、という図式になる。どちらが有利かは考えるまでもない。まあ、できることならそんな手荒な真似はせずに、片を付けたいとは思っている。

さて、そろそろこっちも追いかけて、様子を見てみるか。

増山が高架下を通過したとき、林はまだ跨線橋の階段を上りきってはおらず、悦子と明美も跨線橋の真ん中には至っていなかった。

「そのまま進め……進んでいったら、向こうから健と篤志が出てくるから、それでもまだ知らん顔をして進んで、二人とすれ違ったら、振り返って合流……いいな」

悦子は答えず、代わりに、伝言ゲームのように明美に伝える。

『このまま、とにかく進めって』

『なんか、柵《さく》とか錆《さ》びててキモいんですけど』

さっきは広東麺がどうとか言っていたが、二人は腹が減っているのだろうか。この作戦が上手くいったらあとで奢《おご》ってやってもいいが、とりあえず、今は目の前のこれだ。

さあ、いよいよだ。

階段を上りきる一歩手前で躊躇していた林が、ようやく二人を追い始めた。増山もそのあとを追う。並びでいうと、悦子と明美、林、増山という順番になる。

そして、林が容易には引き返せない地点まで進んだら、

『あ、出てきた』

健と篤志の登場だ。

『篤志さん、なんか、早くも喧嘩腰なんですけど。この前の仕返し、する気満々』

前方を四人に塞がれた林は、とっさに踵《きびす》を返してこっちに戻ってこようとする。だがそこには、増山がいる。

もう通話は終わりでいいだろう。

新しい携帯電話はしまって、増山から声をかける。

「よう、林くん……ここんとこウチの所員が、いろいろとお世話になったみたいだね」

だらりと両手を下げた林。今、イコライザーのスイッチを入れたばかりなのだろう。林の周りだけが、思念の真空状態になっていく。

なんとも、気味の悪い眺めだ。

左右は錆だらけの鉄柵、下は線路と石敷きの地面。どこもかしこも昭和っぽい。林の怪しさも、現代のスパイというよりは、地球人の若者に化けた、特撮モノの宇宙人のそれに近い。

「ずいぶん、その……DMイコライザー、便利に使ってるみたいだけど、どう？　超能力を無力化しちまえば、超能力師なんざ怖かねえや、って感じ？　なんか、無敵になっちゃった気分？」

林は応えず、ただ増山を睨みつけている。背後にはジリジリと、四人が距離を詰めてきている。

「でもさ、一つだけ忠告しとくよ。君、それがどういう原理っていうか、仕組みで動いてるか、知らないでしょ」

林は目が細いので定かではないが、でも少し、そこに動揺の色がよぎった気はした。

「その装置、DMイコライザーってさ、基本的にはX線技術の応用なんだよ。つまり、それを使い続けている間中、君はずーっと、X線被曝をしているってわけ……おーい、だからお前らも、あんまこっちくるなよ。被曝しちゃうから」

四人が一斉に足を止める。林の十メートルくらい向こう。いい距離感だ。

話を続けよう。

「具体的に言うと、いわゆる急性放射線障害、放射線皮膚炎《ひふえん》なんてのもあるみたいだね。あと、歳をとると、あらゆるガン、白内障、潰瘍《かいよう》とかね、いろいろ出てくるらしいから、気をつけた方がいいよ……っていっても、オフにするわけにもいかないか。超能力師五人に囲まれてるんじゃ、怖くて、スイッチオフになんてできないよな」

林の表情は変わらない。だが心情に変化がないわけがない。その変化を顔に出さないよう、必死で抑え込んでいるのだと思う。

「知ってるでしょ、そこにいる、ウチの住吉悦子……君この前、彼女に嫌らしいことしたでしょ。彼女さぁ、怒ってたよ、マジで次に会ったらブッ殺す、って……ちなみに彼女、パイロキネシスが得意なんだ。若い頃は『川口の魔女』なんて呼ばれててね。地元の不良をボンボン燃やして、火達磨《ひだるま》にしてたんだぜ……」

火達磨、はちょっと言い過ぎか。

「そんな彼女の前で、イコライザーがオフになっちゃったら、ヤバいよ。猛火に包まれて、暴れてるうちにここから落っこちて、電車に轢《ひ》かれて、ぐちゃぐちゃぐちゃ……だから絶対に、イコライザーをオフにしちゃ駄目だよ。君、黒焦《こ》げにされちゃうから」

林の目は、増山を見ているようで、実はもう見てはいない。この場からどうやったら逃げ出せるか、それを目の端で、必死になって探っている。だが逃げ道はない。それも、考えるまでもなく分かっているはずだ。

「あ、忠告はもう一つあるんだった。それの、イコライザーの充電池ね。それ、何分持つと思ってる？　通常の使い方だと、約十五分だそうだ。通常の使い方ってなんだよ、って話だけど……っていうことはさ、逆にいったら、ハードな使い方をしたら、十五分も持ちませんよ、ってことでもあるわけ。じゃあハードな使い方って何かっていったら、大量かつ強力なダークマターの移動を、強引に均等化し続けること、と解釈できるわけだよ」

目に見えて、林の顔色が悪くなってくる。

「たとえば、まさに今みたいな状況さ。ある超能力師はパイロキネシスで、君のことをずっと、火達磨にしてやりたい、黒焦げの焼死体にしてやりたいと、心の底から思い続けて睨みつけている。またある超能力師は、サイコキネシスが強い。どれくらい強いかっていうと、自分自身ではコントロールできないくらい、強い。見えない手で、君の頭を鷲摑《わしづか》みにする念を送っていたら、イコライザーの電池が切れた瞬間に、バシャッ……スイカ割りのスイカみたいにさ、君の頭が砕《くだ》け散ってしまう、なんてことにも、なりかねないわけだよ。またある超能力師は……」

急に林が左手を上げ、増山に掌を向けた。

「ち、ちょっと待った」

「……なに。まだあと、三人いるんだけど」

「いや、もういい。充分だ。イコライザーのスイッチを切るから、その、俺を燃やすとか、頭が砕け散るとか、そういうの、ちょっと、ストップしてくれ」

増山は、ゆっくりとかぶりを振ってみせた。

「スイッチを切る、と見せかけて、拳銃を取り出して、ボンッ……っていうパターンだって、あるからなぁ、君の場合」

「しない、しないしない……じゃあ、分かった。先に、拳銃を捨てる。いいか、ここだから」

自らデニムシャツの裾を捲《まく》り、裸の腹に挿《さ》した拳銃の黒いグリップを増山に見せる。

それでもまだ、信用はできない。

「いやぁ、だって、それを抜き出すのにグリップを握るでしょ。危ないよ……じゃあさ、そのままシャツを捲り上げて、肩のところまで脱いで、バンザイの状態でストップしてよ。そしたら、俺が拳銃、預かってあげるから」

昔「茶巾縛《ちゃきんしば》り」という、女子の制服のスカートを捲り上げて、上で結ぶという強烈なイジメがあったが、それに近い恰好だ。

捲り上げたデニムシャツで、林は肩から上が茶巾状態。その上で腹から拳銃を抜かれるという、実に情けない有り様だ。さらにカーゴパンツのポケットを探ると、ＤＭイコライザーを発見。これも取り出して、スイッチを切る。

「ちなみに林くん。君が抵抗するようなら、我々はスタンガンを用意してきている」

目配せをすると、すぐ近くまできていた悦子がスイッチを入れ、音を聞かせる。非常に硬質な「カチチチチチッ」という連続音に、林が身を固くする。

「……抵抗は、しない」

「我々は君に山ほど訊きたいことがある。ここで、茶巾のまま話をするかい、それともウチの事務所にくるかい」

「……いくよ」

ちょっと、そのお返事は反抗的だな。

「別に俺たちはここでもいいんだよ。でも、君がここじゃ嫌かもしれないから、だったら……」

「すみません、事務所に、連れていってください」

なかなか、察しがよくてよろしい。


首尾よく林を捕え、事務所にお招き——と言えるほど優しくはしなかったけれど、監禁とは言いたくないので、まあ「連行」としておくのが一番無難だろうか。

とにかく林を、事務所の応接セットのソファに座らせた。要は、ここが取調室代わりということだ。

「朋江さん、こいつは客じゃないから。お茶は出さなくていいよ」

「分かってるよ」

手錠がないので、両手はタオルで縛ってある。左右には、スタンガンを構えた悦子と健が控えている。

尋問を始める前に、増山から一つ断っておく。

「あのさ、林くん。俺たちは、君みたいに非合法な手段を用いる人間ではないから、できることならば手荒な真似はしたくないんだ。でも君が、たとえばスパイ映画みたいにね、この二人を伸してでも逃げようとするなら、そんときは俺も手加減しないよ。こう見えて俺、高校の終わりから大学の四年間、ジークンドー習ってたからさ、接近戦にはけっこう自信があるんだ。知ってる？ ジークンドー」

林が頷く。なら、あえて説明する必要はないだろうが、ジークンドーとは、かのブルース・リーが創始した総合武道である。分かりやすくいうと、カンフー、ボクシング、キックボクシング、柔道、合気道、空手、テコンドー、レスリングなどをミックスし、さらに道教の思想を背景に——やっぱり、分かりやすくは無理だ。

「まあ、知ってるならいいや。それにもう、君には拳銃もイコライザーもないんだからね。下手に抵抗しない方がいいことは、よく分かってるよね」

また林が頷く。

「よろしい……じゃあまず、根本的な疑問なんだけど、これって、どうやって盗み出したの？」

掌に載せたDMイコライザーを、林に向けてみせる。

数秒待ってみたが、林は答えない。

なるほど。そういう態度か。ならば、超能力師の前で黙秘することがどれほど無意味か、思い知らせてあげよう。

「……ほらぁ、これだよ、これぇ」

言いながら、人差し指で林の額をつつく。

「これをどうやって手に入れたのか、教えてくれって言ってるんだよぉ、林くぅん」

たったこれだけで、林の思考に、このDMイコライザーに関する記憶がざぶざぶと溢れてくる。人間には、思い出さないようにしようとすればするほど、その題目を一度は思い浮かべてしまうという習性がある。物を隠すときに、そのものを一度は手に取らなければならないのと同じ理屈だ。

ただし、脳内の思考にはそれぞれ、周波数のような特性がある。「癖」と言い替えてもいい。簡単にいうと、目がよければ視覚情報を重視するようになるし、論理的思考の得意な人は物事を記号化したり、抽象化して整理したうえで思考したりもする。しかも、たいていの人はそれらを複合的に用いるので、まずその人の脳内思考パターンに慣れる必要がある。

増山くらいになると、そのパターンもいろいろ知っているので、初対面の相手の思考でも比較的早く慣れることができる。

林が一瞬思い浮かべた男の顔は捉えきれなかったが、風景は確実に見ることができた。

「……駐車場?」

そう増山が言うと、林は読心の邪魔をしようと、必死で別のことを思い浮かべ始めた。出てきたのは、なぜかスパゲティだった。ケチャップで味付けしただけの、シンプルな一品だ。

「どこの駐車場かな」

それでも、耳から入ってきた情報にはどうしても引っ張られる。「駐車場」という言葉に反応して、さっき隠した心象風景が、一瞬だけ思考に再浮上する。

「お、けっこう広いね……どっかのサービスエリアかな」

でもこれ以上は、増山にも難しい。サービスエリアの眺めなんて、たいていどこも似たようなものだ。これを見ただけで「海老名《えびな》だ」などと断定はできない。

もっと、林に思い浮かべさせる必要がある。

「どこかな、これは……お、看板が見えるね」

本当は見えない。だが、そう言って聞かせることで、林が文字を思い浮かべることはあり得る。

「もうちょっと近寄ってみようか……もうちょい、もうちょい右かな。そうそう、その看板だ」

近寄るとか右とか、看板とかいうのも実は関係ない。林が嫌でも連想するように、それっぽい言葉を聞かせているに過ぎない。

しかしこれで、一般人はたいてい引っ掛かる。産業スパイである林とて、これに関してはまったくの素人だ。

「ああ……静岡サービスエリアか。なるほどね」

人はドキッとした瞬間、ほんの一瞬思考が真っ白になる。文字通り真っ白になる。フラッシュを焚いた感じに近い。

つまり「静岡サービスエリア」で正解というわけだ。

「なんでまた、静岡サービスエリアなんていったの……そこで、誰からイコライザーを受け取ったの」

また男の顔が浮かんできたが、すぐにスパゲティに溺《おぼ》れて見えなくなる。なんで毎回、ケチャップスパゲティなのだろう。

「そうそう、その人、その男の人」

すると再び、スパゲティの底から男の鼻が出てくる。だからといって、その鼻がケチャップ塗《まみ》れになっているわけではない。そういうリアリティは、まあ、普通はない。

「誰だ、こいつ……あ、俺、会ったことあるな」

本当はまだ全然分からないのだが、言い聞かせているうちに決定的な情報が出てくることはある。

「誰かな、これ……代理念写して、関係者に見せて回ったら分かるかな」

また思考がフラッシュした。「代理念写」とはどういう超能力なのか、林は知らなかったようだが、一瞬にして理解したらしい。今のは、いわば「そんなことができるのか」という驚きだったのだろう。

「篤志、デジカメ用意して」

「はい。所長の、いつものでいいですか」

「うん。あれが一番、写りがいいからな」

その瞬間、林の「マズい」がピークに達した。

林が、両目を大きく見開く。額には、汗の玉がびっしりと浮かんできている。

あれが誰かを知られてはマズい、知られてはマズい――。

その男が、柿生修司であると知られたら、本当にマズい――。

林は今、そう明確に思考した。

「……え、なに、柿生さんから受け取ったの？」

林の目が焦点を失う。額から汗が何粒も流れ落ち、こめかみから頬に、眉毛に、あるいは目尻に滲《にじ》む。

「柿生さんって、だって、坂本さんの部下でしょう……うーわ、最低だな、あの人。なに、あの人がイコライザーの紛失、っていうか盗み出しに手を貸してて、そんでなに、坂本さんの誘拐にも関わってるってこと？」

もう林も、抵抗しても無駄だと悟ったのだろう。

がっくりとうな垂れ、さらに頭をバウンドさせるようにして、何度も頷いてみせた。

5

明美は初めて、増山を「怖い人だな」と思った。口に出す言葉で相手を追い込んでいき、浮かんできた情報を、次々と脳内から拾い上げていく。こんな人が刑事だったら堪《たま》らないな、と思ったが、すぐにそれは「ないな」と気づいた。増山が、林の脳内から引き出したイメージや言葉は、たぶん裁判では使えない。いわゆる「証拠」としては使えないからだ。

まあ、そんなのは超能力師なら誰もが承知の上、たまたま明美がいま初めて気づいただけのことか。

すっかり観念した様子の林は、自身の言葉で語り始めた。

「俺が……最初に工作を仕掛けたのが、柿生だった。だが、奴は何も知らなかった。だから、対象を当時の責任者だった村野正克に変え、奴に訊くことにした。そもそも、このネタの出所はアイカワ電工を辞めて他に移ろうとしていた村野だ。奴の鼻先に人参《にんじん》をぶら下げて、釣り上げるまでは簡単だった……だが、こいつもまた、信じ難いことに何も知らなかった。それでまた、一からやり直しになった。柿生を締め上げて、他に誰なら分かるんだと……そうしたら、もう坂本しかいないという。村野も同じことを言っていた。じゃあその坂本に訊くから、お前も手伝えと、逃げるんじゃないぞと、家族のことを思うならば、俺に大人しく従えと……それで、名古屋の契約工場から、イコライザーの試作品を搬送してくる途中で、柿生にひと芝居打たせて、三台のうちの一台を、俺が頂戴したってわけだ。そのときの、柿生の腹痛の芝居はなかなかのもんだったぜ」

すでにソファに座っていた増山が、小さく頷く。

「その受け渡し現場が、静岡サービスエリアだった、ってわけか」

林も、諦《あきら》めたように首を縦に振る。

増山は背もたれに仰《の》け反《ぞ》り、手と脚を同時に組んだ。

「じゃあ、こっからが本題な。柿生修司、村野正克、坂本栄世……君が三人の研究者に工作を仕掛け、ときには恐喝、ときには拉致してまで引き出そうとした情報というのは、なんだったんだ」

林は下を向いたまま、顔を上げない。

「……分からない」

「分からないことないだろう」

「逆だよ。俺みたいな素人に分かることだったら、あんな大企業がわざわざ研究するまでもないだろう。分からないものは、分からない……そうはいっても、こんな説明じゃあんたも納得できないだろうから、言い方を変えようか……俺が命じられたのは、村野が転職の土産にしようとしていた、ある研究テーマだ。これを探り出せ、というのが、俺の受けた仕事だった」

産業スパイって、そういうふうに仕事を頼まれるのか、と明美は変なところに感心してしまった。

増山が体を起こす。

「誰から。誰から頼まれた」

「慌てるなよ、所長。ものには順番ってものがあるだろう……そのとき村野はすでに、自分を売り込むための研究テーマを、自分で思い出せなくなっていた。そんなことってあるか？　って、俺だって思ったさ。だが、どうやら芝居じゃなさそうだった。俺くらい経験を積むとな、どの程度の痛みを与えればこいつは白状するとか、どういう痛みに強いとか、弱いとか、大体分かるようになるんだよ。それに照らして判断すると……村野は、本当に知らないと判断せざるを得なかった。いくら痛めつけても、知らないの一点張りだった。まるで埒《らち》が明かない。じゃああとは誰だ、坂本栄世か……ってことになったんだが、これがまた、恐ろしいことに思い出せねえって言うんだ」

悦子が、ちらりと増山を見る。明美は、危ない、林から目を離しちゃダメ、と思ったが、林の正面には増山もいる。滅多なことでは形勢逆転などされないか、と思い直した。

その悦子が、スイッチを入れていないスタンガンを、林のこめかみ辺りに持っていく。

「……いい？　今からあたしが質問するから、よく思い出して答えなさいよ」

悦子の声が異様に低い。ドスが利いている。

「あんたは一昨日の夜、あたしの借りてるマンションの前で待ち伏せをしていた。そのとき……今あっちにいる、高原篤志。彼に暴行を働き、失神に追い込んだ。それは間違いないね？」

林が静かに頷く。

ちなみに、悦子が元ヤンキーだったことは所員の誰もが知っている。なんとなく、その「元ヤン」の血が騒いでいるのかな、と思わせる口調だった。普段とは違う、鋭利な威圧感がある。

悦子が林の顔を覗き込む。あまり近づき過ぎるのは危険だと思うが、大丈夫なのか。

「その後、あんたが何をしたのか、説明してもらおうか」

林が少し顔を上げる。

「……なんで」

「警察だって、最初にベンロクっていって、弁解を聞く機会を設けるもんだよ。それと同じこと。あんたがしたこと、しなかったこと、まず聞いてやるって言ってんだよ」

林が、ちょっと馬鹿にしたように首を傾げる。

「俺が、あんたに抱きついて、その可愛いお耳を、ベロベロしたことを言ってんのかい」

「ブッ殺すぞテメェッ」

凄いなぁ、悦子さんって、本当に本物のヤンキーだったんだ、などと、心の底から納得してしまうひと声だった。

だが、あまり興奮するのはよくない。

林のこめかみに、グリグリとスタンガンを押し付ける悦子を、増山が「よせよせ」と抑える。

「間違ってスイッチ入っちゃったら、死んじゃうって」

「……え、そうなの？」

「そうだよ。脳に直接はヤバいよ」

「あそう……うん、分かった」

悦子は手の中のスタンガンを改めて見、再度、林に向けながら訊いた。

「そのあとだよ。そのあと、あんたが何をしたのか。それを話しなさい」

林が悦子と目を合わせる。刺すような、鋭い視線を向ける。

しかし、なぜだろう。それが、徐々にほどけていく。何か別のことを思い出したように、林の表情から険《けん》が抜けていく。

悦子も、違和感を覚えたようだ。

「……なに」

林は答えない。

「何よ。なんか言いなさいよ」

それでも林は、すぐには答えなかった。

どれくらい、二人は見合っていただろう。いや、林は悦子を、見てすらいなかった。

心ここにあらずというか、実にぼんやりとした、ここまで明美が見てきた林の顔で、一番のアホ面になっていた。

そしてようやく、ひと言漏らす。

「……覚えて、ない」

隙間風みたいな、頼りないひと言だった。

逆に、悦子の顔はカッと熱を帯びる。

「お、覚えてないわけないだろうがッ」

増山がサッと手をかざし、悦子を抑える。

「林……どういうことだ。ちゃんと説明してくれ」

また林がうな垂れる。

「説明も何も……覚えて、ないんだ。あの、あとのことは……」

悦子と増山が、慌てたふうに目を見合わせる。なんだ。明美には今一つ状況が分からない。なぜ悦子と増山があたふたする。思念も、明美でも分かるほど青黒く固まっている。

増山がさらに訊く。

「正確に言うと、どこまで覚えていて、どこから覚えていない」

林は、テーブルの上に視線を泳がせた。

「そこの、高原くんに組みついて、下から頭突きしたのは、もちろん覚えている。住吉さんに、抱きついて……何をしたのかも、覚えている。でも……そのあとが、分からない」

ふいに、明美の脳内に増山の声が響いた。

《実は悦子も……同じタイミングで……記憶を……失くしている》

明美は、思わず「えっ」と声に出してしまった。林の右側にいる健も、振り返ると篤志も、怪訝そうに眉をひそめている。朋江も、どちらかといえばこっち側か。何か妙な展開になっていることだけは感じているようだ。そんな中で、増山と悦子だけが、怒ったように林を睨んでいる。

ここまで聞いた話を繋ぎ合わせて、いったん整理してみよう。

悦子と篤志が歩いているところに、この林が現われて、篤志は林の頭突きを喰らって失神、悦子は林に抱きつかれて、ちょっとエッチなことをされた。篤志の記憶がないのは仕方ない。林にノックアウトされてしまったのだから。でも、強制わいせつ紛《まが》いのことをされた悦子と、した方の林の、双方の記憶が同じタイミングでなくなっているというのは、どういうことだ。

しかも、そもそもの問題として、林が探り出そうとしていた情報の持ち主、柿生、村野、坂本も記憶を失くしているという。もしかすると、柿生という研究員はただ知らなかっただけなのかもしれないが、少なくとも村野、坂本の二人は、自分たちの研究についての記憶を失くしている——のだと思う。たぶん、そういうことだ。

増山が腰を上げる。

「申し訳ないが、確かめさせてもらうぞ」

林の額に、真正面から掌をあてがう。

「あの夜のことを思い出せ……覚えていることを、すべて思い浮かべろ……そうだ、お前は悦子が帰ってくるのを待っていた……そうだな、高原が一緒にいるとは思わなかった。だが、あれくらいの男だったら簡単に倒せる、幸い周囲には通行人もいない……高原をノックアウトした……それから、悦子に抱きついた……そのあとだ」

しばらく、増山は林の額に触れていた。だがやがて、診察を終え、聴診器を引っ込める医師のように、林の額から手を離した。

「……分かった。今は、君の言い分を信じよう。君も、一部記憶を失くしている。それは我々も認めることにする。その上で、だ……そろそろ、聞かせてもらっていいかな。村野正克、坂本栄世の手掛けた研究内容を手に入れるよう、君に依頼したのは誰だ」

急に林が、その表情に反抗の色を浮かべる。

「一々、訊かなくたっていいんじゃないのか？　今みたいに、俺の頭の中から、勝手に読み取ればいいだろう」

増山が、頷いてみせる。

「君がそうしてくれと言うのなら、そうしよう。でもできれば、俺自身は、そういうことはしたくない。人命のかかった調査とはいえ、君の頭の中身は、君だけのものだ。君の記憶は君の財産であり、君の人格であり、君そのものでもある。腕の一本や二本なくしたって、整形手術をして顔を変えたって、君は君だ。変わることのない、林忠仁だ。でも、頭の中身が変わっちまったら、君は君ではなくなってしまう」

林の視線が泳ぎ始める。

増山が続ける。

「その、君という人間そのものでもある、君の頭の中には、君だけの秘め事や、二度と思い出したくない出来事や、悲しい思い出も、いっぱい詰まっている。俺が君の頭の中を覗くということは、そういうものも一切合財、俺が自由に出し入れして、誰かに喋ったり、文書にしてネットで公開したりもできるってことだ。だがおそらく……君は、そんなことには耐えられない。君は、俺がどんなに、そんなことはしていないと言っても、見られたのではないか、知られたのではないかという疑念を拭えなくなるだろう。そして、やがて……君の人格の、崩壊が始まる」

すでに、林の表情は一変していた。増山が手を下すまでもなく、早くも人格の崩壊が始まったような無表情になっている。

それでも、気力を振り絞るようにして、増山を睨みつける。

「もう、手遅れだろ……二度も、俺の頭の中、覗いたろうが」

増山が頷く。

「確かに、二度覗かせてもらった。でも今までのは、君が思い浮かべたイメージを俺が拾い上げるという、ごく表層的な接触だ。喩えるとするなら……そう、宅配便業者が、玄関先で荷物の受け取りをするようなものだ。でも、君が勝手に読み取れと言うんだったら、今度は、それでは済まなくなる。次は家宅捜索……俺たちは警察じゃないから、いわば家探しだ。頭の中にある扉も引き出しも片っ端から開けて、引っ掻き回して、目的のものが見つかるまで、君の頭の中を隅々まで……」

すると、

「分かった、もう、やめてくれ……」

林は、タオルで縛られた両手で頭を抱え込んだ。

「分かったよ、喋りゃいいんだろ、喋りゃ。俺に、この件を依頼してきたのは、GSD……中国人民解放軍ソウサンボウブ、第二部だ」

ん、なんですって？

増山が誰かに連絡をとると、六人くらいの、ダークスーツを着た一団が事務所を訪れた。そのうちの一人、やけに背の高い男は増山の知り合いのようだった。

「ご苦労さん。あとはこっちで引き継ぐよ」

「イツキさん、これは貸しですからね。高くつきますよ」

増山は、その「イツキ」と呼んだ男の差し出した書類に一筆書き加え、三文判を捺《お》して返した。イツキはそれを確認し、満足げに一つ頷いた。

「分かってるよ。礼はいずれ、なんらかの形でな……」

ダークスーツの一団が林を連れて去り、当たり前だが、いつものメンバーだけが事務所に残った。

朋江が、その体が縮んで見えるほど溜め息をつく。

「はぁ……なんか、こういうの、心臓によくないよ。なんで事務所で取調べすることになったのさ。他所でやっとくれよ、今度からは。じゃなかったら、あたしが帰ってからとか」

増山が朋江に手を合わせる。

「ごめんごめん、でも他に思いつかなかったんだよ。人目のある所じゃ駄目だしさ。かといって、どっかに部屋とってやったら、逆にこっちが拉致してるみたいじゃない。それはさすがに、のちのちよくないだろうと思って」

ちなみに、さっきのをネットで調べてみた。正確には「中国人民解放軍総参謀部第二部」と書くらしい。簡単にいうと、中国の軍部に属する情報機関のようだ。

悦子が増山の方を向く。

「ええと……公安が林を引き取ってったってことは、あとは公安が取調べをして、坂本氏の居場所を吐かせて、助け出してくれるってこと？」

さっきのって、公安の人たちだったのか。どうりで、なんか怖い感じだと思った。

増山が頷く。

「そういうことに、なるだろうな」

「だろうな、ってそんな、無責任な」

無責任かどうかはともかく、増山は妙に難しい顔をしていた。

「それよりも、どうも引っ掛かるんだ……林はGSDに雇われている。村野正克というのは俺も知ってるベテラン研究者だ。その村野氏が、他社に移ろうとする動きの中で情報が漏れ、GSDがそれを狙った……そこまでは分かる。だが村野氏も、坂本氏も、さらにいったら林も、悦子までも、一部記憶を消されている。何者かが、この件に関わった人間の記憶を消して回っている、そう考えざるを得ない」

確かに、繋げてみるとそういうことになりそうだ。

でも、明美にはよく分からない。

「あのぉ、そもそも、人の記憶を消すなんて、どうやってやるんですか？」

増山は、ちょっと考えてからかぶりを振った。

「……分からない。それが超能力によるものなのか、それ以外の技術なのかも分からない。ただ、その記憶を消す技術、まさにそれ自体が、坂本氏の研究テーマだった可能性はある。そしてそれが、実はもうGSDの手に渡っていて……いや、それはないか……状況的に、林の記憶が消されていなければ、GSDの仕業というのもあり得ると思ったんだが、それじゃ辻褄《つじつま》が合わないんだよな。なんたって、林を雇ったのはGSDなんだから。GSDが記憶を消す技術を手に入れているんだったら、そもそも林が動く必要はない。じゃあ坂本氏を拉致して、その技術を手に入れた……としても、現場で使用されるのが、タイミング的に早過ぎるか。先回りして村野氏の記憶を消し……そうか、そこも辻褄が合わないな」

もう、明美にはさっぱりわけが分からない。

「所長。もうちょっとこう、分かりやすく説明してくださいよ」

だが増山も、頷いたり首を捻ったり、忙《せわ》しない。

「ただ言えるのは、四人の記憶を消したのには、それなりの意図があったはず、ということだ。他にももっと、記憶を消されている人間はいるのかも、しれ……」

増山が、ポンと手を叩く。

「いやいや、かもじゃなくて、いるんだった。公安が『のっぺらぼう』と呼んでいる、謎の工作員は、誰もその顔を覚えていないという……俺は、それが林じゃないかと思ってたんだが、林も記憶を消されていたとなると、しかも公安にも、けっこうな数の被害者がいるということは……」

要するに、まだ増山にも説明できる段階ではない、ということか。

朋江が「とりあえず一服しよう」と言いながら、給湯室から出てきた。お盆に、茶筒と急須、人数分の湯飲みを載せて運んでくる。反対の手にはポットも提げている。

増山がその表情を和らげる。

「すみません。俺もちょうど、喉渇《のどかわ》いたなって」

「だろう。けっこう、凄い緊張感だったしね……でも、なんだい、中国側も、公安も、その研究をしてた村野さんも、坂本さんも記憶を消されたってことは、だよ。それ以外の勢力がその技術を手に入れて、独り占めしようとしてる、ってことなんじゃないのかい。違うのかい」

ん、と増山が言葉に詰まる。

朋江が続ける。

「だからさ、中国側でもない、公安でもない……ってことは、警察でもない、ましてや坂本さんのいるアイカワ電工でも、村野さんが移ろうとしていた他の会社でもない、そんな、どこでもない、どこかの組織が、すでに記憶を消す技術を手に入れている。しかも、そんな技術があること自体を、みんなに忘れさせようと、記憶を消して回っている……そういうことじゃ、ないのかね。こんなの、アレかね、二時間ドラマの観過ぎかね」

増山が「いいえ」とかぶりを振る。

「朋江さん、それ、シンプルでいいですよ。その技術を手に入れたからこそ、独り占めするために、その開発に携《たずさ》わった人間の記憶を消して回っている。そうなると、相手はだいぶ絞れてきますよね」

明美にはまったく想像もつかない。

悦子は、眉をひそめて黙っている。まだ分かってなさそうだ。

篤志はたぶん、自分では考えてもいない。ただ増山と悦子を見比べて、どっちが先に答えを言ってくれるのか、待ってるんだと思う。

健は、考えている。でも答えは出なさそう。

朋江は、諦めてお茶を注ぎ始めた。

増山は、自分を納得させるように、小さく頷いた。

「だとすると……それは、防衛省ってことに、なるのかな。防衛省は、人の記憶を消す技術が、国外に流出するのを必死で喰い止めようとしていた。そのために、まさに記憶を消す技術を使用した……そういうことじゃ、ないのかな」

さて、どうだろう。

明美にはなんとも言えない。

第五章

1

その日、私はいつもの時間、いつもの警備員に、いつもと同じ挨拶をした。

「……お先に」

「お疲れさまでした」

正面ゲートを出たら、東海道新幹線の高架に沿って、ゆるくカーブする歩道を歩いていく。

ＪＲ大崎駅までの道程には、変電所とか工場とか、研究施設などが多く、街並みとしてはわりと寂しい。私の前方にも、薄暗い街灯の明かりに照らされる、よれたスーツの疲れた背中があった。距離が離れていたので、誰だかは分からない。そもそもセンター内に、私の知り合いなんて数えるほどしかいない。しかも、同じチームの若い連中はまだ研究室に残っている。その後ろ姿は、顔も名前も知らない社員か、他所《よそ》の会社の人間だったのだと思う。

だから、私が変電所の角に差し掛かった途端、スッと真横に黒いワンボックスカーが停まり、そこから二人の男が降りてきて、いきなり私を抱え込んで車内に引きずり込んだところで、誰も気づかなかったに違いない。

車が停まったのは、ほんの五秒とか、長くても十秒なかったくらいだと思う。私を乗せると、車はすぐに走り出した。

妙にタバコ臭い車内だった。それ以外は暗くて分からない。私は頭髪を鷲掴みにされ、姿勢を低くさせられた。運転手が、私を拘束した二人に喋ったのは中国語だった。意味はまったく分からなかったが、韓国・朝鮮語ではなく、また他の言語でもない。明らかに中国語だった。それだけは間違いない。

途中で目隠しをされた。結束バンドのようなもので両手首も括《くく》られた。私の頭の中にはすでに、ああ、私も村野のようになるんだな、という思いがあった。どこかに監禁されて、あの研究について喋れと、暴力を振るわれながら訊《き》かれるのだと覚悟した。こうなる前に警察に相談すればよかったとか、日超協、もしくは増山個人に助けを求めればよかったとも思ったが、実際にはしなかったのだから致し方ない。危機意識が希薄だった、認識が甘かったとしか言いようがない。あるいは、記憶から消えてしまったあの研究に対する、漠とした罪の意識、後ろめたさのようなものが、それをさせなかったのかもしれない。

車に乗せられていたのは、果たしてどれくらいの時間だったろう。まったく見当もつかない。三十分前後だったのか、一時間以上だったのか。とにかく私は、一刻も早くこの状況から脱したくて、でもそう簡単に逃げることなどできないだろうと諦めもしつつ、じっと待つしかなかった。

やがて車は停まり、目隠しのまま降車させられた。踏んだのはコンクリートの地面だったと思うが、足音はさほど響かなかった。そんなに広い駐車場ではなかったのだと思う。そこから、靴のまま一階分、靴を脱がされてもう一階分、階段を上らされた。だから、ビル状の建物ではなかったのだと思う。戸建の民家に近い構造だったはずだ。

何枚かドアを開け閉《た》てする音がし、行き着いた部屋で椅子に座らされた。パイプ椅子だった。手首の結束バンドはいったん解かれたものの、またすぐ両手は背中に回され、新しい結束バンドで括られた。さらに、座らされた椅子の脚に、左右の足首もそれぞれ固定された。

そうなって、ようやく目隠しがはずされた。

窓のない部屋だった。周囲はクロス貼りの壁ではなく、もっと目の粗い、布を貼ったような仕上げになっていた。家を建てたばかりというのもあり、非常に奇異に思った。こんな仕上げ材の壁は、普通の住宅の選択肢にはない。ドアノブも普通と変わっていて、えらく太いL型のバータイプだった。そういえば、ドアレバーを跳《は》ね上げるような音、グッと押して締め込むような音も聞こえた。なるほど、ここは防音室なわけだ。ちょっとやそっとでは叫び声も、助けを呼ぶ声も外には聞こえない、ということか。

私を拉致した男は三人だったはずだが、室内にいるのは一人だけだった。映画に出てくるテロリストや強盗のように、覆面で正体を隠すようなことはしていない。普通に顔を晒している。目の細い、薄くではあるが無精ヒゲを生やした男だ。さっき中国語を喋っていたから、というのはむろんあるが、中国人っぽいな、という印象は受けた。

男は、どこにでもあるような、頭の小さな金槌《かなづち》を持っている。

「坂本さぁん……あれでしょう、もう、分かってんでしょう。村野のところにもいったんだから。知ってるんでしょ？　俺が何を知りたがっていて、その情報を手に入れない限り、俺があんたを帰すことはない、ってこと」

金槌で、右頬をいきなり叩かれた。先端の鉄塊部分を平らに寝かせ、軽くだったから、まだよかった。それでも、その一撃で口の中が切れた。鉄臭い、生肉の味が舌の奥に広がった。

しかし、何をされても言えないことは言えない。知らないことは、何をどう引っ繰り返しても知らないのだ。

「……村野さん、だって……知らないって、言ってたろ……同じだよ。私だって、知らない……記憶が、ないんだ」

男は、掌でぽんぽんと金槌を弄《もてあそ》んでいる。

「あんたが知ってるかどうかは、あんたが決めることじゃない。俺が決めるんだ。でもね、村野はラッキーだったよ。あとにあんたが控《ひか》えてたんだから。でも、あんたは駄目だよ。あんたには控えがいない。そうだろう？　それとも、他に誰かいる？　あんたらが、何を研究していたのか知ってる奴」

柿生の顔が浮かんだが、それは駄目だ。村野は、私なら本当のことを知っていると思って、私の名前を出したのだ。しかし私は、柿生が何も知らないことを、知っている。知っているのに知らない振りで、柿生の名前を出すことなどできない。

男が金槌で、こーん、と軽く私の頭を叩く。

「ほらぁ、早く喋っちゃいなよぉ。あんたが喋ってくれないと、この計画は失敗ってことになっちゃうんだよ。それじゃさぁ、俺の立場が危うくなっちゃうわけ。下手したら、殺されちゃうかもしんないんだよ……それは、駄目だろう？　あんただって、俺が殺されるのは、可哀相だと思うだろう？」

何を言っているんだ、この男は。

「なあ、村野とあんたのせいで、俺は殺されるかもしんないんだぜ。それを放置するような人でなしなのかい、あんたたちは……俺がさ、殺されないようにするためには、そんなにいくつも選択肢はないのよ。たとえば、奈美恵ちゃんだっけ？　あんたの娘も誘拐してきてさ、ここで……そうだな。ここで奈美恵ちゃんに何をしたら、パパは喋ってくれる？　パパが一番見たくないのは、奈美恵ちゃんのどんな恰好？　ねえ、教えてよ。奈美恵ちゃんがどんなふうになったら、パパは一番悲しい？　殺しちゃっても、俺は全然いいの。なんなら、目の前でモツ鍋の材料みたいになるまで解体してあげたっていいんだよ。俺、死体の解体とか、わりと得意だし」

血と混じった涎が溢れ、口の端から、顎に伝い落ちていった。

「……やめて、くれ……」

「ん、何が？　奈美恵ちゃん鍋作るの、やめてほしいの？　そんなさ、食わず嫌いはよくないぜ。奈美恵ちゃん、けっこう肉付きいいじゃない。モモ肉とか、胸肉とかもさ、けっこう旨そうだぜ。パパも食べてみたら分かるよ」

「……やめて、くれ……ほんと、本当に、私は、知らないんだ……」

また、こーん、と側頭部を叩かれる。

「聞きたくないなぁ、その台詞。聞き飽きてんだよ、マジで。知らない知らないってさ、ひょっとして、それがそうなの？　人の記憶を消す技術、みたいな……記憶を消す技術が、実は正解なの？」

私の頭の中にも、あれが現われた。

霧、雲、綿あめ。白い、ふわふわとした何かが、思考に絡みついて、自由が利かなくなっていく。肝心な部分が、白く霞《かす》んで、見えなくなっていく。

男は話し続けた。

「それならそれでさ、分かる部分もあるわけ。最近になってさ、記憶が消せる薬ってのも、開発されてきてるじゃない。それで過去のトラウマを消したり、軽減できたらいいね、ってことなんだろうけどさ。でもそれって、ある特定の記憶だけを、狙って消せるわけじゃないらしいじゃない。たとえば今のあんただよ。ヤバい研究に手を出しちまった。各方面から……警察はどうだか知らないけど、防衛省とかさ、政府関係者とか、ぶっちゃけ、俺のクライアントだってほしいわけ」

こーん、と句読点替わりに頰を叩かれる。

「でもさ、俺は物凄く疑問なわけよ。いいよ、そういう技術があるならあるで。でもさ、それをあんたらが開発に成功とか、もっと手前の段階なのかもしんないけど、着手したとか、目処《めど》が立ったとか、そんなの変じゃねえか？　だって、あんたら素人だろ。超能力者じゃないんだろ？　超能力者がね、たとえば日超協の、そういう開発部門とかなんか、そういうのが、記憶を消す超能力を開発しましたってんなら、分かるのよ。怖えなこいつら、やっぱ超能力って凄えな、って思うわけ。でもあんたら、超能力の研究はしてるけど、超能力者ではないわけだろう。そういう、いわば無能力者がさ、超能力者にもできない超能力を開発することなんて、できるのかね。もし、もしだよ。村野が言い始めた、そのとんでもない研究ってのが、根も葉もないデタラメで、俺を含む一部の人間がそれに踊らされてただけ、って話だったら……俺、ほんと凹《へこ》むわ」

この男が凹んで済む話なら、ぜひともそうしてもらいたいが、そんなはずはない。

「でね……俺なりに、いろいろ考えたわけ。たとえばさ、自動車メーカーが新しい自動車の研究をするのは、当たり前じゃない。自動運転技術とかさ。自社の車を実験台にしてね、研究過程では事故だって起こるだろうけど、それはいいじゃん。また自社工場に、五台持ってこいとか、十台持ってこいとか言えばいいんだから。でも、あんたらが超能力の研究をするときって、そうじゃなかったよな。日超協の会員にきてもらって、研究に協力してもらって、その見返りじゃねえけど、結果はちゃんと報告して、ガラス張りでやってきたんだよな？　そういうことだと、理解してたんだ、俺は」

ふと、この男は日本語がやけに達者なのだな、と思った。さっきの車内の会話がなければ、外国人だとは到底思わない流暢さだ。いや、むしろ日本人に交じっても、口が達者な方に入るのではないだろうか。

こーん、こーん、と続けて叩かれる。

「ところがさ……そうじゃなかったら、というのを、俺は考えてみたわけ。あんたらが超能力の研究をするのに、自前で超能力者を調達できたら便利なんじゃねえかな、って。一つはさ、あれだよな、催眠療法とかで、超能力を軽減させる治療が、実際に行われてるんだよな？　あれを逆利用してさ、超能力を強化したり……うん、超能力は、そもそもは誰にでもあるって説、あるじゃん。っていうことはさ、無能力者と思われてた人間も、そういう治療の逆をやれば、立派な能力者に仕立て上げられるんじゃねえか、それを村野やあんたはやろうとしたんじゃねえか、と思ったわけ」

やはり、これに関しては誰でも思いつくことなのだ。催眠術で超能力を弱くすることができるのなら、逆に強くすることもできるはず。しかし、それについては私も覚えている。研究を自粛したことだって、村野とその危険性について議論したことだって、ちゃんと記憶にある。

つまり、それではないということだ。

だがそれは、男も分かっているようだった。

「でもさぁ、俺も、そこまで馬鹿じゃねえからさ。俺程度の人間が……公立の高校出てさ、すぐ裏社会に入って、暴力と恐喝で生きてきたような人間が思いつくことはさ、あんたらみたいに頭のいいエリートは、百も承知なんだろうと思うわけ。しかもさ、俺が思いつくくらいだから、何も村野やあんたじゃなくてもね、専門家は分かってると思うんだよ。分かんなきゃ、逆に馬鹿だよな、他社の連中は……だから、そういうことじゃねえんだよな。少なくとも、もっとアイカワ電工がリードできる分野、ってことなんだよ」

この男、出自はどうあれ、今現在の社会的立場がどうであれ、頭が悪いわけではないというのは、充分に感じた。

「そうなると、これだよな。ＤＭイコライザー……超能力ってのは、いわばダークマターが流れたり、動いたりして発生するものなんだろ？　俺のイメージだと、紙に広げた砂鉄を、下から磁石を当てて動かすみたいな、ああいう感じなんだけど……それを、一瞬にして均等化してしまう機械なんだよな、このＤＭイコライザーってのは。つまり、ダークマターの流れを強制的に止めてしまうことは、できるようになった。強制的に、止めることは技術的に可能なんだ、もう。流れているもの、動いているものを、止めることはできる……ということは、だよ。止まっているものを動かすことも、同じ原理でできるんじゃないか、と考えるのが人情だろう」

なるほど。一理ある。

男も得意気に続ける。

「たとえば、野球だよ。ピッチャーとしてボールを投げるのは、超能力者にしかできない。最初にボールを動かすのは、超能力者の特権だ。ところが、あんたらはDMイコライザーで、それを止めることに成功した。いわばキャッチャーだ。投げられたボールを、受け止めることはできるようになった。そうなったら次は、何に挑戦する。バッターだろう。ボールを打ち返すんだ。超能力でやり返す。サイコキネシスを仕掛けられたら、そのまま、それを打ち返せる技術を開発する。これをさらに進化させると、やがて自分一人でもボールを打てるようになる。つまり、ノックみたいなもんだな。DMイコライザーのような機械で、超能力そのものを作り出すことができる。そうなったら、もう兵器だよな。手を触れずに、物を動かすことができる。拷問して口を割らせなくても、心の中にあるものを読むことができる。離れたところから火を放つことも、それと分からないように言葉を伝えることもできる……なあ、そうなんじゃないか？」

男が、ぐっと顔を寄せてくる。

「あんたらは、超能力者なしでも、超能力を作り出せる機械の開発に着手していた。あるいは、目処が立ったくらいの段階かもしれない。理論上は可能、みたいな、学説的なもんなのかもしれない。でも少なくとも、それを手土産に転職できるくらいのネタではあった。違うか？　なあ、そういうことなんだろう？　これだったら確かに、防衛省は飛びつくよな。各国の諜報機関だって黙っちゃいない。どんな手を使ってでも入手しようとするさ……俺みたいなね、誰かの背中に負ぶさっちゃ、蛭《ひる》みたいに、チューチュー情報を吸い上げる人間が、これからもどんどん、襲い掛かってくるぜ」

この男が利口であることは嫌というほど分かった。想像力が平均以上であることも認める。しかし、所詮は想像でしかない。科学的な裏付けも、理論武装もまるでなっていないと言わざるを得ない。

ＤＭイコライザーは、基本的にはＸ線の応用だ。もっといったら、同じことをしていたのは、そもそもは太陽光線だ。ただの日光だ。

ダークマターを野球のボールに喩《たと》えた段階で、その理論は破綻《はたん》していた。ダークマターはイコライザーによって止められる、というところがまず間違っている。それよりは、酸化させることができるとか、燃やせると考えた方が現実には近い。

似たことを家電で喩えるなら、コンロと冷蔵庫だ。コンロは食材を熱する機械だ。冷蔵庫は冷やすものだ。しかし、コンロをどんなに進化させても冷蔵庫にならないことは、おそらく小学生でも分かるはずだ。火を起こすことは古代人でもできたが、冷風を作り出すことはよほどの現代人でなければできない。それも専門技術を持った、一部の現代人だけだ。

　イコライザーもまったく同じ。ダークマターの分布を強制的に均等化できるからといって、そのメカニズムを逆利用すれば超能力を機械的に作り出せるかといったら、それは否だ。

　しかしその説明を、私はあえてしなかった。そうすることで、時間稼ぎができると思ったからだ。

「おい、聞いてんのかコラァッ」

　金槌で、しかも鉄塊部分を縦にして殴られた。

　頭蓋骨が抉《えぐ》れたと思った。


　男による拷問は執拗《しつよう》に続いた。当然だ。私は「例の研究」というのを思い出すことができなかったし、男が挙げたような、それっぽい架空の研究を仮の答えとすることもしなかった。そんなことで、事態が好転するとは到底思えなかったからだ。

　何時間か、男が留守をすることもあった。食事や給水は別の中国人が担当した。宇宙食みたいなビスケットと、ペットボトルに入った水。それも、この建物内で水道水を入れてきただけなのだろう。ちょっと錆びた味のする、カルキ臭い水だった。

　排便は、基本的には垂れ流しだ。世話役の中国人は鼻を摘んだが、拷問係の男は平気なようだった。事もなげに私の大便を手ですくい、私の顔に塗りつけた。

他にももっと、人間としての、いや、男としてのと言うべきか、尊厳を著《いちじる》しく傷つけられるような拷問も受けた。質問に答えてそれらの拷問が回避できるのなら、私は喜んでそうしただろう。ただ、私には答えられない。覚えていないから、答えられない。そうとしか言いようがなかった。

ある日にはなんと、あの研究仲間の、柿生修司が監禁部屋を訪れた。訪れたというか、連れてこられたようだった。

柿生は、私の排泄物で汚れた床に跪《ひざまず》き、額をこすりつけて懇願《こんがん》した。坂本さん、喋ってください。あなたたちのしていた研究内容を、この人たちに明かしてください。そうしないと、私の家族にまで危害が及ぶんです。坂本さんの家族だって、無事では済まないんですよ。そんなことを繰り返し言われた。

私は頷いた。言葉がどれほど明瞭に発せられたかは、自分でも分からない。でも、伝えようとした。私は正義感で黙っているのでも、精神的に、あるいは肉体的に強いから、拷問に耐えているのでもない。知らないから、言えないだけなんだ。分かってくれ。本当に、本当に覚えていないんだ。

拷問男も、もう半ば諦めているように見えた。拷問は、最初は軽く、徐々に強く、厳しくなっていったが、途中からトーンダウンしていた。痛みや恐喝で私の口を割らせることはできない。それを、どこかの段階で悟ったのだと思う。

監禁部屋に、昼夜の区別はない。あるのは拷問の時間と、拷問を待つ時間、それだけだ。

待ち時間は、基本的には私一人だ。何も聞こえない防音室。しかも、照明もすべて消される。見えるのは、照明のスイッチに目印として組み込まれている、小さな緑色のLEDランプ一つだけだ。

私はその一点を見つめて、いろいろなことを考えた。

村野が私の名前を出したように、私が誰かの名前を言えば、また私のような犠牲者が出る。それをしなければ、私が責めを受け続けることになる。家族が危険に晒されるかもしれないという状況も、いつまでも続くことになるだろう。

私に残された道とは、どんなものだろう。

分かっている。死ぬしかないのだ。

この監禁部屋から出るには、家族がこの先も平穏に暮らしていくためには、もう、私が死ぬほかない。しかし、自由を奪われた私には、死ぬことすらできない。できるとすれば舌を嚙み切ることくらいだが、それをしたところで、よほどの偶然がない限り人が死ぬことはない。舌を嚙み切っても実際にはただ痛いだけで、失血死するほどの出血はまずないし、嚙み切った舌が喉に詰まって死ぬ可能性もゼロではないが、たぶん、詰まったら反射的に吐き出してしまうだろう。拷問男もそれが分かっているから、私に猿《さる》轡《ぐつわ》一つしないのではないか。

ちょうど、そんなことを考えていたときだった。

ドアレバーが跳ね上げられる音がし、暗闇が「コ」の字に割れて明かりが射し込んできた。照明が点けられ、私は一瞬、その眩しさに目をつぶったが、何秒かかけて薄目を開け、誰がドアを開けたのか確かめようとした。

世話係の中国人か。拷問係の男か。

そのどちらでもなかった。

見ると、ダークスーツを着た男が、しかも何人も、監禁部屋に雪崩込《なだれこ》んできていた。なんだ。今度は、何をするつもりだ。

2

林を公安に引き渡してしまったら、もう基本的に、増山たちにはすることがない。坂本夫人に進捗《しんちょく》を報告しようかとも思ったが、それが公安の足を引っ張ることにもなりかねないと思い、今しばらくは様子を見ることにした。

夕方、六時。

朋江が、会計資料を書類棚に戻し始める。

「じゃ……そろそろ、あたしは上がらせてもらおうかね」

むしろ、よく今まで付き合ってくれたと思う。朋江は普段、急ぎの仕事がなければ五時でも四時半でも、自由に帰宅する。所員でたった一人の主婦だし、するべき仕事は日中にやってしまう人なので、それでいいと増山が許してきた。所員も全員、それで納得してくれていた。

篤志が座ったまま、頭を下げる。

「お疲れっした」

他の三人も、なんとなくそれに倣う。

朋江が増山の方を向く。

「林が捕まったってことはさ、もう合宿の必要もないってことで、いいんだよね、所長」

「はい。もう、大丈夫です。ありがとうございます」

朋江は、今どきそんなのをどこで買ってくるのだろうと思うくらい、オバサン臭い手編みのバッグを愛用している。いま使っているのはピンク色で、しかももう、かなり薄汚れている。むろん、誰もそれを「ダサい」などとは言わない。言わないのに、朋江はその優位性を主張してくる。

「手編みのはね、中の荷物に合わせて、勝手に伸びたり縮んだりしてくれんの。主婦にはね、こういうのが一番なんだよ」

ご尤もですと、所員一同、そのときは頭を下げた。

そのバッグを、よっこらしょと担ぐ。

「じゃ、お先に失礼するよ」

「はい、お疲れさまでした」

重たそうにスチールドアを開け、朋江が出ていく。それだけで、妙に事務所内が寂しくなる。明美が入って、今は全部で六人。中で唯一、超能力者でないのが朋江。それなのに、いなくなると「マイナス1」では済まないくらい、空気が寒々しくなる。この事務所にとって、まさに朋江は「おっかさん」なのだなと、改めて思う。

篤志が、こっちを向く。

「……どうすんですか、所長」

視線にやや棘《とげ》がある。口に出して訊き返さなくても篤志の考えくらい容易に読めるが、面倒くさいので口頭で訊く。

「どうするって、何が」

「公安に解決されちゃったら、坂本夫人に、前金返金ですか」

悦子が、ふんっと鼻息を吹く。

「前金は返さないよ。こっちだってやることやってんだから。ウチの契約条件とか、ちゃんと読み直した方がいいんじゃないの……まあ、成功報酬は、オジャンだけどね」

朋江がいなくなった途端、この様《ざま》だ。所員が、遠慮なくイライラを吐き出すようになる。

中では穏やかな性格の健でさえ、今は不満の色を隠そうとしない。

「このまま、公安の報告を待つしか、ないんですか」

うん、と一つ、健に頷いてみせる。

「今のところ、な……最初から、可能性としてはあったわけだが、林のバックにいるのが中国の情報機関ってことは、下手したらこれ、国際問題だから。一民間企業が、それも零細《れいさい》の調査会社ができることなんて、何もねえのさ」

珍しく、明美が眉をひそめて増山を睨《にら》む。意見するつもりらしい。

「そんなァ。私も悦子さんも、危ない目に遭ったんですよ。それでもがんばってきたのに。所長だって、あの……あれ、何さんでしたっけ……ああ、高鍋さんに、坂本さんの件は協会に任せろって、言われてたじゃないですか。それなのに、ここまでやってきたんじゃないですか。それって、やる気があったからじゃないんですか」

説明するのも面倒くさいが、しなければ明美も納得しないだろうから、仕方ない。

「それは、そう。お前らにも苦労をかけた。それには感謝してるし、危ない目に遭わせたのは、すまなかったと思ってる。ほんと、そこは俺の力不足だ。悪かった……でもさ、言い訳するつもりはないけど、最先端の技術を扱う科学者とはいえ、サラリーマンが一人行方をくらましたくらいじゃさ、警察だって動きようがないんだよ。そりゃ、契約してる携帯番号が使用されるとか、クレジットカードが使われるとかね、そういう情報が入れば、安否確認の必要もあるから、動くだろう。でも、何もないんじゃ……俺たちが、残留思念を拾えないのと同じだよ。なんの取っ掛かりもないんじゃ、警察だって動きようがない。だから、あの段階では俺たちが動くしかなかった。そういうことさ」

悦子がこっちを向く。

「具体的にこのあと、公安はどうするんですか」

「どうするって？」

「林を絞め上げて、アジト吐かせて、救出にいくんですか」

「公安は、そこまでしないかも」

えっ、と篤志が体ごとこっちを向く。

「きゅ、救出、してくんないんすか」

「バカ。公安はしないかも、ってだけだ。悦子が『具体的に』って訊くから、具体的な話をしようと思っただけだよ。だから……順番からいったら、取調べは公安がするかもな。林の背後を洗うのも、公安の役目だと思う。ただ、アジトを調べて、実際に救出するのは、刑事部の仕事になるんじゃないかな」

明美が「榎本さんですね」と得意気に人差し指を立てる。

「いや、エノさんは本所署の人だから、ちょっと違う。警視庁本部の刑事が、まあ下調べをして、そのあとは、特殊班っていうのかな、特殊部隊っていうのかな、SATとかさ、ああいうのが、救出作戦をやるんじゃないのかな。俺はそこまで詳しくは知らないけど、そんな感じだと……」

最後まで増山がいう前に、電話がかかってきた。

篤志が「はーい」と軽く言って電話機に手を伸ばす。序列からいったら明美が出るべきなのだが、実際そのようには徹底できていない。悦子にもう少し厳しく指導するよう言うべきか、増山が直接言うべきか。

「はい、もしも……あ、あっ、はい……はい、あ、あの……所長に代わりますッ」

何を慌てているのか、篤志が、受話器の送話口を押さえながらこっちに向ける。

「しょしょ、所長」

「少し落ち着け」

「坂本さんの、奥さんですッ」

なるほど。それでは慌てるのも無理はない。

とりあえず、増山の前にある電話の受話器を上げる。

「分かったから篤志、保留ボタン押せ」

それはもう、明美が隣から手を伸ばして「えいっ」と押していた。

増山はすぐ、ランプが赤から緑になった「外線1」を押した。

「はい、お電話代わりました、増山です」

『もしもし、坂本の、家内です……あの、いま、坂本が、主人が、帰ってきました』

「えっ」

超能力なんぞ使わずとも、受話器から漏れる声で、話は充分四人にも伝わったようだった。

夫人と話を続ける。

「奥さん、それは……あの、警察が、送り届けてきたということですか」

『いえ、主人は、一人で、帰ってきたみたいです』

そんなことってあるか、という疑問に言葉が詰まった。

夫人が、不安そうに続ける。

『でも、主人は……全身、傷だらけで……顔も、あちこち……様子も、なんだかおかしくて、話しかけても、何も……』

「分かりました、今すぐいきます」

増山が受話器を置いたときにはもう、悦子は増山の携帯を増山のブリーフケースに収めてファスナーを閉めていた。健は事務所の窓のブラインドを下ろしていた。篤志はエアコンを消し、給湯室のガス栓の確認をしにいっていた。

明美は、丁寧にリップを塗り直していた。

電車とタクシー。坂本宅まで、ネット上ではどちらも三十分ちょっとという結果だった。だが車だと、早くなる可能性も遅くなる可能性もある。

「俺と明美はタクシー、あとは電車な」

もし増山の方が遅くなっても、悦子と健が先にいっていてくれれば安心だ。篤志を電車組に入れた理由は、特にない。

「了解です」

事務所前で別れて、増山は明美と尾久橋通りまで走った。

幸い、タクシーはすぐに拾えた。

「練馬区小竹町……とりあえず、有楽町線の小竹向原駅に向かってください。あとは、近くなったら言います」

運転手も、こっちの様子で急ぎであることを察したのだろう。

「首都高って手もありますけど、そんなに近道じゃないし、抜け道も使えないから、下でいきますか」

「はい、お願いします」

坂本宅には、車中から何回も電話を入れた。だが出ない。一度は夫人か、娘さんかは分からないが女性の声が応えたが、でもすぐに「すみません」と切られてしまった。

明美も心配そうに覗き込んでくる。

「なんですか、えらくテンパってましたけど……」

「分からん。明美、あとはお前がかけろ。俺は五木さんに連絡する」

しかし、五木も出ない。林の取調べに手こずっているのか。プロが聞いて呆れる。

「……まあ、いま慌てても仕方ない」

「ですね」

一瞬、この状況で落ち着いていられる明美は意外と大物なのかもしれない、と思ったが、単に状況が分かっていないだけかもしれないと思い直し、褒めるのはやめにした。

運転手の腕がよかったのか、ほぼ三十分ジャストで坂本宅前に到着した。見たところ、どこにも明かりは点いていない。まるで留守宅のようだ。

あらかじめ用意しておいた五千円札を渡す。

「ありがとう、助かった。釣りとっといて」

「はい、ありがとうございました、お気をつけ……」

降りるなり敷地内に駆け込み、短いアプローチ、コンクリートのステップを三段駆け上がって、玄関ドア脇に設置されたインターホンを押した。

数秒待ったが応答はない。こんばんは増山です、と直接声をかけてみても反応なしだ。

そうこうしているうちに悦子たちも到着した。

「……やっぱ、タクシーの方が早かったね」

息を切らしているので、駅からは駆け足できたのだろう。

悦子が明美に訊く。

「なに、出ないの？」

「はい、三回くらい、鳴らしたんですけど」

すると、急に奥から足音が聞こえてきた。玄関内の照明が点き、鍵を開ける音がし、すぐにドアが開いた。開けたのはブレザー姿の、グシャグシャな泣き顔の女の子だった。

同じドアに触れると、いきなり、ガツンときた。

動転、パニック、悲しみ、怯《おび》え、パニック、不安、恐怖、パニック、パニック、お父さん――自殺。

「失礼ッ」

すれ違うようにして玄関内に入り、靴を脱いですぐ右手のリビングダイニングに、だが一見して誰もいないのは明らかだった。

二階だ。階段を上がって、部屋は、左と右、

「あなたッ」

声のする右手、夫婦の寝室に飛び込むと、ベッドに坂本が仰向けになっており、夫人はその横にいた。傍らには一本のネクタイ。

「失礼ッ」

増山は彼女の横に立つなり、その肩に触れた。

夫人が直前に見たもの。意識のない坂本の顔、その下、首に巻かれたネクタイ、普通の締め方ではなく、喉元、浴衣の帯のように横向きに巻いて、一回捩《ね》じってキュッと絞め上げて、手を離した状態。自絞死《じこうし》というやつだ。どこかにぶら下がらなくてもできる、一番簡単な自殺の方法だ。

「奥さん、救急車は」

「あっ……はあっ……」

「篤志、救急車ッ」

「はいっ」

増山がベッドの反対側に回ると、代わりに、悦子と明美がそっと夫人に寄り添った。

坂本は着替えたのか、普段着っぽい清潔なジャージ姿だが、顔面はボロボロだった。痣《あざ》だらけ、傷だらけ、瘤《こぶ》だらけ。見れば手の指先に爪は一枚もない。髪の毛も半分以上抜かれている。

林、お前って奴は――。

増山は坂本の耳の下、頸動脈《けいどうみゃく》に手を当てた。脈はほとんどない。鼻先に指を持っていっても空気の流れはない。胸や腹部も動いていない。心臓マッサージと人工呼吸が必要だ。誰がやる。篤志は電話をしているし、感化されやすい健にこれはやらせられない。悦子、明美、いや、自信はないが、やはり増山がやるほかあるまい。

自らベッドに上がり、坂本の左脇に両膝をつき、両手を重ねて坂本の胸の真ん中に置き、

「坂本さんッ」

一定のリズムで、全体重をかけて圧迫する。確か、三十秒ほど続けて、心拍と呼吸を確認するのではなかったか。心臓はまだ動かない。呼吸も戻っていない。

「所長、救急車、十分くらいかかるそうです」

「分かったッ」

幸い、三分ほどマッサージを続けたところで心拍は戻ってきた。人工呼吸をすると、息も、浅くだが続くようになった。

夫人が、ベッドの脇にへたり込む。

「……よかった」

だが、増山は微塵《みじん》も安堵などしていなかった。

坂本は今、完全に思念を喪失している。

失神している人間は概ね思念を喪失する、という説がある。ただ一方に、微弱ではあるが、失神していても思念はあるという説もある。対象とした人の健康状態や状況にもよるのだろうが、増山には、今のこの坂本の状態が、単なる失神であるようには見えなかった。

これは、いわゆる「脳死状態」なのではないか。

だとしたら、このままはマズい。救急車が到着するまでの十分余り、何もしないで放置しておいていいはずがない。

何かないのか。心臓マッサージと人工呼吸以外に、坂本に意識を取り戻させる方法は。

文乃に解離性同一性障害の疑いがあった関係で、精神医学については一時期、かなり勉強した。しかし、こういった救急医療に関しては、増山も素人同然だ。医学的に根拠のある方法など何も思いつかない。あるとすれば、それは一級超能力師としての「発想」ということになる。知識ではない。あくまでも、超能力師として思いついた、というだけの話だ。

それでも一か八か、やってみるか――。

だがそう思った途端、正面から悦子に睨まれた。
「ダメ、所長」
健も、同じ目で増山を見ている。
だが、仕方ないだろう。
「……大丈夫だ。俺に任せておけ」
悦子が坂本夫人から手を離す。
「無茶言わないでよ。こんな……」
悦子はそこで言葉を呑み込み、あとは遠隔伝心で伝えてきた。
《意識不明の人の思念に触れたら、どうなるか分かってるでしょ》
増山も伝心で返す。
《厳密に言ったら、分からないさ。誰も、やったことなんてないんだから》
《嘘。やった人はいるはず。じゃなかったら……》
《少なくとも、日超協の報告にはない》
《それは、日超協以前の人がやって、危険だって分かったからやらないだけでしょう》
《分からない……少なくとも、俺にとってそれが危険かどうかは、俺はやったことがないんでね、分かんないよ》
《やめて、お願い》
分かっているのは、これが屁理屈であるということくらいだ。

《今はこれしか方法がない。俺が意識の中にもぐり込んで、坂本さんの意識を……この世界に、連れ戻す。それしか方法はない》
急に健も割り込んでくる。
《そんなことをしたら、だって、最悪……所長自身が、死の世界に、引きずり込まれることだって……》
確かに、それが一般に信じられている説ではある。
死の淵にある者の意識に触れるということは、自らもそこに立つということである。それでもまだ立てればいいが、足をすくわれ、引きずり込まれたら後戻りはできない。かつて、死者の思念を読もうとして、植物状態に陥った能力者がいたという。増山も、それを迷信と笑い飛ばすことはしない。ただし、同じ轍《てつ》を踏まないよう、命綱は誰かに委ねたい。しっかりと、握り締めていてほしい。
《俺だって、まだ廃人になんてなりたくないさ。だから……頼む。お前たちで、呼びかけてくれ。俺があっちの世界に、呑み込まれちまわないように、俺の背中を、お前たちの言葉で、お前たちの光で、満たしてくれ。俺の名前を、呼び続けてくれ……ただし、絶対に俺には触れるなよ。全員に伝播《でんぱ》したら、それこそ大変なことになっちまうから。もう駄目だと思ったら……そうだな。そこにある枕で、頭でもぶん殴ってくれ。そうしたら、さすがに目を覚ますだろ》
増山は上着を脱ぎ、シャツのボタンを開け、胸をはだけた。肌と肌の接触面が大きいほど、接触読心はしやすくなる。

坂本夫人が、不思議そうに増山を見ている。その肩を明美が抱き、手を握り、「大丈夫です」と囁《ささや》きかける。

増山は、坂本の上半身を抱き起こし、その頭を胸に抱え込んだ。

「……じゃ、ちょっと、いってくるわ」

自らの意識を、坂本のそれに、もぐり込ませる——。

もう、入ったその瞬間、増山は後悔しそうになった。

温度が、ない。冷たくも、温かくもない。完全に、感覚が消失した状態だ。上も下も、前も後ろも、右も左もない無重力状態。それでいて、体のあちこちにチクチクとした刺激がある。痺《しび》れもある。それが何を意味するのかは、まだ分からない。

明るいか暗いかと言われれば、間違いなく暗い。だがそれは、暗闇に閉じ込められているというよりはむしろ、目をつぶっている感覚に近い。何も見えないけれど、でも向こうに何かあるのは感じる。

《坂本さん、坂本さん……増山です、増山圭太郎です、聞こえますか……》

すると急激に、しかも圧倒的な力で、空間がうねるのを感じた。荒波に弄ばれるような、壁にはさまれて、押し潰されるような圧迫感だ。同時に、あちこちに感じていた刺激が一気に、激痛のレベルにまで達した。特に背中と、手の先と、足先に。

思わず手と手を合わせてみた。だが、なかった。右手で、左手に触れることができない。左手も、ただ宙を掻くだけだ。

すでに痺れは全身に広がっている。細胞が、一つひとつ壊死《えし》していくような、内側から肉体が腐っていくような、そんな不快な痺れだ。焼けるのでも、剝がされるのでもない。外の力にどうにかされるというよりは、自分で自分が保てなくなる、そんな自己崩壊の始まりを感じる。

駄目だ、このままじゃ、死に、取り込まれる——。

悦子、健、おい、明美、篤志、おい、みんな——。

3

悦子は増山の後ろに回り、ただじっと、その背中を見ていた。

細身だが、意外なほど逞《たくま》しい背中をしている。悦子は特に、肩から肩甲骨《けんこうこつ》にかけての盛り上がりが好きだった。

だが、黙って見ていられたのはほんの数秒だった。

「えっ……」

見たこともないくらい、汚く濁った色の思念が、増山の全身から染み出してきたのだ。

正面にいる明美と目が合う。目が、まさに点になっている。坂本夫人はただ不安そうに、明美に抱きかかえられている。健と篤志を振り返ることはしなかったが、でもおそらく、明美と同じ顔をしているはずだ。

増山から染み出してきているのは、真っ黒な思念だ。でも、元の色は赤なのだと思う。青ではない。夜空や宇宙の黒ではない。それよりも、焦げた肉、腐敗した肉、そういう黒さだ。血の色を、際限なく濃くしていった成れの果ての黒。そんなふうに見える。

「……所長」

だが心では《圭太郎さん》と呼びかけていた。

黒い思念から読み取れるものは何もない。実体としての肉体にもまったく動きはない。しかも、湧いてきたのは黒い思念だけではなかった。汗だ。すでにワイシャツがびっしょりと透けるほど、増山は汗を搔いている。尋常《じんじょう》ではない発汗量だ。

遠隔伝心による呼びかけは続けている。明美も、健も篤志も、所長、増山さん、所長と、声ならば嗄《か》れるほど呼び続けている。それにどれほどの意味があるのかは分からない。意味なんて、実際にはないのかもしれない。

黒い思念は膨張を続け、増山の姿を暗く覆《おお》い尽くしている。汗はスラックスにも達し、ベルトラインから下、腰から尻にかけて汗染みが広がりつつある。

思わず、悦子は舌打ちをした。

この人は、いつだってこうだ。

仲間の意見なんて碌《ろく》に聞きもしないで、自分一人で突っ走って、心配かけて、ヤキモキさせて。そのくせ、何事もなかったような顔で事務所に戻ってくる。そして、すかした笑顔で言うのだ。「どうってことなかったぜ」と。完璧な念心遮断をして、本心なんて、仲間には一ミリも悟らせないで。

そもそも、意識不明者の思念を読むのが、危険かどうかは分からない？　そんな馬鹿な話があるか。ビルの三十階から転落したら助からないのは誰だって知っている。直《じか》にそんな場面を目撃したことがなくても、常識として理解している。でも、実際に三十階から飛び下りたことはないから、本当のところはやってみなけりゃ分からない？　いや、普通は分かる。分からない方がどうかしている。

理屈はそれとまったく同じだ。意識不明者の思念を読むのは危険だ。そんなの、超能力師だったらみんな、常識として知っている。なぜって、意識のある健常者の思念に入り込むだけでも、超能力師はけっこうな精神的ダメージを被《こうむ》るからだ。

そんなふうには見えない男の頭の中が、女の裸や丸出しの性器、レイプやＳＭの妄想で充満していたら、誰だって嫌だろう。触っただけでそこまで全部分かるわけではないが、でも、結局はそういうことだ。見たくもない思念や思考、妄想や願望、欲望、悪意、殺意、妬《ねた》み、恨《うら》み、そんなものがドロドロとうねる世界に飛び込んでいくのだ。読まれる方も嫌かもしれないが、読む方だって、吐き気を催《もよお》すくらいでは済まないダメージを負うのだ。

それが、自殺を図って意識不明になった人間の思念となったら、もう、無事でいられるわけがない。それくらいの想像、誰だってつく。それなのに、俺はやったことないから？

「フザケないでよ……」

口から漏れ出たひと言に、周りの目が集まるのが分かった。坂本夫人なんて、もう思念が疑問符だらけだ。主人は助かったんじゃないの？　なのに、なんでこんなに険悪な雰囲気なの？

申し訳ないが、予断を許さない状況はまだ変わっていない。

明美がかぶりを振る。

「駄目、ダメですよ悦子さん」

ほほう、自分がこれから何をするつもりなのか、明美には分かったのか。偉い偉い。教育係として、誇りに思うよ。

でも。

「仕方ないでしょ。他に方法なんてある？」

後ろから肩を摑まれる。健だ。

「悦子さん、それは駄目だって」

「なんでよ。駄目かどうか、やってみなけりゃ分からないじゃない」

篤志が健の向こうから顔を覗かせる。

「ちょっと待ってくださいよ、なんすか、悦子さんまで、やるつもりっすか。それ、絶対駄目ですって」

うるさい。

「やってみなけりゃ分からないって言ったのは所長だよ。それに、あたしが入るのは坂本さんの思念じゃない。あくまでも所長の思念だから。直接入るより、危険性は低いはず」

健が「……フィルタリング」と呟く。

「さすが健さん、よく勉強してるね。それ、日超協の去年のレポートにあったよね。つまり、そういうこと」

超能力者が数珠《じゅず》繋《つな》ぎになって思念を伝えた場合、その人数が多いほど情報は劣化し、誤伝達も起こる。伝言ゲームとまったく同じ理屈だが、第三者の思念を読むことに慣れていない超能力者に「接触読心」を教える場合、この方法は非常に有効な訓練方法となる。間に教師役の超能力師が入ることで、読むべき情報を取捨選択できるし、ダメージをコントロールすることもできる。

まあ、いま悦子がやろうとしているのは、そんな生易しいものではないのだろうが。

「……あたしはこの人みたいに、変な意地は張らない。危ないと思ったらみんな、助けにきて。さすがに、三人目以降はそんなにダメージないはずだから」

篤志は情けない顔で「そんなぁ」と漏らしたが、健は、強く頷いてくれた。明美は、どちらかというと泣き顔に近かったが、でも、ゆっくりと頷いてみせた。

「じゃ……いきます」

一つ深呼吸をし、ゆっくりと、増山の背中に触れる。

びっしょりと透き通ったワイシャツ。憎らしいほど愛おしい男の、逞しい背中。

目を閉じ、手で触れると、

《圭太郎さん……どこですか》

そこはもう、増山の精神空間だ。赤黒い暗雲の世界。でも、完全に入り込んでしまうほど呑まれてはいない。両足が、坂本宅の寝室の床を踏んでいる感覚はちゃんとある。これは、自分の冷静さ云々ではなく、増山が、必死で自分の精神状態を正常に保とうとしている証《あかし》だと思う。

《圭太郎さん……どこ》

しばらくすると、黒い煙の向こうに、白い背中が見えてきた。乾いたワイシャツ、スラックスの後ろ姿だ。増山はがむしゃらに、両腕を振り回して何かを掻き分けている。悦子も、必死でそこまでいこうとするけれど、思うように足が前に出ない。風ではない、何かもっと重たい、実体のある、透明なゴムのようなものに押し戻される感覚がある。

チクン、と肩に何か刺さるのを感じた。一度感じると、その数は急激なスピードで増殖していく。手の甲に、頬に、足首に、膝に、腹に、見えない針が飛んできて刺さり、そこでブラブラと揺れて、肌を小さく抉り続ける。

《……つこ……るな……》

増山の声だ。
《圭太郎さん、今、そっちいくから》
《くるな、悦子、きちゃ駄目だ》
それでも増山は両腕を振り回し、赤黒い闇を掻き分け続ける。
じっと見ていたら、ふいに増山の姿が視界から消えた。するともう、どんなに目を凝らしてもそこには深い闇があるだけで、増山が掻き分けたものすら何も見えてはこない。
《圭太郎さん、圭太郎さんッ》
見るべき対象を失うと、自分が浮かんでいるのか、落ちていっているのか、それすらも分からなくなる。慌てて、寝室の床を足の裏で確かめる。それは、ちゃんとあった。大丈夫だ。
何か動いた気がして、斜め上を見上げると、逆さまになった増山がいた。やはり何かを掻き分けている。両腕はもう、血塗《まみ》れの泥塗れ。顔も、跳ね返った何かで斑《まだら》に汚れている。
その姿も、徐々に見づらくなっていく。
《圭太郎さん、待って……》
上には、どうやっていくのだ。泳ぐ感じか。飛ぶ感じか。こういう精神状態は初めてなので、勝手が分からない。
また、増山が見えなくなった。

次に現われたのは、だいぶ下の方だった。床の感覚はまだ足の裏にある。ここから増山のところにいくには、やはり飛び下りなければならないのか。あのドロドロとした闇の中に、頭から落ちていかなければならないのか。

膝が震える。その膝に、集中的に針が刺さってくる。感覚が麻痺《まひ》しそうになる。慌てて床を踏みしめ、自身の脚の存在を確かめる。このまま麻痺が進行したら、膝から下が消失してしまいそうな、そんな恐怖を覚える。

《悦子、くるな……そこにいろ》

《でも》

《大丈夫だ、そこに……ンンッ》

また消えた。増山が、闇に吞まれた。

衝動的に、追いかけて飛び降りたくなったけれど、なんとか思い留まった。すでに増山は、あそこにはいないのだろうし、それよりは周りをよく見て、次に現われたら、すぐ飛んでいけるよう準備しておく方がいいと思った。

膝が、経験したことのないくらい、ガタガタと震えている。少しでも力を抜いたら、この場にへたり込んでしまいそうだ。

そう思って、膝を見たら、

《……ひっ》

何かが、変な黒い生き物が、両膝に何匹もたかっていた。頭のないネズミ？　背中まで毛の生えたゴキブリ？　体の長いクモ？　いや、これは悦子自身の、恐怖の表われだ。

こんなもの、怖くなんて、ない――。

あまり触りたくはないので、最初は手刀で払っていたが、それでできた隙間には、すぐに他の何匹かがたかってきてしまう。きりがないので、もう掌で、両手で思いきり払い始めた。さっき、増山がやっていた動きに少し似ている気もしたが、増山は自分の体に付いたものを払っているのではなかった。他の、何もないように見える闇を、必死で振り払っていた。

あれは、なんだったのか。

《圭太郎さん……》

悦子の声が、赤黒い闇のはざまに吸い込まれていく。

《圭太郎さん》

何かが遠くでうねっているようにも見えるが、その全体像はまるで分からない。

《圭太郎さんッ》

今になって、ようやく分かった気がした。

悦子の足が前に出ないのは、増山が、そのように念心遮断をしているからではないのか。ここまでしか入れないように、心を二重構造にして――そんなことが可能なのかどうかは分からないが、でも、増山ならやれる気がする。念心遮断という防壁を心の内側にも作り、それ以上は入らせないようにする。そういうことではないのか。きっと、そういうことに違いない。

《……圭太郎さん》

そのときだった。

今までは、何もないと思っていたところ。わりとすぐ目の前。実はそこに、黒い滝が落ちていたようだった。

なぜそれに気づいたのか。

何か丸いものが、そこから抜け出てこようとしているのが見えたからだ。そんなに大きくはない。拳大のものだ。でもすぐに、拳ではないと分かった。肘だ。怒濤《どとう》の勢いで落ちてくるコールタールのような流れを割って、白いワイシャツの肘が、抜け出てくる。

やがてそれが伸び、

《圭太郎さんッ》

一本の腕に、増山の左腕になった。

思わず手を伸ばした。悦子も左手だった。なぜ利き手の右を出さなかったのか。

振り返ると、

《みんな……》

顔は見えないが、何本もの手が、悦子の右手を握ってくれていた。手を握れない手は肘を、袖を摑んでいる。絶対に悦子を離さない、それ以上はいかせない、奈落の底になど落ちさせない、そんな強い思いが直に伝わってくる。
悦子は前を向いた。
《圭太郎さん、こっち、こっち……》
増山の左手は宙をさ迷っている。
《圭太郎さん、こっち、こっちだってば》
向こうにしてみれば、壁の穴に手を突っ込んで、何かを探しているような状態なのだろう。右に左に大きく振れる手を、悦子は必死で追いかけた。何度もすれ違い、ときには向こうがスッと引っ込み、そのたびに距離感が狂い、繰り返し空振りし、でも、
《……ヤッ》
ようやく摑んだ。
《圭太郎さん、こっち、しっかり……》
しかし、とんでもなく重い。これが死の淵の、闇の世界の吸引力なのか。女一人の力では、到底引き寄せることなどできそうにない。
でも、そう。悦子は一人ではない。明美と、健と篤志が、右手を摑んでいてくれる。彼らとなら、できるはず。増山を、こっちの世界に引き戻せるはず。
《圭太郎さんッ》
渾身《こんしん》の力で、全身全霊で、増山の左手を引っ張る。
すると少しずつ、腕が伸びてくる。二の腕、肩の辺りまで抜け出てきた。抜け出たと

ころは、案外綺麗だ。コールタールの滝の中にいたとは思えないくらい、ワイシャツは清潔な白を保っている。

ようやく、

《圭太郎さんッ》

頭が出てきた。なぜだか、その髪は汗でびっしょりと濡れて見えた。顔も出てきた。まさに、鬼の形相《ぎょうそう》だ。悦子が見えているのかいないのか、増山は一点を凝視し、相手を威嚇《いかく》する狼《おおかみ》のように牙を剝き、鼻筋を皺《しわ》くちゃにして、黒い滝から抜け出そうとしている。

《こっち、こっち》

目が合った。増山が悦子を見た。

《圭太郎さんッ》

すると、次の瞬間、

《ン……ンヌエアァァァーッ》

叫んだ増山が、悦子の手を思いきり引っ張った。肩から腕が抜けそうになった。でも、後ろの三人がガッチリと摑んでいてくれたから、悦子も渾身の力で応えることができた。

《イヤァァァーッ》

すると、大きく閊《つか》えていたものが、ぼこっ、と滝から抜け出てきた。

鬼神が憑依《ひょうい》したような増山の顔、その首、肩が現われると、そこに別の何かが載っているのが分かった。

腕、別の誰かの腕――坂本？

そう、間違いない。朦朧《もうろう》としてはいるが、坂本は確かに目を開け、増山に肩を借りる恰好で、そこにぶら下がっていた。

最後のひと引き。

完全にこっちまで引っ張り込むと、悦子は堪《たま》らず、左手だけで増山に抱きついてしまった。増山もその場に坂本を下ろし、悦子を抱き締めてくれた。

《大丈夫だって……俺に任せておけって、言ったろ……》

嘘みたいだけれど、思念の中でさえ、よく知った増山の、汗の匂いを感じる。

《……もう。こんなとこまできて、強がり言わないで》

鬼は、もういなかった。増山は、いつもの増山圭太郎に戻っていた。

《ここは俺の世界だ。好きに言わせろ》

増山が、坂本の手を握り直す。悦子の肩を抱いた手にも、力をこめる。

《さあ……いざ、現実の世界に、ご帰還だ》

目を閉じ、思念の世界から離脱しようとした、その瞬間。

悦子は唇に、熱く、柔らかなものを感じた。

いつ腰を抜かしたのかは分からないが、目を開けたとき、悦子は明美と篤志に寄り掛かるようにして抱きかかえられていた。

ベッドの上では増山が、上半身を起こした坂本を支えていた。坂本は現実世界でも朦朧としており、号泣する夫人に「あなた、あなた」と呼びかけられても、まだ頷くことすらできないようだった。

明美が、悦子の正面に回ってくる。

「よかった……悦子さん、よかった」

そのまま抱きつかれた。でも、一瞬だけ見えてしまった。

「明美ちゃん。メイク……完全に、崩壊してるよ」

「いいの、いいんです」

「ゾンビみたい」

「ひどい」

隣を見ると、健と篤志と、もう一人いた。坂本の娘だ。へたり込んだ彼女を、やはり介抱するように、二人が抱いて支えている。

篤志も、ほとんど号泣状態だ。

「途中から、この子が、加わってくれたんです……お父さん、お父さんって、ずっと、呼びかけてくれて……」

健も頷いている。

「ありがとうね。君のお陰で、お父さん、意識が戻ったよ。ありがとう。ほんと、がんばったよね」

うん、うん、と彼女も泣きながら頷く。

この様子だと、どうやら救急車はまだ到着していないようだ。ということは、増山が接触読心を始めてから、まだ十分も経っていないということか。肉体的にも精神的にも、一時間以上思念に入り込んでいた感覚だが。

やはり、そのようだった。ようやく今、遠くからサイレンが聞こえてきた。

健が中腰に立ち上がる。

「やっときましたね」

篤志も顔を上げる。

「遅いッツーの。全然、救急じゃねえし」

悦子も、一件落着と安堵していた。増山の顔が見たくなり、早くこっちを向かないかなと、しばらく動かずに見上げていた。

だがサイレンが近づき、ゆっくりと窓に目を向けたときの増山の横顔は、意外なほど険しかった。思念の中で見た、あの鬼の形相を思わせるものがあった。

なに――。

それを問う心の声は、増山には届かない。

代わりに、明美が耳元で囁いた。

「悦子さんって……プライベートでは所長のこと、圭太郎さんって呼ぶんですね」

お前、うるさいよ。

4

正直、坂本の思念から抜け出てきた直後は、自分で自分がどうなってしまったのか、増山自身にもよく分からなかった。

水中から外の世界を見るように、視界がゆらゆらと波打っていた。ぼわぼわと泡立っていた。固く目をつぶり、パッと開くと、多少はその錯覚も収まったが、それでも何かに摑まっていないと真っ直ぐ立っていることすら難しかった。絶えず襲ってくる吐き気もつらかった。腹もキリキリと痛かった。

まもなく到着した救急隊員には、応急処置について訊かれた。

「心臓マッサージと、人工呼吸……だけ、ですか？」

あとになって、隊員はAED（自動体外式除細動器）の使用の有無を確認したかったのかも、と思い至ったが、そのときはまったく気づきもしなかった。まさか思念にもぐって、坂本の意識を直接引っ張り上げてきた、なんて言えないよな、と思っただけだった。

「ええ、心臓マッサージと……人工呼吸、だけです」

「そういったご経験は、これまでにも？」

「いえ……そういう、わけでは」

「そうですか。いや、でしたらよほど、きちんと処置の方法を習得されていたんですね。こんなに適切に心肺蘇生を行える方は、そう多くはいらっしゃらないですよ。実に、お見事です」

坂本はいったん担架に乗せられ、玄関でストレッチャーに乗せ換えられ、救急車で病院に運ばれていった。俺も乗せてくれ、一緒に病院に連れていってくれ、と喉元まで出かかったが、それはなんとか呑み込んだ。

坂本宅前には救急車の他にも、白黒のパトカーが一台、セダンタイプの覆面パトカーが二台きていた。練馬警察署の車両か、あるいは機動捜査隊か。どちらにせよ、五木の所属する警視庁公安部ではなかったと思う。

坂本夫人は救急車に乗っていってしまったので、事情聴取には坂本の娘と、所員では健が応じていたが、事件性はないと判断したのか、警察は早々に引き揚げていった。あるいはそうしろという指示が、どこかからあったのかもしれない。

増山たちも、その夜は現地解散することにした。

家まではタクシーで帰ってきたが、その時点でもまだ気分はよくなっていなかった。とりあえず上着を脱ぎ、ダイニングテーブルの椅子に座った。すると急に、重力が何倍にも増したように体が重くなり、思わずテーブルに突っ伏すと、それ以上はまったく動けなくなってしまった。

「なに、どうしたの……どこか痛いの？　お腹？　なに、気持ち悪いの？　吐きそう？」

文乃が、胃薬だの頭痛薬だのといろいろ用意し始めたが、どれも口にする気になれなかった。

しかし、

「パパ、これにゲーしていいよ」

アリスが持ってきた、いつも風呂で使っている緑色の洗面器を視界の端に捉《とら》えた瞬間、腹の底から込み上げてくる圧力に耐えきれなくなり、そこに、胃の中にあるものすべてをぶちまけた。

嘔吐物には、かなり血が混じっていた。過度のストレスによる急性胃潰瘍《いかいよう》、ということだろう。

ならば、すぐに死ぬようなことはない。大丈夫だ。

夜十時過ぎには気分も落ちつき、だがそれを見計らっていたかのように電話がかかってきた。

公安の五木からだった。

『よう。いろいろ、大変だったみたいだな』

その言い草に腹が立たないわけではなかったが、まずは事情を知りたかった。

「……五木さん。なんで、坂本さんは一人で家に帰ってきたんですか」林に監禁場所を吐かせて、警察が救出しにいくんじゃなかったんですか。

電話越し、五木の息が耳にかかる。溜め息か、それとも鼻で笑ったのか。

『こっちだって、できる限りのことはやったさ。林を取調べて、監禁場所だって特定した。でもウチの特殊班が現場に入ったときには……そこはもう、もぬけの殻だったそうだ。おそらく、林が警察に拘束されたことを察知した奴のクライアントが、慌てて坂本を放棄したんだろう。現場には被害者も、加害者もいなかった。残っていたのは……監禁部屋の床に染みついた、糞尿の臭いだけだったとさ』

何を呑気なことを。

「もちろん、黒幕の逮捕まで、キッチリやってくれるんでしょうね」

『それはどうかな。そもそもそれは、俺の役目じゃねえし』

「相手はGSDでしょう。まんま、公安マターじゃないですか」

五木が『おい』と声を荒らげる。

『そういうことを、軽々しく口に出して言うなよ』

「大丈夫ですよ。今は自宅の寝室ですから」

アリスは寝たし、文乃は風呂に入っている。

それでも五木は安心できないらしい。

『盗聴器が仕掛けられてるかもしれねえぜ』
「無理ですね。仕掛けた人間がいれば残留思念から分かります」
『それは例の、イコライザーを使って消したのかも』
「だったらイコライザーを使った痕跡が残ります。どちらにしろ、それはあり得ません
……五木さん。そんなことは今、どうだっていいんですよ。これって、普通に日本人が
やったら、なんの罪ですか。逮捕・監禁罪とか、そういうのありますよね。坂本さんは
手ひどい拷問を受けていた。手の爪は、一枚残らず剝がされていました。それって、明
らかに傷害罪ですよね。ことによったら、殺人未遂だって成立するのかもしれない。あ
そこまでされて、バックにいるのがＧＳＤだからって、追及の手を弛めるのは赦《ゆる》されま
せんよ」
　五木が、聞こえよがしに溜め息をつく。
『……それを言ったら、犯人は林だ。奴の身柄は警視庁本部にある。それで解決ってこ
とで、辻褄は充分合う』
「単独犯だという確証は」
『だから、それは俺の仕事じゃない。刑事部マターだ』
「監禁場所はどこだったんですか」
『言えないね』
「空きビルですか、廃屋ですか。林が個人でそれを用意して、使用したっていうんです

か。そんなこと、常識からいってあり得ないでしょう。林が、今回の犯行のすべてを一人で行ったと、警視庁は、そんなでっち上げを本気で押し通すつもりですか」

五木は、しばし間を置いてから答えた。

『増山よ……お前だって、人の命は地球より重いなんて、考えてるわけじゃねえだろう。この件はすでに、単なる刑事事件として処理できる範疇を越えてる……確かに、坂本栄世個人が受けた拷問は、ひどい。だがそれは、単なる傷害罪だ。どう贔屓目に見ても、殺人未遂はない。そのバックにどんな組織があろうが、ホシは林忠仁、それで終わりだ。悔しくたって、辻褄が合わなくたって、そういうことなんだ』

そこまで言って、また間を置く。

口先だけで喋る、五木の無表情が目に浮かぶ。

『……とはいえ、バックにいたのが何者なのか、それを解き明かすことは……あるいはその証拠を摑むことは、決して無意味ではない。お前の言う通り、林のクライアントが他国の諜報機関だとして、それを示す証拠を我々が摑んだとしたら……今後その国との外交交渉において、我が国は多少なりとも有利な材料を得ることになる。あるいは、そういった工作員の顔と名前を把握することができる。その手の情報はアメリカや韓国、その他の同盟国と共有することができるし、それに対する見返りも期待できる。決して無意味ではない……ただそういったことは、決して表に出てくることはないし、刑事裁判で俎上《そじょう》に載ることもない、ってことさ』

興信所の代表風情が何を言っても無駄、というわけか。

ひと晩寝るとだいぶ動けるようにはなったが、事務所には「休ませてほしい」と電話を入れた。

出たのは朋江だった。

『ほーら、言わんこっちゃない。みんなから聞きましたけど、やっぱりけっこう、ダメージがあったんでしょう』

「ええ、まあ……ちょっと、胃がね」

『大事にしてくださいよ、もう』

面と向かっていたらもっと小言を言われるのだろうが、周りでみんなが聞いていたのだろう。朋江も、それ以上はしつこく言わなかった。

『ま、浮気調査の依頼が一件入ってますけど、それは誰がやってもいいような案件なんで。所長は心置きなく、自宅療養なさってください。お大事に』

「はい、すみません……じゃあ」

『ちゃんと大人しく寝てなよ』

「はい……ありがとうございます」

自宅療養、大人しく寝てろ、と繰り返す辺りに、やはりというべきか、朋江の鋭さを感じずにはいられなかった。

電話を切り、またすぐ携帯内の電話帳を開いた。【高鍋リサーチ】と【高鍋逸雄】のどちらにしようか迷ったが、なぜだろう。高鍋の携帯番号を選んでしまった。

『……はい、もしもし』

「おはようございます。増山です」

携帯電話同士なのだから、向こうも誰からの着信かは分かっているはずと思いつつ、でもやはり最初に名乗ってしまう。明らかにこれは、固定電話しかなかった時代の、慣習の名残だ。

『珍しいな。お前が携帯に電話をよこすなんて。何か緊急の用事か』

「緊急……かどうかは、私にも分かりません。急いだ方がいいのか、急ぐ必要はないのか……あるいはもう、手遅れという可能性も、あるのかもしれません」

高鍋が、低く鼻で笑う。

『勿体つけるなよ。用件はなんだ』

「会って、話しませんか」

『おいおい、雪でも降らすつもりか？』

確かに、増山から高鍋を誘うなんて、ここ何年もなかった。それでも、六月の雪ほど珍しいわけではなかろう。

「今、どちらですか」

『事務所だよ』

高鍋リサーチは都心も都心、千代田区麴町《ちよだくこうじまち》にある。

「お時間をいただけるんでしたら、こちらから近くに伺います」

『いいよ。じゃあ久し振りに、長寿庵なんてどうだ。一時を過ぎれば、もうそんなに混んではいないだろうし』

「長寿庵」とは、高鍋リサーチの近くにある日本蕎麦屋だ。増山も、昔はよく連れていってもらった。当時は若かったので、カツ丼とたぬき蕎麦のセットが定番のオーダーだった。

「分かりました。では午後一時に、長寿庵で」

『ああ。待ってるぞ』

電話を切り、増山は必要なことをいくつかメモに残してから、身支度を始めた。


増山がその長寿庵前に到着したのは、約束の三分ほど前だった。

暖簾《のれん》をくぐり、店の引き戸を開けると、

「いらっしゃいませ……あらァ、増山さァん」

懐かしい女将《おかみ》の声が聞こえた。

店主もすぐに、奥の厨房から出てきた。

「おお、増山さん、久し振りじゃないのォ」

「すみません、ご無沙汰してます」

「高鍋さん、もうお見えだよ」

小上がりに四人用の座卓が三つ、あとはテーブル席が六つだから、さして大きな店ではない。高鍋が先にきていることは、戸を開けた瞬間から分かっていた。

「はい……お邪魔します」

増山が小上がりの方に進むと、通り過ぎたばかりのテーブル席から「ご馳走さま」と聞こえた。スーツ姿の男性二人組が、会計をして店を出るようだった。すると、残る客は年配の男女二人組ということになるが、小上がりとは少し距離がある。問題はないだろう。

高鍋の顔が見えるところまでいき、増山は一つ頭を下げた。

「……すみません。急にお呼び立てしまして」

「おう。ま、俺の方は大丈夫だ。気にするな」

どうも、そのようだ。高鍋はすでに、蕎麦がきをツマミに日本酒で一杯やり始めていた。ここの少し硬めに茹《ゆ》でた蕎麦がきは、高鍋の昔からの好物だ。

「失礼します」

靴を脱ぎ、小上がりに上がる。正座はしない。そういう間柄ではない、というのもあるが、そもそもここの座卓は少し天板が低い。正座をすると、特に汁物の蕎麦が食べづらいのだ。

高鍋が空の猪口《ちょこ》を手に取り、増山に差し出してくる。

「いいんだろ、ちょっとくらい」

「いえ、まだまだ、そういう身分ではないんで」

さもつまらなそうに、高鍋が口を尖《とが》らせる。

「だから、それじゃ駄目なんだって、前にも言っただろ、圭太郎。お前みたいにさ、自分でやった方が早いからって、なんでもかんでも自分でやっちまったら、下が育たないんだよ。それよりも、隠れて昼酒を飲んできたようだけど、実はちょっと臭っちゃってるのよね、って、それとなく周りに気づかせてやる……それくらいの間抜けを、あえて演じてみせる。そういう懐《ふところ》の深さが、上に立つ者には必要なんだぞ」

会計を終え、客を送り出した女将が増山のところにくる。

「なんになさいます？　やっぱりカツ丼と……」

「いや、もう、そんなに若くないんで。セットはさすがに……でも、天ぷらは食べたいからな。天……天、せいろで」

「はい、かしこまりました」

そういえば、朋江も昔はご主人と二人で蕎麦屋をやっていたという。朋江に蕎麦やうどんを食べさせてもらったことはあるが、ご主人が作ったのは食べたことがない。手打ちだったと聞いているが、どんな蕎麦だったのだろう。キリッと締まった、コシの強い蕎麦だろうか。それとも、ツルッと喉越しのいい蕎麦だろうか。

高鍋が猪口を引っ込め、箸《はし》に持ち替える。

「……で？　今日は一体、なんのご用だい」

何から話していいものやら、増山も迷う。だがやはり、坂本の件から話すのが適当だろう。

「昨日、例の……アイカワ電工の、坂本さんの件。解決しました」

高鍋が、箸で小さく切った蕎麦がきを、濃いめの汁の入った蕎麦猪口に持っていく。

「そのようだね……俺も、桜田門から聞いたよ。細かい事情は知らないけど、自宅に戻ってから、救急車で運ばれたんだって？」

「桜田門」とは「警視庁本部」を意味する符丁だが、普通は警察関係者しか使わない。マスコミも、ひょっとしたら使うのかもしれないが、少なくとも超能力師で「桜田門」という符丁を使うのは高鍋しかいない。

「ええ。坂本氏は解放されたのち、自力で帰宅し、その後自殺を図りました。幸い命は取り留めましたが」

「そうか。それは……まさに『不幸中の幸い』と、言うべきなんだろうな」

こんなことで高鍋の顔色が変わるとは、増山も思っていない。

「坂本氏を拉致、監禁したのは在日中国人の産業スパイですが、クライアントは中国の諜報部です」

「ほう。これ以上はないってくらい、キナ臭い話だが……そんなこと、俺にペラペラ喋っていいのかい」

「分かりません。分かりませんが、私は確かめたいんですよ。高鍋さんが……この一件の、どこまでをご存じなのか」

超能力師同士なのだから、遠隔読心、遠隔伝心、物体媒介感受、あらゆる技術を駆使してコミュニケーションを図るべきなのかもしれない。しかし今、増山はそれらの一切をしていない。やっているのは、ほんのエチケット程度の念心遮断だけだ。高鍋も、読む方の能力は使っていないと思う。ごく普通に、一対一の、人間としての対話をしている。

高鍋が徳利に手を伸ばす。

「どこまでって……ほとんど、なんにも知らないよ」

「中国の諜報機関が、アイカワ電工の特殊技術研究チームからどんな情報を引き出そうとしたのか、まったく、まるで心当たりはありませんか」

「うん、ないね」

手酌で注いだ一杯を、高鍋はひと口で呷《あお》った。増山はそれを、じっと見ていた。酌をしてやるつもりはない。

「桜田門の、誰から聞いたんですか」

「そりゃ、俺にだっていろいろ知り合いはいるからな。誰って……名前までは明かせないけど、そこそこ偉い人物だよ」

おそらく、公安の五木などとは比べ物にならないくらい、階級が上の人間なのだろう。

おどけたように、高鍋が目を見開く。

「そういや、文乃ちゃんは元気かい」

なぜ文乃の話題を振ってきたのか、その真意は読めない。かといって遠隔読心をしても無駄だろうから、ここは普通に答えておく。

「元気といえば、まあ元気ですかね。頭痛は、相変わらずですけど」

「アリスちゃんは。いくつになった」

「六歳です。幼稚園で、おかしな知恵ばかりつけてきて困りますよ。あと、誰に似たのか、えらく口が達者です」

「それは、お前に決まってるだろう。文乃ちゃんじゃない」

「そうでしょうか」

そんな話をしているうちに、増山の天せいろが運ばれてきた。

「はい、お待たせしました」

「ありがとうございます……ああ、やっぱりここの天ぷらは旨そうだな。他所とは香りも色も違う。いただきます」

女将は「増山さんて、こんなに口がお上手だったかしら」と、笑いながら言って下がっていった。

高鍋も苦笑いしている。

「……な。アリスちゃんの口が達者なのは、お前譲りなんだよ」

そんなことは今、どうでもいい。

増山は、大根おろしとおろし生姜《しょうが》を汁に溶いた。

「話を、もとに戻しましょうか……今回の一件、狙われていたのは坂本氏と、その元上司、村野正克氏が手掛けていた研究の内容です。ところが妙なことに、この二人はその研究内容を綺麗さっぱり忘れていた……いや、研究内容を忘れたなんて、そんな生易しいものじゃない。なんについての研究か、そのタイトルすらも、すっぽりと記憶から抜け落ちている」

もうひと口、高鍋が蕎麦がきを頬張《ほおば》る。

「へえ……そんなことって、あるのかね」

「あるでしょう。今日はそれについて伺おうと思って、お電話したんです」

「あ、そうなの。でも、俺はなんにも知らないよ」

「そんなはずはないでしょう」

とりあえず、海老の天ぷらだけは食べておく。あとはまあ、最悪、口にできなくなっても致し方ない。

「……私、自殺を図った坂本氏の意識に、入ってみたんですよ」

口をモグつかせながら、高鍋が眉をひそめる。

「おい……それって、つまり」

「意識不明状態だった坂本氏の思念に、もぐったんです」

「そりゃお前、一番、やっちゃダメなやつだろう」

その言葉も、どこまで本心から言っているのか疑わしい。

「確かに、だいぶ痛い思いをさせられましたよ。さすがに、死後の世界に連れ去られるようなことはありませんでしたが、代わりに昨夜は、たっぷりと血反吐《ちへど》を吐きました。アリスもびっくりして、泣き出しちゃいましたよ」

「そりゃそうだろう……へえ。お前って、俺が思ってたより、だいぶ無鉄砲なんだな」

ようやくだ。ようやく、ここからが本題だ。

「あとからきた救急隊には、心肺蘇生が上手だと褒められましたがね。別に私は、心臓マッサージが上手いわけでも、マウス・トゥ・マウスが得意なわけでもない。思念にもぐり込んで、坂本氏の意識を、直接引っ張り上げてきたんですよ。川で溺《おぼ》れた人を救出する、レスキュー隊員みたいにね」

「そりゃ凄い。真似てみる気は毛頭ないが、見られるものなら、その場で見てみたかったな……どうだ、圭太郎。その様子をレポートにして、日超協に提出してみないか」

これ以上、そんな軽口は叩けないようにしてやる。

「……高鍋さん。私、そのときに見つけちゃったんですよ。坂本氏が、村野氏と、一体なんの研究をしていたのか」

高鍋の顔色に変化はない。

ならば、もう少し続けよう。

「当たり前っちゃあ、当たり前ですけどね。坂本氏は、実際には、研究について忘れてなどいなかった。ただ、思い出せないようにされていただけだった。正確に言うと……思い出すことを禁じられていた。極めて強烈な暗示によって、思い出すことを、厳格に禁止されていた」

ふん、と小さく高鍋が頷く。

反応はそれだけか。本当に、それだけでいいのか。

「……高鍋さん。全部、あなたの仕業《しわざ》ですね」

ここまで言っても、まだ黙っているつもりか。

「私は、全部見てきたんですよ、坂本氏の思念の中で。彼らが研究しようとしていたのは……最初は、催眠によって超能力を発現させる方法だったようです。だがこれは、催眠によって超能力を抑える治療の、いわば応用に過ぎない。はっきり言って、それなら他の、多くの専門家が考えついている。でも二人が思いついたのは、さらにそれを逆転させたものだった」

坂本の思念の中で見た、あの赤黒い闇を思い出す。

「……超能力で、催眠を施《ほどこ》す。超能力で、直接相手の脳内にメッセージを送り込み、極めて深い暗示に掛ける、そういう研究だった。だがその研究を続けることはできなかった。正確に言うと、一度は自主的に封印し、しかしのちに再開しようとしたものの、それは叶わなかった。高鍋さん……あなたが二人に、その研究について忘れるよう、二度と思い出さないよう、暗示を掛けたからです。私は、その暗示を掛けたときのあなたの顔も、坂本氏の記憶から読み取っている。違うとは言わせませんよ」

さっきと同じように、ふん、と高鍋が頷く。

だが今回、その意味はまったく違っていた。

「そうか、見つかっちまったか……『仕業』って言い方は、ちょっと心外ではあるけれども、まあ、そんなとこだよ。あの二人の記憶を消したのは、確かに俺だ」

認めさせてしまうと、案外呆気ないものだ。

「なぜそんなことを」

「なぜ？　それは俺が逆に訊きたいよ。なんで俺にそんなことを訊く。悲しくなるじゃないか」

何がだ。

「私は真面目に訊いてるんですよ」

「俺だって真面目に答えてるさ。そもそもお前、俺と知り合って何年になる」

二十、三年か四年だと思うが、それを正確に答えることに意味はなかろう。

「何が言いたいんですか」

「俺たちが追い求めた理想、日超協の設立理念とは、なんだった」

何を今さら。

「一般社会と、超能力者の共存でしょう」

「そうだよな。いいか、圭太郎。お前さっき、催眠で超能力を発現させるなんてのは、誰にだって思いつくって言ったよな。俺はその逆だって、危なっかしいもんだと思うぜ。超能力で相手を催眠状態に陥れる、自在に暗示を掛けて操る……それさ、実はそんなに難しいことじゃないんだよ。実際お前、箸が止まってるだろ」

ハッとして自分の両手を見たが、確かに、海老の天ぷらを食べ終えたときの形で、両手は止まっていた。

動かそうとしたが、

「……どうした。蕎麦、伸びちまうぞ。早く食べろよ」

動かせない。左手に持った蕎麦猪口は、底が座卓についているからいいが、右手の箸は宙に浮いたままなので、いつ指の間から抜けて落ちるか分からない。

「……な。ちょっと驚いたろ。でもこれ、実際に催眠術で使われる手法と、そっくり同じなんだ。たとえば、額の一点に触れて、あなたはもう椅子から立てませんって、言って聞かせる。本当はそんなの、催眠でも暗示でも、なんでもないんだ。軽くでもそこを押さえられたら、誰だって立てない、そういうポイントを押さえてるだけなんだよ。ネタを明かしちまえば、運動力学みたいなもんだ。人間の体の構造上、仕方ないことなんだよ。でもそれを、まるで催眠術の効果のように、相手に思い込ませる。最初にバシッとそれを決めて、ヤバい、催眠に掛かっちまった、と相手に信じ込ませる。それが大事なんだよ」

まだ増山は、指一本動かせない。

「ま、それと俺のやってることは、具体的に言ったら、ちょっと違うけどな。俺のはさ、もっと解剖学とか、そういうのの応用かな。人間のどこの神経を圧迫したら、どこが麻痺するとか、どこが動かなくなるとか、そういう理屈だよ。いま俺は、お前の肘の内側、よりちょっと上かな。筋肉の盛り上がってるところの、少し奥に埋まってる神経を、念動力で圧迫している。実は暗示でも催眠でも、なんでもない。ごく普通の超能力だ。でも素人の前では、これを『人を自在に操る催眠超能力』と思わせる、そういう芝居をする。たいていの人間は信じるさ。一分前のお前みたいにね。いつのまにか、このオヤジの罠にはまっちまった、って、思念を真っ青にするんだ。そんなもんだよ、人間なんて」

駄目だ。種明かしをされても、動かせないものは動かせない。

「あとは人間関係、特に上下関係かな。今でいったら、日本超能力師協会の専務理事、とかさ。そういう肩書を相手が知ってくれていたら、一段とやりやすくなるわな。この人はきっと、凄い超能力者に違いないって、誰もが思ってくれる。そこで今みたいに、相手の両手を念動力で動かなくしてみせる。すかさず……ほらね、私は、あなたの体を自由に、超能力催眠で操ることができるんですよ、と言い聞かせる。ときには遠隔伝心で直接、脳にメッセージを送り込む」

声は、出るのだろうか。ここで自分が叫んだら、どうなるのだろう。

「もう声も出ませんよ、とか、瞼が重くなってきます、とかね。よくある催眠ごっこで畳み掛けると、さらに効果は倍増だ。そうするとさ、どんどん深みにはまってくんだよ、一般人は。そのはまり具合も、こっちは思念を読んでるからさ、まさに目に見えて分かる。俺の暗示に一々反応して、俺の言葉に縛られていくのが、手に取るように分かる……いや、俺は別に、それを面白半分でやってたわけじゃないんだぜ。いつも、嫌だな、と思いながらやってるんだよ」

高鍋が小さく頷く。

「大丈夫。お前、声は出るぞ」

その言葉自体が暗示だったのか、あるいはもともと出せたのか。それすらも増山には分からない。

「……目的は、なんですか」

苦笑いを浮かべ、高鍋がかぶりを振る。

「だから、そんな悲しくなるようなことを言うなって。さっきも訊いただろ。俺たちの理想、日超協の設立理念はなんだった。一般社会と超能力者の共存だろう。その点においては俺は、昔も今も変わっちゃいないよ。むしろその想いは、日増しに強くなってるくらいだ」

分からない。この男が何を言おうとしているのか、本当に分からない。

「圭太郎、よく考えてみろよ。今さっき俺が明かしたような超能力催眠は……まあ、若干のインチキは交じってるけれども、その気になれば、超能力者だったら誰にだってできることなんだよ。ちょっとセンスのいい奴なら、二級超能力師にだって簡単にできるはずだ。要は既存の技術を、超能力で応用しただけのことだからな。ただし、これが公になったら、どうなる。超能力者は誰だって、人の心を操ることができる、記憶を操ることができる、肉体を操ることができる。おまけに、坂本たちじゃないが、超能力催眠で、さらに超能力者を生み出すこともできるなんて……一般社会に、そんなふうに認識されちまったら、どうなる。そうなったらもう、俺たちはバケモノだぜ。日超協設立前の、ペテン師扱いとはわけが違う。時代が逆戻りするなんてもんじゃ済まない。事態はもっと、最悪の方に転がっていくことになる。分かりやすく言ったら……魔女狩りが、始まるだろうな」

声は出るのに、言葉が出てこない。言うべき言葉が見つからない。

高鍋が続ける。

「しかし不思議なことに、この『超能力催眠』を思いつく人間ってのは、今のところ超能力者にはほとんどいない。まあ、基本的に馬鹿が多いってことなんだろうけど……俺の知る限り、これをやる能力者は俺一人だ。じゃあ、一体どんな人間なら思いつくのか。それは、なぜか決まって科学者なんだ。実をいうと、坂本や村野の前にも思いついた人間は四人ほどいたんだが、そいつらも全員科学者だった。みんな坂本と同じような、超能力研究に携わる一般人だった。だがそれは、俺にだけ一方的に、有利に働く条件だった。超能力の研究をするためには、彼らは超能力者を外部から調達する必要がある。その窓口となり得るのは、今のところ日超協だけだ。つまり、日本国内における超能力研究の進捗を、我々は自動的に知ることができる。研究者の思念を読むことが、超能力師倫理規程に抵触することは百も承知だが、背に腹は代えられんだろう」

それが、理由なのか。

「……だから、坂本と村野の記憶を、消したっていうんですか」

「そうだよ。あと、その前の四人もな」

「でも、それだけじゃないでしょう。この件に関わってから、ウチの悦子も、高原篤志も、林忠仁も、記憶を一部消されている。超能力催眠の使い手が、あなた一人だというなら……」

すっ、と高鍋が左の掌を向ける。

「ちょっと待て。えっちゃんの件については、俺は逆に感謝してもらいたいね。俺は、あの変態野郎からえっちゃんを守ってやったつもりだぜ。ただあとになって、なんで高鍋がそこにいたんだ、って話になったら、頭のいいお前は勘づくかもしれないだろう。お前の口癖じゃねえが、俺も面倒は嫌なんでね。だからあの時点で、えっちゃんと林の記憶を消しておいたんだ。ただし、高原くんの記憶も消えてるんだとしたら、それは俺のせいじゃない。林に伸《の》されて脳震盪《のうしんとう》でも起こして、普通に記憶が飛んだだけだろう。そこだけは、誤解なきようにな」

まだ他にもあるだろう。

「……それとは別に、警視庁公安部の人間の記憶も、だいぶ消してるでしょう」

まるで忘れていたかのように、高鍋は「ああ」と漏らしながら頷いた。

「あの連中か。あれは、なんていうか……こう、超能力師をテロリストみたいに思ってるんだろうな。なんやかんや、ちょっかいを出してくる。下手な尾行に、下手な張り込み、下手な盗聴器の仕掛け方。超能力師相手に、よくもまあ、あんな舐めた真似ができたもんだと思うよ。だからって、俺だって超能力催眠を濫用《らんよう》はしてないつもりだ。ここぞってときに、致し方なく、消す範囲も最小限に留めるよう、細心の注意を払って、消させていただいている。だからってなあ……部内のレポートに『のっぺらぼう』はないと思うぜ。渾名《あだな》をつけるにしたって、もうちょっと聞こえのいいのがあっただろうに。まったく、センスを疑うよ」

増山はそれよりも、高鍋が如何にして公安の部内レポートの内容を知るに至ったのかの方が気になった。ひょっとすると、部内の機密情報を報告するよう暗示を掛けられている公安部員がいるのかもしれない。

高鍋は、何事もなかったように徳利を摘み上げ、猪口に酒を注ぐ。一本、空いてしまったようだ。

「しかし……坂本の女房が飛び込んだのがお前の事務所で、逆によかったのかもな。お前が、協会には預けないと分かったときには、面倒なことになるのも覚悟したが、結果的には、天せいろ一枚で手打ちにできるんだから、終わり良ければすべて良しだ。ほんと、相手がお前で助かったよ」

フザケるな。

「……坂本氏が、最終的に自殺をするように仕組んだのも、あなたなんですか」

それにはかぶりを振る。

「馬鹿言うな……さすがに俺も、そこまで非道じゃないよ。坂本は坂本なりに、決着をつけようとしただけだろう。失われた記憶と共に自分が死ななければ、この件は終わらない、家族に平穏は戻ってこないって、そう思ったんだろうよ」

クッ、と一気に猪口を空ける。

「なあ、圭太郎……」

酒臭い息が、増山の鼻先まで漂ってくる。

「なんですか」

「俺の目が黒いうちは、俺は一人でも、この戦いを続けるよ。日本国内だけじゃない。海外の研究機関にも目を配ってさ、一つひとつ、芽を摘み続けるさ……けど、それにもいずれ限界はくる。俺の死んだあとのことなんか知ったこっちゃねえ、と啖呵《たんか》を切れたらいいんだが、俺は俺なりに、この日本という国を愛しているし、社会を愛しているし、日超協に対する思い入れだって、人一倍持っている。できることなら、信頼できる人物に、それも、一番弟子と思えるような一級超能力師に、この仕事を引き継いでもらいたい……」

高鍋が、増山の目を覗き込んでくる。

「圭太郎。俺が死んだら、あとはお前に、すべて任せたい」

「お断りします」

そんなことに、考える余地などあるはずがない。

高鍋自身も、それは分かっているようだった。

「まあ、いいじゃないか。今そんなに、急いで結論を出さなくたって。いずれお前にも、このことの重要性が分かる日がくるさ。それに……最後の最後には、お前は、俺には逆らえないんだから」

ぞわりと、首回りに何かが湧き出てくるのを感じた。

脳内にも、白い、綿のようなものが漂い始める。

「お前という超能力師を見出したことを、俺は誇りに思っているよ。と同時に、お前がまだ高鍋リサーチにいた時代……あの頃に、前もって暗示を掛けておいてよかったと、心底思う。さすがに、今のお前をゼロから催眠状態に陥れる自信は、俺にもない。あのときだから、まだお前も若くて、俺のことを心から慕ってくれていた、あの時代だからこそできたんだ。そういった意味じゃ、俺の先見の明も、なかなかのものってことだ」

思念をフル回転させ、白い綿を振り払う。だが、同じものが、あとからあとから——。

「あのときだって、そうだよ……お前は、なかなか文乃ちゃんを抱こうとしなかった。

文乃ちゃんも、なかなかお前に心を開こうとしなかった。けっこう苦労したよ。お前らをくっ付けるのには」

　待て、何を言っている。

「なんでそんなことをしたんだって、思うか。ただの老婆心、下らないお節介……と、思ってくれたらそれでいいんだが、一方に、優秀な超能力師と、解離性同一性障害とはいえ、やはり強力な能力を有した女、その間にどんな子供が生まれるのか、という興味は、単純にあったかな……そう。ここで話したことも、坂本の研究に関することも、お前はもうすぐ、綺麗さっぱり忘れちまうから……お前の言い方を借りるなら、ここでの会話は、思い出すことができなくなってしまうから、結論だけ、簡単に伝えておくよ」

　闇だ。まるで、白い闇の中に、放り出されたみたいだ。

「……アリスちゃんは、間違いなく超能力者だ。それも、とんでもないレベルの、俺たちとは桁違《けたちが》いの能力者だ。バケモノっていうのは、ああいう能力者のことを言うんだろうな。あの子なら、ひょっとしたら、催眠術の応用なんて小賢しいことをしなくても、直接、人間を操ることができるのかもしれない……実に、楽しみだな。子供の成長っていうのは」

　ころん、と音がして、それが、箸の転がった音だと分かるのに、数秒かかった。

「どうした。蕎麦、伸びちまうぞ。早く食べろよ」

「……ああ、はい」

本当だ。いつのまにか、蕎麦が伸びかかっている。

5

やはり、意識不明者の思念に入るというのは、超能力師の精神だけでなく、その肉体をも過剰に酷使する行為らしい。

翌朝、増山は休むと事務所に電話を入れてきた。悦子は一応、出社はしてきたものの、とてもではないが仕事のできる状態ではなさそうだった。

明美も、基本的にはそっとしておいてあげようとは思うのだけど、でもどうしても心配になって、ついつい声をかけてしまう。

「悦子さん。何か、美味しいものでも買ってきましょうか」

「……いらない」

悦子は自分の机に突っ伏したまま、顔も上げない。

「でも、悦子さん。そんな寝方してたら、顔に変な跡がついちゃいますよ」

「……じゃ、顔に跡がつかない枕、買ってきて」

「はい、分かりましたッ」

明美は本当に、全力で買いにいくつもりだったのだが、朋江に止められた。

「明美ちゃん、今日はあんた、篤志くんの補助だろう」

「えー、でもぉ」

「もうすぐ依頼主がくるんだから。しっかり話聞いて、察するところは察して、ちったぁ事務所の稼ぎに貢献しな」

「……はぁい。分かりましたぁ」

「返事はシャキッと歯切れよく」

「はい、分かりまちたッ」

「赤ちゃん言葉も使わない」

違います。今のはちょっと、上手く口が回らなかっただけです。

その浮気調査の依頼主というのは、実に信じ難いことに女子高校生だった。調査対象は同じクラスの男子。近頃、どうも隣のクラスのカワイコちゃんと雰囲気が怪しいから調べてくれ、というのが依頼の内容だった。

「篤志さん。なんかこの仕事って、馬鹿馬鹿しくないですか」

「え、なんで？　水風船みたいに腹の出っ張った中年オヤジの素行調査するより、よっぽどいいじゃん」

二人で決めた張り込み場所は、高校から駅に向かう道の途中にある公園だ。まだ午後三時前なので、生徒は校舎から出てこない。

明美たちは並んで、花壇の縁に腰掛けている。

「だって、高校生が超能力師雇って、浮気調査ですよ。しかも十五時間パックって、料金十八万ですよ。そんなの普通、高校生が払えます？」

篤志はさっきから、喉仏のところにあるヒゲの剃り残しをずっと弄《いじ》っている。

「よっぽど、お金持ちのお嬢さんなんでしょ。それでも払わない場合もあるだろうから、朋江さんが、じゃあ全額前払いなら引き受けますって、言ったんじゃない。そしたら、まんま払ってよこしたんだから、それでいいじゃない」

そういう問題だろうか。っていうかその一本、さっさと抜いちゃえばいいのに。見てると、なんかイライラしてくる。

もう一つ思い出した。

「それにあの子、ウチの事務所にきたの、十時ですよ。普通に授業始まってんじゃないですか。信じらんないですよ、もう」

「明美ちゃんって、意外と真面目なのね」

「全然意外じゃありません。私は、根本的に真面目人間です」

「じゃ、もっと試験の勉強しなよ」

「二級合格に六年もかかった篤志さんに言われたくありません」

とかなんとか言っているうちに、授業を終えた高校生たちがぽつぽつと公園前の道を通り始めた。次第にその数は増えていき、ものの数分で、公園前はまんま集団下校の風景になってしまった。

調査対象者の顔と全身は一応、写真で確認している。でも、この集団の中からあの男子一人を見つけるのって、けっこう難しいと思う。身長も百七十センチと、今どきの高校生にしたら高くも低くもない。わりと中途半端で、見逃しやすいタイプなのではないか。

ところが、

「あれ、あの子、違いますか」

「ん、あ、似てるね……ヤベ、こっちくるぞ」

偶然にも、その調査対象者によく似た男子が公園に入ってきた。

しかもそのあとから、

「ちょっと、ゆっくんッ」

依頼主の、あの少女が小走りで追いかけてくる。

彼女は手の届くところまで追いつくと、いきなり調査対象者のブレザーの袖を摑み、思いきり引っ張った。

「……おい、何すんだよ」

「だって、ゆっくんが全然話聞いてくれないから」

「なんで俺がお前の話聞かなきゃなんないんだよ」

「だって私、ゆっくんのカノジョじゃん」

「ちげーよ。なんでお前……っつか、いつからお前、俺のカノジョになったんだよ。ってか『ゆっくん』とか呼んでんじゃねえよ。なに勝手に呼び名作ってんだよ。キメーんだよ」

「ひどい、なんで急にそんなこと言うの？」

「うるせえブス、失せろバカ、っつーか離せボケ」

呆気にとられ、ぼうっと様子を見ていたら、依頼主の少女に見つかってしまった。

「ちょっとそこォ、超能力のオジサンも協力してよッ」

この案件、悦子に振らなくて本当によかったと思う。

高校生の浮気調査はその場で打ち切り。篤志の言う通り、依頼主は本物のお金持ちらしく、料金のことを相談しようとしても、

「いいわよもうそんなの……アァァァーッ、ムカつくッ」

そう言って、カバンを振り回して帰っていってしまった。

篤志は溜め息をついていたが、でも頬には笑みが浮かんでいた。

「とりあえず、四十分で十八万の売り上げだから、朋江さんに怒られることはないよな。よかったよかった」

確かに、公園の柱時計は三時四十分を指している。

篤志がこっちに向き直る。

「明美ちゃん。せっかくだから、お茶して帰ろうか」

「えー、それこそ、朋江さんに叱られますよ」

「大丈夫、大丈夫。俺もさ、だんだん分かってきたんだよ、経費が認められるときと、認められないときの違いが。要はさ、ちゃんと利益が出てればいいわけ。これなんてさ、五日くらい考えてたところが、一時間足らずで済んじゃったんだから。お茶くらい飲んでったって、全然オッケーよ」

別に明美は、篤志とお茶を飲みたいとも思わないし、経費で何かしたいとも思わないけども、事務所に帰り、篤志が領収書を差し出すと、

「……あっそ。じゃあれね、あの十八万は、びた一文返さなくていいんだね。そんならよし。経費もこれでよし」

朋江が、いともあっさりとそれを受け取ったのには大いに驚いた。いや、むしろ明美は「こんなの認められるか半人前がッ」みたいに、篤志が怒鳴られるのを期待していたので、ちょっと拍子抜けしたと言うべきか。

そこで急に、机に突っ伏していた悦子が顔を上げた。自力で調達したのか、ドーナツ型の枕を使って寝ていたので、顔に跡はついていない。

それを見て、朋江は出入り口の方に顔を向けた。健と篤志もそれに倣ったので、なんとなく、明美も同じ方を向いた。

事務所のドア。【増山超能力師事務所】と書かれた曇りガラスに、人影が映る。ノックもなくノブが回転し、ドアがこっちに開く。

「……お疲れぇ」

入ってきたのは、増山だった。

悦子がふらりと立ち上がる。その頬には、さっきまではなかった赤みが差している。

朋江が、健が、篤志が、口々に「所長」と呼びかける。

代表して訊いたのは、朋江だった。

「お疲れ、って……大丈夫なんですか、所長」

見たところ、悦子ほど参っている様子はない。いつも通り、きちんとスーツを着ているし、表情も柔らかい。

「うん、俺はもう大丈夫。ご心配おかけしました」

「いや、それは別にいいんだけどさ。でもだったら、今日一日くらい、家で寝てりゃよかったのに。何も、こんな時間になって出てこなくたって」

壁時計の針は、五時半ちょっと過ぎを指している。

「うん、まあ……そうなんだけどね」

増山は自分の机の方に進んでいった。いつも持ち歩いているブリーフケースを、今日は持っていない。手ぶらで、それこそ携帯電話と財布、家の鍵だけ持って出てきた、といった雰囲気だ。

さらっと机の上を見た増山が、こっちを振り返る。

「とりあえず、大きな案件が一つ、片づいたわけだからさ。打ち上げってほどでもないけど、みんなで、なんか食べにいくのはどうかなと……思って、寄ったんだ」

　増山はここにくる前、どこにいってきたのだろう。

　それも、まったくの手ぶらで。

寄った——。

　増山が奢《おご》るというので、自然と欲求は豪勢な方に膨らんでいった。こういうときは、結局最後は焼き肉に落ち着くことが多いのだが、朋江が、

「えっちゃんと所長は、焼き肉じゃ重たいもんね」

　そう言うと、なんとなくそれが今夜のテーマのようになっていった。

　軽くっていうと、なに、お寿司？　しゃぶしゃぶ？　うなぎ？　それのどこが軽いのよ、フレンチ？　やだよあんなの食った気しない、ラーメン？　それはいい、やだ安過ぎる、台湾料理は？　あそこ予約しないと駄目だよ——。

　このままではいつまでも決まらないと思ったのだろう。

　最終的には増山のひと言で決定した。

「分かった。今夜は『小倉《おぐら》』にする」

　地鶏料理の「小倉」はメンバーにも人気の店だから、むろん異論は出なかった。

　六人でぞろぞろと事務所を出て、篤志が鍵を締めて、階段を下りて、ビルから出る。

　この事務所の周りは商業地でもない、工業地でもない、強いていうなら寂《さび》れた住宅地

なのだが、ちょっと歩けばすぐ、駅前の繁華街に出ることができる。

団子屋の角、ここを左にいくと、あの、林をはさみ撃ちにするのに使った歩道橋がある。もういかないけど。右側は善性寺。明美はここで何ヶ所も蚊に食われた。もう少しいくとパチンコ屋があって、景品交換所があって、その二軒先が「小倉」だ。

「はい、いらっしゃいやしィ」

幸い個室が空いており、靴を脱いで六人でゆったり、くつろぐことができた。

増山がきてからは悦子もいつもの調子を取り戻し、今は朋江と一緒にメニューを吟味している。

「コースにしちゃおうよ。この、串七本のコース」

「えっちゃん、昼間なんにも食べてないから、お腹減ってんだろ」

「んもう、ギューギュー。みんな静かにしないでね、聞こえちゃうから」

篤志もまあまあ、楽勝仕事を決めたので機嫌はいい。

「悦子さん、それ、ちょっと待って。串七本のコースだと、若鶏の唐揚げがつかないんすよ。甘辛手羽先になっちゃうんすよ」

悦子が、分かりやすく眉をひそめる。

「なに、そんなに唐揚げ食べたいの」

「マストでしょう。ここきて唐揚げ頼まないって、あり得ないでしょう」

「じゃあ、今日は頼まない方向で」

「ないわー、それ、マジで、ちょっと意地悪しないでくださいよ」

増山が隣から、メニューの真ん中辺りをつつく。

「じゃ、コースはコースで、唐揚げは単品で頼めばいいじゃないか」

「いいっすか、単品で追加、ありっすか」

篤志もいい歳をして、たかが鶏の唐揚げくらいで何をはしゃいでいるのだろう。そもそも一皿五五〇円の料理を、増山が「ダメだ」なんて言うわけがないのに。

健が、ゆっくりと手を挙げる。

「……すみません。コースのシメ、ラーメンじゃなくて、雑炊にしてもらっていいですか」

なるほど。お腹の弱い健には、その方がいいだろう。

ドリンクは、悦子がレモンサワー、健がウーロンハイ、明美がグレープフルーツサワー、あとの三人は生ビール。悦子がまとめてオーダーすると、最初に生ビール三つがきた。

「はい、所長……」

明美は、ウェイターから受け取ったジョッキをごく普通に、増山に渡したつもりだった。増山も、

「さんきゅ」

ごく普通に、受け取ったかに見えた。

だが、取っ手が濡れてでもいたのか、ずるん、とジョッキが斜めに傾《かし》ぎ、波打ったビールの三分の一、そんなでもないか、四分の一くらいがテーブルにこぼれた。

「あっ、ごめんなさい」

悦子が、大袈裟に上半身を反《そ》らせて避ける。

「んもぉ、明美ちゃん、他所見してるからぁ」

「ごめんなさい、ごめんなさい」

それでもまだ、料理がきていないときでよかった。何かきていたら、自動的に「ビール漬け」になっていたところだ。ウェイターも「すぐ拭く物をお持ちします」と対応してくれた。

まあ、とっさに謝ってしまったのは明美自身だし、それをどうこう思うわけではない。ただ、今ビールがこぼれたのは、明らかに増山のせいだと思う。増山が手をすべらせたから、ジョッキが傾いてビールがこぼれた。そこは間違いないと思う。

台拭きと、残り三つの飲み物も到着し、乾杯することになった。

向かいにいる朋江が「ひと言どうぞ」と増山に振る。

「ああ……まあ、いろいろ大変な仕事では、あったけれども、無事解決したので、また所員にも何事もなかったので、よかったです。長いのは、面倒くさいんで、これくらいで……乾杯」

「カンパーイ」

そのときも、そうだった。

増山が、左手で持ったジョッキが一瞬、グラッ、となった。だが今度は増山も注意していたのだろう。すぐに右手で支えて事なきを得た。

しかしさすがに、二度続くと怪しむ者も出てくる。

悦子が眉をひそめて訊く。

「所長……手、どうかしました？」

増山は「んん」と中途半端に答えながら、左手でグー・パーを繰り返している。

「なんか、ちょっとな……手の調子が、変なんだ」

すると朋江が、大袈裟に顔をしかめる。

「ちょっとやだ、所長あんたそれ、まさか脳梗塞《のうこうそく》の前兆とか、そんなんじゃないだろね。ちょっとなに、手が痺れるの？　それ左？　左だけ？」

健と篤志が、ほぼ同時に携帯で調べ始める。

増山は右でもグー・パーをして確かめる。

「いや、実は……右も、変なんだよな」

表情は、悦子が一番真剣、深刻だ。

「変ってなに、両手が痺れるの？　それとも痛いとか、力が入らないとか、そういうこと？」

「いや、痺れっていうより、この辺がさ……」

増山が触って示したのは、肘の近くだ。前に腕を伸ばしたとき、肘よりちょっと上側にくる、筋肉の盛り上がった辺りだ。

「なんか、手をこう、握ったりすると、この辺が痛いからさ、だからさっき……アイテッ、と思って、ズルッてなって、こぼしちゃったんだよ」

さらに悦子が訊く。

「痛いのはなに、右も同じところなの？」

「そう、同じところ。両方、おんなじ感じ。右も左も、握ろうとすると、この辺が痛い」

健が「ありました」と手を挙げる。

「脳梗塞の場合、両手がいっぺんに痺れることはないそうです。左脳に疾患《しっかん》がある場合は右手、右脳にある場合は左手で、両方いっぺんにということは、まずないと……しかも所長、別に痺れてるわけじゃないですもんね」

篤志も「はいはい」と手を挙げる。

「両手がいっぺんに痺れたりするのは、むしろ頸椎《けいつい》とかの損傷の可能性が、高いみたいです」

朋江が「もういいよ」と、犬を追い払うような仕草をする。

「痺れてるんじゃないんだって、痛いんだって。ここんとこが、左右とも痛いんだって。そういう症例を探しな」

だが、増山が訴える症状とそっくりなものは、なかなか見つからなかった。そんな話をしているうちに、料理が出てき始めた。最初は小鉢。もやしの和え物だ。増山は、箸も使いづらそうだった。その先端で、もやしを一本ずつはさもうとしている。上手く取れるときもあれば、落としてしまうときもある。

明美は、思わず訊いてしまった。

「お箸使うのも、痛いんですか」

増山は「いや」と返し、苦笑いを浮かべた。

「そんな、脳梗塞だの頸椎だの、大袈裟な話じゃないと思う。もっと、なんだろう……腱鞘炎《けんしょうえん》とか、筋肉痛とか、どっちかっていうと、そういう痛みに近い気がする」

朋江にも聞こえたのだろう。

「えっ、所長、それ腱鞘炎なの？　ちょっと、もう……脅かさないでよ」

しかし悦子は、そこまでの安堵はしていなかった。

「そんな、両腕いっぺんに腱鞘炎になるほど、何したんですか」

とはいえ、増山にもそんな心当たりがあるわけではないらしく、結局、腱鞘炎説も筋肉痛説も、うやむやのまま消えていった。

坂本拉致事件、あるいはその解決に関する話題は、今日のこの席ではほとんど出なかった。意外なことに、健が自動車の購入を考えているという話には、みんなが喰いついていた。悦子は「ワンボックスを買ってみんなでドライブ」を主張したが、篤志は「日産ジーティーアール、あれいっときましょ」と言って譲らない。どうも、篤志のいう車種はスポーツカーらしく、悦子とは主張が真っ向ぶつかるようだった。ちなみに健が購入を考えていたのは、スズキの軽自動車らしい。

ただそんな話題にも、増山だけは乗ってこなかった。そもそもはしゃぐタイプではないが、でもこんなに話に加わらないのも珍しい。

「所長……まだ手、痛むんですか」

「あ、いや、そういうんじゃないんだ」

いいながら眉をひそめ、首を傾げる。

「なんかさ……大事なことを、忘れてる気がするんだよな」

悦子が過敏に反応する。

「ちょっと、所長まで……」

しかしそれは、増山も手を大きく振って否定した。

「いや、そんな、大袈裟なことじゃなくてさ。なんか、ど忘れっていうか……何かさ、大事なことをメモに書いた記憶はあるんだけど、それをどこに置いたんだか、それがね……思い出せないんだ。さっき事務所の机は確認したけど、それらしいものはなかったし……なんかそれが引っ掛かって、モヤモヤするんだよな」

明美はわざと「なぁーんだ」と明るく言ってみた。

「それくらいなら私、毎日ありますよ。さっきだって、篤志さんと一緒に張り込みしてましたけど、十分くらい、篤志さんの名前が思い出せなくて……あれ、この人、なんて名前だっけな、って悩んで。でも、いいや、思い出すまで話しかけなきゃいいんだって、諦めましたもん」

篤志が「ああー」とこっちを指差す。

「あったあった、明美ちゃんが妙に黙ってるとき。あんときか……って、ひでえな明美ちゃん。俺の名前、忘れてたんかい」

そんなお馬鹿な話をしているときだったから、

「そういえば、明美、アリスとなんかあったのか?」

急に増山に訊かれて、一瞬、動揺した。慌てた。たっぷり三秒くらいは、挙動不審だったと思う。

「えっ、ん? なん……なんで、ですか」

「明美ちゃんによろしく、また遊ぼうねって、伝えてくれって頼まれたんだ。あんまり、そういうこと言う子じゃないからさ。なんかあったのかなって、ちょっと思ってな」

あれだ。アリスが超能力を使っている場面を、偶然明美が見てしまったから、それについて増山には喋るなと、そう遠回しに釘を刺したつもりなのかもしれない。

なかなか、六歳にしては知恵が回る。

アリスちゃん、さすがです。

解　説

小橋めぐみ

目の前で、ある超能力者に、スプーン曲げを見せてもらったことがある。みんなで静かに見守っていると、手も触れていないのにスプーンの柄から先が、ぽとりと落ちた。

「すごいすごい！」

と興奮気味に言うと、

「いや、自分は全然すごくない。イチローのほうがよっぽどすごい」

と、その超能力者は冷静に言った。

「『超能力』というネーミングがよくない、『超』がついてるから、すごいと思われがちだけれど違う言葉のほうがよかった。スプーン曲げができても、生きていくうえで何の役にも立たない」と。

じゃあ、どういう言葉がいいんだろうね？　と、その時みんなで話しあったのだけれど、これだ！　というものは出てこなかった。やっぱり「超能力」という響き以上にぴったりくるものはなかった。手も触れずにスプーンを曲げるなんて、努力の延長線上にはないからだ。

と、ここで、いや、そもそもそのスプーン曲げ、本物なの？　手品じゃないの？　という突っ込みをしたくなった方もいるだろうけれど、その議論はここでは置いておこう。そのほうが何倍も『増山超能力師大戦争』の面白さを、味わうことができる。

この物語の世界では、超能力が科学的にも証明され、その存在が世間でも広く認知されているという設定だ。特に日本は、超能力の働きに大きく関わっている「ダークマター」という、広く宇宙に存在する星間物質の測定技術に秀でており、高性能な測定器の開発も世界に先駆けて成功を収めてきたという。このために超能力ビジネスは、科学技術と超能力者たちが手を組んで盛んになってきた。

この設定に、ぐっとくる。「科学では証明できないから」という理由で、世の中の超常現象と科学の相性は現実世界では、あまりよくない。それがタッグを組み、お互いが、お互いを必要としているのである。

「超能力者」という存在は認知されるようになったものの、そこには厳しい試験がある。日本初の超能力者団体、日本超能力師協会が年二回、試験を実施し、一級超能力師と二級超能力師を認定する。だれでも超能力者であるというだけで持て囃されるかというと、そうでもない。試験に落ちると「無能力者」と呼ばれ、周囲に馬鹿にされるという。ちょっとスプーン曲げができるくらいじゃ、ダメなのだ。超能力者でも落ちこぼれがいる。

更に、増山超能力師事務所がある場所が、六本木や青山ではなく、日暮里というのもいい。また事務所の建物が「ちょっとレトロな雑居ビルの二階」というのも味がある。デザイナーズマンションでも超高層マンションでもないのだ。

超能力が認められている以外、なんとも昭和の香りが漂っていることに、親近感が湧く。増山超能力師事務所の所員たちも、超能力者でありながら、何か欠けていたり、陰の部分をもっていたり、と人間味溢れる面々なのが、また魅力的だ。

所長の増山圭太郎は、すらりと背が高く、イケメン。「面倒くさい」が口癖だが、一番面倒くさいことは誰にも相談しないで、自分ひとりで背負い込もうとする硬派な一面がある。実際に会ったら、背中に哀愁が漂っているに違いない、そんな人物。

一級超能力師の住吉悦子は、美人で気が強い。かつては発火能力を乱用し、地元の不良を束ねていた過去をもつ。「川口の魔女」と呼ばれ恐れられていた、というローカル感にも惹かれる。

ただいまダイエット中で、テレパシーが得意なのが二級超能力師の中井健。六年かけてようやく二級超能力師となったが、それをのぞいては典型的なダメ男、高原篤志。

スタイル抜群、ロングの茶髪をなびかせる美人のトランスジェンダー、宇川明美は、自分の超能力を制御できないことが欠点だが、以前と比べて少しずつ人間的にも成長している（対して、篤志の成長のなさも気になるところではある）。

そして経理を担当し、所員の中では唯一超能力をもたないが、誰よりも鋭い洞察力をもち、みんなのお母さん的存在の大谷津朋江。

いやもう、所員の方たちと飲みに行きたい、何かあったらここに駆け込みたい！　と思うのは私だけではないはず。

前作『増山超能力師事務所』は連作短編集になっていて、増山率いる超能力師それぞれのメンバーにスポットを当てていた。超能力師といえど人間であり、様々な苦悩や葛藤があることを、軽やかに、ユーモラスに描いていた。その二年後の設定が今作『増山超能力師大戦争』である。今度は長編で、前作よりぐっとシリアスになった。超能力が世の中に認められ、それがビジネスとして盛んになっていくということは、こういう問題が起こりうるのだろうと思わされる。超能力関連の科学技術は国家レベルの重大機密情報となり、最先端の技術開発に携わっている人物に身の危険が迫ってくる、と。

さて、その「最先端の技術開発」とは何か？

なぜ、所員や家族にまで魔の手が迫るのか？

果たして黒幕は誰なのか？


話は少し逸れるが、私は小学生の頃、テレビ番組の企画で、外国にある超能力を研究する施設に行ったことがある。当時そこでは、六歳から十二歳までの子供には潜在能力として超能力が備わっていると考えられていて、その施設には同じ年頃の子供たちがたくさんいた。日本からは私を含め、小学生六人。主に、小さく丸めた紙を地面に置き、その紙の中に書いてある字を透視で読む、という実験だった。次々と当てていく外国人の子たちに対し、最初、私たちは誰も当てられなかった。それが二日目、三日目と透視実験を繰り返すうちに、日本の子供たちの中にも少しずつ正解者が出始めた。私は四日目に、ふいに紙から文字がぶわっと浮き出すように見え始めた。ああ、こうやればいいんだ、と体感で分かった。けれども日本に帰ってきて同じようにやってみても、二度と紙から文字が浮かび上がることはなくなってしまい、あっさり十二歳も過ぎた。

なぜ、六歳から十二歳限定かというと、大人になるにつれ、いろいろな情報が入ってきてしまうからだと、当時、施設の大人が言っていた。本当に純粋な時が超能力は開花しやすいのだと。それはもちろん、一つの説でしかないけれども。

ただ、「純粋」という意味の言葉が本作の中で、一つのキーワードのようになっている気がする。増山とその仲間たちは純粋に、自分の超能力を活かして人間社会との共存を目指している。

一方で「最先端の技術開発」のまわりには、それとは反対の、穏やかならぬ気配が漂っている。

事件が解決しても、もわもわっと白い闇が広がるラストに、続編があるのでは？　と期待してしまう。

彼らとの本当の戦いが始まった時、勝つのはどちらなのか。

超能力が失われてしまうことも、ありえるのか。

この物語の記憶が消されてしまわないうちに、続きが読みたい。
誉田哲也さんの思念に、暗示をかけたい。

（女優）

初出　オール讀物二〇一六年七月号～二〇一七年三月号
単行本　二〇一七年六月　文藝春秋刊

本書の無断複写は著作権法上での例外を除き禁じられています。
また、私的使用以外のいかなる電子的複製行為も一切認められておりません。

文春文庫

増山《ますやま》超能力師《ちょうのうりょくし》大戦争《だいせんそう》

定価はカバーに
表示してあります

2020年6月10日　第1刷

著　者　誉《ほん》田《だ》哲《てつ》也《や》
発行者　花田朋子
発行所　株式会社 文藝春秋

東京都千代田区紀尾井町 3-23　〒102-8008
TEL 03・3265・1211(代)
文藝春秋ホームページ　http://www.bunshun.co.jp
落丁、乱丁本は、お手数ですが小社製作部宛お送り下さい。送料小社負担でお取替致します。

印刷・凸版印刷　製本・加藤製本
Printed in Japan
ISBN978-4-16-791505-6

（　）内は解説者。品切の節はご容赦下さい。

誉田哲也
武士道セブンティーン
スポーツと剣道、暴力と剣道の狭間で揺れる17歳、柔の早苗と剛の香織。横浜と福岡に分かれた二人は、別々に武士道とは何かを追い求めてゆく。「武士道」シリーズ第二巻。（藤田香織）
ほ-15-3

誉田哲也
武士道エイティーン
福岡と神奈川で、互いに武士道を極めた早苗と香織が、最後のインターハイで、激突。その後に立ち塞がる進路問題。二人の女子高生が下した決断とは。武士道シリーズ、第三巻。（有川　浩）
ほ-15-4

誉田哲也
武士道ジェネレーション
あれから六年。それぞれの道を歩き出した早苗と香織だったが、玄明先生が倒れ、道場が存続の危機に。大好評剣道青春小説シリーズ第四弾。番外編の短編と書店員座談会を特別収録。
ほ-15-8

誉田哲也
妖《あやかし》の華
ヤクザに襲われたヒモのヨシキが、妖艶な女性・紅鈴に助けられたのと同じ頃、池袋で、完全に失血した謎の死体が発見された――。人気警察小説の原点となるデビュー作。（杉江松恋）
ほ-15-2

誉田哲也
吉原暗黒譚
吉原で狐面をつけた者たちによる花魁殺しが頻発。吉原大門詰の貧乏同心・今村は元花魁のくノ一・彩音と共に調べに乗り出すが……。傑作捕物帳登場！（末國善己）
ほ-15-5

誉田哲也
レイジ
才能は普通だがコミュニケーション能力の高いワタル、高みを目指すがゆえ、周囲と妥協できない礼二。二人の少年の苦悩と成長を描くほろ苦く切ない青春ロック小説。（瀬木ヤコー）
ほ-15-6

誉田哲也
増山超能力師事務所
超能力が事業認定された日本で、能力も見た目も凸凹な所員たちが、浮気調査や人探しなど悩み解決に奔走。異端の苦悩や葛藤を時にコミカルに時にビターに描く連作短編集。（城戸朱理）
ほ-15-7

福澤徹三
Iターン
広告代理店の冴えない営業・狛江が単身赴任したのはリストラ寸前の弱小支店。待っていたのは借金地獄にヤクザの抗争。もんどりうって辿りつく、男の姿とは!?　（木内　昇）
ふ-35-1

福澤徹三
侠飯《おとこめし》
就職活動中の大学生が暮らす1Kのマンションに転がり込んできたヤクザは、妙に「食」にウルサイ男だった！　まったく異質なふたつが交差して生まれた、新感覚の任侠グルメ小説。
ふ-35-2

福澤徹三
侠飯2　ホット&スパイシー篇
リストラ間際の順平は、ある日ランチワゴンで実に旨い昼飯に出会う。店主は頬に傷を持つ、どう見てもカタギではない男。任侠×グルメという新ジャンルを切り拓いたシリーズ第二弾！
ふ-35-3

福澤徹三
侠飯3　怒濤の賄い篇
上層部の指令でやくざの組長宅に潜入したヤミ金業者の卓磨。そこに現れた頬に傷もつ男。客人なのに厨房に立ち、次々絶品料理をつくっていく——。シリーズ第三弾、おまちどおさま！
ふ-35-4

福澤徹三
侠飯4　魅惑の立ち呑み篇
代議士秘書の青年が足繁く通う立ち呑み屋。目当ては店を一人で切り盛りする女の子。しかしある日、怪しげな二人組が現れ……。好評シリーズ第四弾の舞台は陰謀渦巻く政界だ！
ふ-35-5

福澤徹三
侠飯5　嵐のペンション篇
さえないオーナーとフリーターで切り盛りする奥多摩のペンション。頬に傷、手には包丁を持つ熱い男、柳刃がやってくる！五億円強奪事件の時効が迫る中、台風が近づいて……。
ふ-35-6

福澤徹三
おれたちに偏差値はない　堂南高校ゲッキョク部
十五歳の草食系・悠太は、アクシデントに見舞われて一九七九年にタイムスリップ。そしてヤンキーの巣窟・堂南高校に通うハメに……。超おバカで愛すべき、極上青春ファンタジー！
ふ-35-11

（　）内は解説者。品切の節はご容赦下さい。

堀川アサコ
予言村の同窓会

こよみ村中学同窓会で物騒な事件が出来。転校生・奈央と同級生・麒麟は心優しい犯人を前に戸惑う。ミステリとSFと恋愛がミックスした「ほのコワ」ファンタジー集。（藤田香織）

ほ-19-2

堀川アサコ
三人の大叔母と幽霊屋敷

不思議が当り前のこよみ村。村長の娘・奈央はBFの麒麟と今日も怪事件に首を突っ込む。予言暦盗難事件、三人の大叔母が村の古屋敷で暮らし始める話。予言村シリーズ第三弾！（東　えりか）

ほ-19-3

万城目　学
プリンセス・トヨトミ

東京から来た会計検査院調査官三人と大阪下町育ちの少年少女が、四百年にわたる歴史の封印を解く時、大阪が全停止する!? 万城目ワールド真骨頂。大阪を巡るエッセイも巻末収録。

ま-24-2

真山　仁
コラプティオ

震災後の日本に現れたカリスマ総理・宮藤は、原発輸出を推し進めるが、徐々に独裁色を強める政権の闇を暴こうとするメディアとの暗闘が始まる。謀略渦巻く超本格政治ドラマ。（永江　朗）

ま-33-1

真山　仁
売国

日本が誇る宇宙開発技術をアメリカに売り渡す「売国奴」は誰だ!?　検察官・冨永真一と若き研究者・八反田遙。そして「戦後の闇」が二人に迫る。超弩級エンタメ。（関口苑生）

ま-33-2

松原耕二
記者の報い

かつて友人を辞任に追い込んだ首都テレビのエース記者、岡村俊平。その報いが定年直前の彼に襲いかかる。視聴率絶対主義者、政権の番犬幹部など、現場を抉った長編。（北上次郎）

ま-36-1

円居　挽
キングレオの冒険

京都の街で相次ぐ殺人事件。なぜか全てホームズ譚を模していた。「日本探偵公社」の若きスター・天親獅子丸が解明に乗り出すと、謎の天才犯罪者の存在が浮かび……。（円堂都司昭）

ま-41-1

水野敬也
雨の日も、晴れ男
二人の幼い神のいたずらで不幸な出来事が次々起こるアレックスだが、どんな不幸に見舞われても前向きに生きていく……人生で一番大切な事は何かを教えてくれる感動の自己啓発小説。
み-35-1

三浦しをん
まほろ駅前多田便利軒
東京郊外〝まほろ市〟で便利屋を営む多田のもとに、高校時代の同級生・行天が転がりこんだ。通常の依頼のはずが彼らにかかると、ややこしい事態が出来《しゅったい》して。直木賞受賞作。　（鴻巣友季子）
み-36-1

三浦しをん
まほろ駅前番外地
東京郊外のまほろ市で便利屋を営む多田と行天。汚部屋清掃、遺品整理に子守も多田便利軒が承ります。まほろの愉快な奴らが帰ってきた！　七編のスピンアウトストーリー。（池田真紀子）
み-36-2

三浦しをん
まほろ駅前狂騒曲
多田と行天に新たな依頼が。それは夏の間、四歳の女児「はる」を預かること。男手二つで悪戦苦闘していると、まほろ駅前では前代未聞の大騒動が。感動の大団円！　（岸本佐知子）
み-36-4

三浦しをん・あさのあつこ・近藤史恵
シティ・マラソンズ
社長の娘の監視のためにマラソンに参加することになった広和は、かつて長距離選手だったが（「純白のライン」）。NY、東京、パリ。アスリートのその後を描く三つの都市を走る物語。
み-36-3

中村うさぎ・三浦しをん
女子漂流
女の業を体現し続ける作家・中村うさぎと、女戦線からの離脱を切に願う作家・三浦しをんの対談集。女子校時代の思い出から、女子のエロまで、互いの漂流人生を赤裸々に語り合う。
み-36-5

道尾秀介
月と蟹
二人の少年と母のない少女、寄る辺ない大人達。誰もが秘密を抱えるなか、子供達の始めた願い事遊びはやがて切実な儀式に変わり——哀しい祈りが胸に迫る直木賞受賞作。　（伊集院　静）
み-38-2

（　）内は解説者。品切の節はご容赦下さい。

宮下奈都
田舎の紳士服店のモデルの妻
ゆるやかに変わってゆく。私も家族も——田舎行きに戸惑い、夫とすれ違い、子育てに迷い、恋に胸を騒がせる。じんわりと胸にしみてゆく、愛おしい「普通の私」の物語。（辻村深月）
み-43-1

宮下奈都
羊と鋼の森
ピアノの調律に魅せられた一人の青年が、調律師として、人として成長する姿を温かく静謐な筆致で綴った長編小説。伝説の三冠を達成した本屋大賞受賞作、待望の文庫化。（佐藤多佳子）
み-43-2

未須本有生
リヴィジョンA
航空機メーカーで働く沢本由佳は社の主力機TF-1の改修開発を提案する。実際に動き出すと、ライバル企業の妨害や社内の不正など、次々とトラブルが起きるが……。（吉野　仁）
み-53-2

村山由佳
星々の舟
禁断の恋に悩む兄妹、他人の恋人ばかり好きになる末っ子、居場所を探す団塊世代の長兄、そして父は戦争の傷痕を抱えて——愛とは、家族とはなにか。心震える感動の直木賞受賞作。
む-13-1

村山由佳・坂井希久子・千早　茜・大崎　梢
額賀　澪・阿川佐和子・嶋津　輝・森　絵都
女ともだち
人気女性作家8人が「女ともだち」をテーマに豪華競作！「彼女」は敵か味方か？　微妙であやうい女性同士の関係を小説の名手たちが描き出す、コワくて切なくて愛しい短編小説集。
む-13-51

村田沙耶香
コンビニ人間
コンビニバイト歴十八年の古倉恵子。夢の中でもレジを打ち、誰よりも大きくお客様に声をかける。ある日、婚活目的の男性がやってきて——話題沸騰の芥川賞受賞作。（中村文則）
む-16-1

森　絵都
カラフル
生前の罪により僕の魂は輪廻サイクルから外されたが、天使業界の抽選に当たり再挑戦のチャンスを得る。それは自殺を図った少年の体へのホームステイから始まって……。（阿川佐和子）
も-20-1

森　絵都
風に舞いあがるビニールシート
自分だけの価値観を守り、お金よりも大切な何かのために懸命に生きる人々を描いた、著者ならではの短編小説集。あたたかくて力強い6篇を収める。第一三五回直木賞受賞作。（藤田香織）
も-20-3

森　絵都
架空の球を追う
生きている限り面倒事はつきまとう。でも、それも案外わるくないと思える瞬間がある。日常のさりげない光景から人生の可笑しさを切り取った、とっておきの十一篇。（白石公子）
も-20-4

森　絵都
異国のおじさんを伴う
仕事に迷う。人生に迷う。旅先で出会う異質な時間に心がゆれる……。いまを生きる人たちの健気な姿を、短篇の名手が愛惜をこめて描きました。いとおしい十の物語！（瀧井朝世）
も-20-7

森　博嗣
少し変わった子あります
都会の片隅のそのお店は、訪れるたびに場所がかわり、違った女性が相伴してくれるいっぷう変わったレストラン。そこで出会った一人の女性に私は惹かれていくのだが。（中江有里）
も-22-2

望月麻衣
京洛の森のアリス
少女ありすが舞妓の修業のために訪れたのは知られざる「もう一つの京都」!?　しゃべるカエルの〝ハチス〟と、うさぎの〝ナツメ〟とともに、町に隠された謎に迫るファンタジックミステリー。
も-29-1

望月麻衣
京洛の森のアリス　Ⅱ
自分探しの羅針盤
もう一つの京都の世界で、暮らし始めた少女ありす。だが、ある日突然、両想いの王子、蓮が老人の姿に！　同じく、この世界に迷い込み老いてしまった二人の女。ありすは皆を救えるか。
も-29-2

山本文緒
プラナリア
乳がんの手術以来、何もかも面倒くさい二十五歳の春香。矛盾する自分に疲れ果てるが出口は見えない――。現代の〝無職〟をめぐる心模様を描いたベストセラー短篇集。直木賞受賞作。
や-35-1

（　）内は解説者。品切の節はご容赦下さい。

柳　広司

ロマンス

退廃と享楽に彩られた昭和の華族社会で、秘かに葬られた恋と事件――。ロシア人の血を引く白皙の子爵・麻倉清彬の悲恋譚と、極上の謎解きゲームを融合させた傑作。（宇田川拓也）

や-54-1

柳　広司

虎と月

父は虎になった。ただ一篇の詩を残して――。変身の謎を解くため旅に出た僕は、真相を探り当てることができるのか？　中島敦の名作「山月記」を、斬新な解釈で読み解く異色ミステリ。

や-54-2

椰月美智子

伶也と

七十一歳で伶也とともに餓死するまで、彼のためにすべてをなげうった直子の半生。残ったものは一体なんだったのか。恋愛を超えた究極の感情を描く、号泣必至の問題作！（豊崎由美）

や-67-1

山本周五郎・沢木耕太郎　編

山本周五郎名品館Ｉ

おたふく

生涯膨大な数の短編を遺した山本周五郎。時代を越え読み継がれる作品群から選ばれた名品――「あだこ」「晩秋」「菊千代抄」「ちゃん」「松の花」「おさん」等全九編。（沢木耕太郎）

や-69-1

九《いちじく》　星鳴《せいめい》

K体掌説

Kは小噺のK、簡潔のK、奇態のK。つまりKなる体の掌編。これすなわち〝K体掌説〟と呼ぶ。刊行当時覆面作家登場と話題を呼んだ、夢枕獏の別の筆名による短編集。（嵐山光三郎）

ゆ-2-34

唯川　恵

テティスの逆鱗

女優、主婦、キャバクラ嬢、資産家令嬢。美容整形に通う四人の終わりなき欲望はついに、禁断の領域にまで――女たちが行き着く極限の世界を描いて戦慄させる、異色の傑作長編。（齋藤　薫）

ゆ-8-4

柚木麻子

終点のあの子

女子高に内部進学した希代子は高校から入学した風変わりな朱里が気になって仕方ない。お昼を食べる仲になった矢先、二人に変化が……。繊細な描写が絶賛されたデビュー作。（瀧井朝世）

ゆ-9-1

柚木麻子
あまからカルテット
女子校時代からの仲良し四人組。迫り来る恋や仕事の荒波を、稲荷寿司やおせちなど料理をヒントに解決できるのか——彼女たちの勇気と友情があなたに元気を贈ります！　（酒井順子）
ゆ-9-2

柚木麻子
ナイルパーチの女子会
商社で働く栄利子は、人気主婦ブロガーの翔子と出会い意気投合。だが同僚や両親との間に問題を抱える二人の関係は徐々に変化して——。山本周五郎賞受賞作。　（重松　清）
ゆ-9-3

吉村　昭
闇を裂く道
大正七年に着工、予想外の障害に阻まれて完成まで十六年を要し、世紀の難工事といわれた丹那トンネル。人間と土・水との熱く長い闘いをみごとに描いた力作長篇。　（髙山文彦）
よ-1-53

吉田篤弘
空ばかり見ていた
小さな町で床屋を営むホクトは、ある日、鋏ひとつを鞄におさめ、好きな場所で好きな人の髪を切るために、自由気ままなあてのない旅に出た……。流浪の床屋をめぐる十二のものがたり。
よ-28-1

渡辺一史　原案
こんな夜更けにバナナかよ　愛しき実話
筋ジストロフィーで寝返りも打てない、だけど、自由に暮らしたい！　わがまま患者とボランティアの壮絶ながら命の輝きに満ちた日々。実話から生まれた映画のノベライズ。
わ-18-2

ジョン・ヴァードン（浜野アキオ　訳）
数字を一つ思い浮かべろ
頭に思い浮かべた数字を当ててしまう手紙。一面の雪景色の中で消える殺人者の足跡……まるで奇術のような謎また謎に挑む退職刑事ガーニー。謎解きと警察小説を融合させた野心作。
ウ-23-1

陳　浩基（玉田　誠　訳）
世界を売った男
目が覚めると六年後！　殺人事件を追っていた刑事の体にいったい何が？　香港の雑踏を疾走する男が辿り着く驚愕の真相。アジアの本格推理の鬼才、衝撃の長編デビュー作。　（恩田　陸）
チ-12-1

文春文庫　最新刊

ひとめぼれ　畠中恵
友の様子が気になる麻之助に出会いが。シリーズ第六弾

増山超能力師大戦争　誉田哲也
先進技術開発者が拉致された？　超能力師増山が再登場

天地に燦たり　川越宗一
日本、朝鮮、琉球に生きし者の矜持。松本清張賞受賞作

メガネと放蕩娘　山内マリコ
老舗書店のアラサー姉妹が寂れた商店街を復活させる!?

風に恋う　額賀澪
目指すは吹奏楽の全国大会！　王道青春エンタメの傑作

祈り　伊岡瞬
今のはマジック？　楓太は冴えない中年男が気になって…

チャップリン暗殺指令　土橋章宏
世界の喜劇王は、なぜ命を狙われたのか…歴史長編小説

音四郎稽古屋手控 **音わざ吹き寄せ**　奥山景布子
けがで役者を引退した異父兄には、妹に明かせぬ秘密が

奈緒と私の楽園　藤田宜永
バツイチ五十歳の男が、若い女と堕ちて行く禁断の世界

更衣《きさらぎ》ノ鷹《たか》　上下　居眠り磐音（三十一）（三十二）決定版　佐伯泰英
磐音を付け狙う妖気。鷹狩りに出た家基についに危機が

不《ふ》撓《とう》不《ふ》屈《くつ》　高杉良
大蔵省、国税、検察――国家権力と闘った男の覚悟とは

お母さんの工夫　モンテッソーリ教育を手がかりとして　相良敦子　田中昌子
脳科学に基づくメソッドが家庭でできる！　0〜24歳まで

呪われた町　上下　スティーヴン・キング　永井淳訳
丘の上の屋敷の住人の正体は…現代ホラーの伝説的名作

昭和天皇の横顔　〈学藝ライブラリー〉　佐野恵作　梶田明宏編
「終戦の詔勅」を浄書した宮内省幹部が記す昭和天皇の姿